淑女不好逑

3

完

果九 著

風文創 672

目錄

第六十章　相認

月上柳梢。

清風苑早早熄燈，院子裡一片漆黑。

顧瑾瑜只把晚上要出去的事情告訴阿桃，吩咐她務必替她保密，切不可走漏半點風聲。

阿桃雖然擔心，但聽說是隨著楚王世子一起出去，便信誓旦旦道：「姑娘放心，奴婢一定不會告訴任何人的！」

不一會兒，楚雲霆便閃身進了屋，看見顧瑾瑜，二話不說，上前抱起她，大步走到院子，縱身上了屋頂，轉眼不見了蹤跡。

阿桃眨眨眼睛，驚得目瞪口呆。楚王世子就這樣當著她的面，抱著姑娘走了？

耳邊是熱的，風是涼的。他溫熱的氣息拂在她臉上，癢癢的、濕濕的，雖然是不得已，顧瑾瑜還是羞得滿臉通紅，她沒想到他會親自來，也沒想到他會如此無所顧忌地抱著她。

好不容易上了馬車，顧瑾瑜再也不好意思看他。

楚雲霆卻若無其事地說道：「都安排好了，不過只有半個時辰的時間，妳見一見她，也就了了心事，切不可再牽扯到宮裡的其他事情。」宮闈內院原本就是一團亂麻，他不想讓他的小姑娘跟著煩憂。

「世子放心，我知道了。」半個時辰對她來說，已夠彌足珍貴了。

馬車一直駛到仁和宮門口才停下來。

仁和宮是先太子的寢殿，自從太子被刺後，這裡便空出來，原先住在這裡的側妃、侍妾，樹倒猢猻散，死的死、走的走，連先太子妃小容氏也搬去皇后容氏的坤寧宮。

兩人進了仁和宮，楚雲霆熟門熟路地領著顧瑾瑜從小角門出了仁和宮，沿著宮外一道狹長的甬道，經過一座花園，又走了約莫一盞茶的工夫，才來到昭陽宮後門處。

一個小太監早就等在那裡，一言不發地給兩人開了門。

月色慘白，照得昭陽宮的青磚地面格外幽冷。

程貴妃的寢室裡，靜靜地燃著一盞橘黃色的油燈，忽明忽暗。

戴嬤嬤不在，卻見七彩在裡面伺候。

顧瑾瑜心生疑惑。

楚雲霆像是看穿了她的心思，在她耳邊小聲道：「戴嬤嬤已經被我解決掉了，七彩對貴妃最忠心，妳放心便是。」

顧瑾瑜心頭跳了跳，顧不得多問，快步走了進去。

七彩忐忑不安地坐在床邊，看見彷彿從天而降的顧瑾瑜，忙起身跪地。「顧三姑娘，您總算來了，奴婢等您好久了！」

「妳退下吧！」楚雲霆面無表情道。

七彩畢恭畢敬地退下。

藉著昏黃的燈光，顧瑾瑜望著躺在床上雙目緊閉、臉色蒼白的女人，心裡一陣悲慟，上前拉著她的手，雙膝跪地，忍不住淚流滿面。這是她的親生母親，前世愛她寵她、卻不能相守相伴的娘親。

一隻大手搭在了她的肩上，楚雲霆彎腰遞來帕子，輕聲道：「咱們時間不多，妳抓緊時間。」

宮裡每隔半個時辰都會打更查夜，僅為這次相見，他也是動用所有能動用的眼線來護航。

顧瑾瑜自知失態，忙擦擦眼淚，穩了穩心緒，伸手給貴妃把脈。果然如她所猜的那樣，程庭在她的藥裡動了手腳，白天御醫院醫卷上的藥，是對症之藥，但晚上戴嬤嬤又會給她服下一劑跟之前相抵的藥，所以貴妃的病才會拖這麼久也不見好。如此這般，不出半年，貴妃娘娘必定會香消玉殞。

看到眼前這張哭得梨花帶雨的臉，楚雲霆心裡暗暗驚訝。顧瑾瑜為了程貴妃，已經在他面前哭了兩次，若不是知根知底，他都以為顧瑾瑜把程貴妃認作了親生母親。

把完脈，顧瑾瑜把事先準備好的藥丸塞入她嘴裡，等她嚥下，又掏出銀針，輕輕地刺了一下貴妃的人中穴。

程貴妃幽幽醒來，見到眼前這張熟悉又陌生的臉，遲疑地問道：「妳是誰？」

「姑母，我是嘉寧，我來看您了。」顧瑾瑜抬手撫摸著程貴妃的頭髮，輕輕道：「嘉寧來看您了。」

「嘉寧，真的是妳？」程貴妃眼裡頓時漾起了神采，一把抓住她的手，細細端詳，喜極而泣，喃喃道：「我苦命的孩子，母妃總算見到妳了，我的孩子啊！」

「姑母說笑了，您是姑母啊！」顧瑾瑜泣道：「難道我不是程家的孩子嗎？」

楚雲霆狐疑地看著顧瑾瑜，為了查清真相她竟然說她是程嘉寧？可見她對慕容朔的恨意有多深，若說她僅僅是程嘉寧的故人，他是不信的。

難不成……她真的是程嘉寧？想想又覺得不可能，程嘉寧溺水而亡是毋庸置疑的事實，那麼她跟程嘉寧究竟有什麼關係呢？

「不是、不是……」程貴妃神色淒淒道：「嘉寧，妳一生下來就被抱去了程家，母妃這些年想妳想得沒有一天能睡個好覺，是母妃無能，保護不了妳，是母妃不好啊嘉寧！嘉寧，是他逼我，拿妳的命逼我，我也是沒辦法啊……」

「母妃，他是誰？」顧瑾瑜緊緊握住程貴妃的手。「到底是誰逼得咱們母女骨肉分離？」

「是程庭，是程庭逼我……」程貴妃泣不成聲，掙扎著起身，一把攬過顧瑾瑜，低聲道：「嘉寧，母妃對不起妳，妳放心，母妃很快就去找妳了……嘉寧，妳等著母妃，咱們母女再不分離……」她知道她在作夢，但夢裡的女兒好真實、好溫暖，她不想醒來，永遠也不想醒來。

「母妃，程庭是您的嫡親兄長，他為什麼會逼妳？」顧瑾瑜迅速冷靜下來問道：「您告訴我，告訴我到底是怎麼回事？」

「程庭是程家那個瘋瘋癲癲的莫婆婆所生，他是庶子，我跟忠義侯府妳大姨母才是實打實的嫡女。因為程家就他一根獨苗，我母親對他言聽計從，府裡的事情也任由他安排。」程貴妃淒淒道：「我們的父親程衍生實際上是宇文帝的第九子宇文衍，他經營一生，一心想復國，明知硬抗不成，便喬裝入住天子腳下，娶了富可敵國的裴氏女，也就是我們的母親為妻，煞費苦心地把我嫁進皇宮，成了孝慶帝身邊的寵妃，妳大姨母也如願嫁入忠義侯府，程庭則進入皇宮當了院使，成為炙手可熱的紅人。我們這個家族的人，所有的人都是為了復國而活著，包括我，所以程庭才把他的孩子換到我身邊，一心想輔佐這個孩子上位。嘉寧，母妃對不起妳啊！」

楚雲霆聞言，大吃一驚，他原本一直以為程家是前朝餘孽的內應，卻不料程家並非內應，而是真正的前朝餘孽！

「世子、顧三姑娘，有人來了！」七彩慌裡慌張地跑進來。「快，你們從寢殿後門走。」

「母妃，如今程庭又想讓我的事情在您身上重演，他買通了戴嬤嬤想要加害您，您千萬要警覺些，不要讓他的陰謀得逞！」

顧瑾瑜緊緊握著程貴妃的手，依依不捨道：「母妃，您一定要保護好自己，我會再來看您的。」

「快走。」楚雲霆一把拉過顧瑾瑜，迅速地從後門出了寢殿，在暗衛的接應下，從暗道步出皇宮，坐上事先等在那裡的馬車，揚長而去。

第二天，程貴妃早早醒來。

七彩上前掀起床帳。「娘娘昨兒睡了整整一天，今兒瞧著氣色好多了呢！快起來喝藥，等吃了藥，娘娘很快就會好起來了。」

程貴妃見是七彩，頗感意外，隨口問道：「戴嬤嬤呢？」

「回稟娘娘，戴嬤嬤她、她……」七彩欲言又止。

「她怎麼了？」程貴妃一頭霧水。

「戴嬤嬤昨晚失足落入御花園的湖裡，溺亡了。」想到那個小太監的傳話，七彩小心翼翼道：「最近戴嬤嬤夜裡經常外出，奴婢們也沒有在意，早上才被人打撈起……」

想到昨夜的夢，程貴妃心裡一沈。

五日後，西裕使團進京，恰恰是顧瑾瑜去大長公主府的日子，楚雲霆不在。

大長公主說，他這幾天負責接待西裕使團，好幾天沒來府裡了。

把完脈，施完針，顧瑾瑜去了別院，簡單地跟清虛子說了一下楚老太爺的脈象，略坐了坐，便起身告辭。最近一連串的變故，讓她心情很是沈重，若不是清虛子一再讓她來，她連門都不願意出了。

清虛子原本想好好跟顧瑾瑜說說楚老太爺的病情，哪知還沒開口，顧瑾瑜便要走，氣得清虛子拂袖而去。「哼，我看那小子沒來，妳在我這裡是待不住的！走吧、走吧，下次不用妳來了！」

顧瑾瑜早就習慣了清虛子的性情，不以為然地起身就走。「不來就不來，當誰喜歡來啊？」

剛出大門，就見楚九匆匆迎面而來，看見顧瑾瑜，忙停下腳步，壓低聲音道：「顧三姑娘，出大事了！谷清失蹤了！」

「什麼時候的事情？」顧瑾瑜吃驚道：「你不要著急，慢慢說。」

「那日咱們走後，世子便下令不讓谷清外出，還派了兩個人專門留下照顧他，不想昨日秦王的管家突然帶了一幫人去烏鎮，說是追查前朝餘孽。」楚九撓頭道：「誰知道那些人走後，谷清就不見了。」

「這麼說，是秦王抓了谷清？」顧瑾瑜心裡一沈，先前她知道秦王在大張旗鼓地尋找清谷子，可是就連她也是剛剛知道谷清就是清谷子，怎麼秦王就聽到了風聲呢？

「除了秦王，還能有誰？」楚九憤憤道：「可是他壓根兒就不承認，我們沒有證據，也拿他沒辦法！不過世子說，眼下谷清並無性命之憂。」

顧瑾瑜點頭道是，若是秦王抓了他，多半是脅迫他給自己看病，絕對不會傷了他的。

「誰是谷清？」清虛子冷不丁在身後問道。

「是、是一個獵人。」楚九大驚，語無倫次道：「顧三姑娘，我來是幫世子拿東西的，告辭了，回頭見！」

「瑜丫頭，妳是不是有事瞞著我？」清虛子狐疑道。

「沒有啊！」顧瑾瑜勉強笑笑。「師伯一向英明無雙，我哪有事情能瞞過師伯？」

「少拍馬屁！」清虛子哼一聲，轉身進屋，似乎想起了什麼，又探頭囑咐道：「下次來的時候，多做幾雙鞋過來。」

「之前不是剛給您做過鞋嗎？」顧瑾瑜頓覺不可思議。

「被我賞給那些乞丐兄弟了！」清虛子理直氣壯地說完，砰地關上門。

醉風樓。

楚雲霆和一個錦衣男子站在窗前並肩而立，望著窗外熙熙攘攘的人群。

錦衣男子感慨道：「元昭，五年前我走的時候，你就是在這裡送我，如今咱們再一次站在這裡，我倒是頗有些恍如隔世的感覺。」

十年前，司徒魁被送到大梁來做質子，因他的父親是西裕最不起眼的王爺，故而他在大梁也備受世人的冷落，唯有楚雲霆跟他要好，處處對他伸以援手。兩人性情相投，經常在一起談古論今，交情甚密，那個時候，兩人都以為，司徒魁不會再回西裕了。哪知，五年前西裕皇宮發生政變，機緣巧合下，司徒魁的父親司徒鎮奪得皇位，成了西裕王，司徒魁的身分自然跟著水漲船高，很快被立為皇子，召了回去。

走的時候，司徒魁謝絕了那些聞風而來的世家勛貴的邀請，就在這醉風樓跟楚雲霆暢談了一天一夜，回西裕後，兩人也是一直書信來往不斷。

正因為有這樣的交情，司徒魁才甘願把進獻給大梁的貢品冰凌草給楚雲霆，在路上放慢行程，到現在才進京。

「是啊！世事難料，誰能想到不過短短五年，你便回了西裕。」楚雲霆感慨道：「你這一走，又是五年，這次回來想必很多人都去拜訪了吧？」

「是的，該來的、不該來的，都來了。」司徒魁笑笑。「該說的、不該說的，也都說了。」

「難不成有人向你提親了？」楚雲霆展顏道：「那我就提前恭喜你了！」

兩人相處五年，在一起討論的都是天下大勢，對姑娘，壓根兒都沒提過，以至於京城一度傳聞說他們兩個是斷袖。

「哈哈，可是我壓根兒就沒想過要再成親。」司徒魁大笑幾聲，又問道：「你什麼時候能讓我見一見你在信上跟我說的那個心上人？」

「她就是清虛子神醫的弟子，你很快就能見到了。」想起顧瑾瑜，楚雲霆嘴角微翹。「等你安頓好了，我就帶她去見你。」

「那你什麼時候成親？」司徒魁問道：「若是最近兩、三個月的話，我還能討一杯喜酒喝！」

「想什麼呢？」楚雲霆失笑。「明年四月太子才出孝期，最快也得五月吧！」

「訂親了嗎？」司徒魁不死心，又問道：「能喝上你們的訂親酒也行啊！」

「也沒有。」楚雲霆搖搖頭，一本正經道：「她並不知道我的心思，我想著，等過了年太子出了孝期，直接上門提親即可。」他早就想好了，四月提親，五月就娶她進門。

「……」司徒魁無言了。五年了，楚王世子竟然一點也沒變，還是那麼不解風情啊！

夜裡，顧瑾瑜洗漱完，剛剛想躺下睡覺，聽見窗戶發出聲響，一回頭，冷不丁見楚雲霆站在面前，嚇了一跳。「楚王世子，您怎麼來了？」動不動就闖她閨房，這個習慣真的不好！

阿桃跑了進來，看見楚雲霆，並不感到驚訝，很自然地打著招呼。「世子來了！」

「……」顧瑾瑜無語。桃，妳這麼平靜真的好嗎？

楚雲霆很滿意阿桃的反應，大大方方地走到茶几前坐下。

阿桃上前奉茶，遠遠地站在門口。

「世子這麼晚來，所為何事？」顧瑾瑜無奈，只得走到他對面坐下來。

「清谷子的事情，是我的疏忽。」楚雲霆抿了口茶，搖頭道：「谷清在烏鎮住了多時，應該早就有人盯上他，我應該早點把他接到京城來的，卻不想被秦王的人搶了個先；不過妳放心，我會盡快打聽出清谷子的下落。」

「世子，你不覺得秦王實在是太猖狂了嗎？」顧瑾瑜又給他斟茶，嘴角揚起一絲冷笑。「打著搜查什麼前朝餘孽的名義，就這樣把人帶走，這也太明目張膽了吧？」再怎麼著，谷清也算是楚王府的人啊！

「僅憑一個秦王，是打聽不到谷清的，我懷疑秦王背後另有幕後主使。」楚雲霆坐直了身子，深深地看了她一眼，輕聲道：「我想應該是齊王得知秦王的病，主動遞出橄欖枝，此事應該還有程庭在背後推波助瀾。他們找到谷清，有兩個可能，一個是真的認出了他，想讓他幫忙治病；再一個就是之前有認識清谷子的人，覺得谷清跟清谷子有些相似之處，才帶走了他，總之是為了醫秦王的病罷了。」

慕容朔這個人，無利不起早，他這麼做，只不過是想聯合秦王的力量，來對付燕王罷了。

想必秦王不舉，厚著臉皮求到了程庭面前，程庭知道希望不大，又聽說他在尋找清谷子，才如此興師動眾地幫他而已。

顧瑾瑜點點頭，覺得楚雲霆分析得很有道理，擔心地道：「那當他們發現谷清失去記憶或者是根本幫不上他們的忙，會不會滅口？」

「不會的。」楚雲霆篤定道：「程庭就是用谷清吊著秦王，絕對不會傷害他。」

「那就好！」顧瑾瑜這才放心，想到西裕使團的事情，便問道：「聽說西裕大皇子已經進京，世子打算什麼時候安排我和師伯給他們看病？」冰凌草千金難買，欠人家這麼大的人情，她總得問一下。

「這兩天是太醫院的人在驛館隨侍左右，聽說那些人的病情暫時控制住了，只是身上陸續起了一些紅斑，太醫們說是水土不服所致。」楚雲霆其實壓根兒就沒想讓小姑娘真的去給使團看病，雲淡風輕道：「太醫們說再過個三、五天，他們就痊癒了，這次就不用煩勞妳和神醫了。」

「原來如此。」顧瑾瑜點點頭，見楚雲霆依然四平八穩地坐在那裡，壓根兒沒有走的意思，便提醒道：「世子，夜已經深了，您是不是該走了？」若傳出去，她真的沒法見人了。

「那我走了。」楚雲霆這才放下茶碗，打開窗戶，跳了出去，很快消失在夜色裡。

阿桃這才一臉驚訝地走到窗邊看。「姑娘，世子真是好身手呢！」

「……」顧瑾瑜無言。

第六十一章　維護

第二天，顧瑾瑜去慈寧堂請安的時候，遠遠就聽見屋裡傳來顧瑾珝嬌滴滴的聲音。「祖母，我們詩畫社頭一次來府裡舉辦，南宮大小姐、四公主都會來，您可得用心給我們準備啊！」

「妳這孩子，這麼點小事，還整天纏著太夫人！」沈氏笑罵道：「不就是想要銀子嗎？回頭去帳房支二十兩銀子給妳便是！」

「多謝母親！」顧瑾珝喜出望外。

顧瑾瑜掀簾走了進去。

「好好，准了、准了，只要妳們高高興興就行！」太夫人心情大好，見顧瑾瑜進來，笑著招呼道：「這個月的詩畫社在咱們府裡結社，正好妳們姊妹都熱鬧熱鬧！」

「祖母，我就不湊這個熱鬧了。」顧瑾瑜笑笑，如實道：「您忘了，每月逢五我都要去大長公主府給楚老太爺施針，怕是顧不上。」

「三妹妹，妳說這話我可不愛聽。」顧瑾珝冷笑道：「自從妳上次得了魁甲，四公主慕名而來，就是想跟妳比試比試，可是妳卻成天推三阻四的，一點面子也不給人家；再說了，妳就是去大長公主府診脈，最多兩個時辰就回來了，難不成明天妳還讓人家四公主撲空嗎？」

「這是我的事情，無須二姊姊操心。」顧瑾瑜不冷不熱道：「妳放心，明天我就退社，不會讓妳跟著尷尬的。」

「三姑娘何必如此認真，小姑娘們在一起無非是圖個熱鬧罷了。」沈氏最看不慣顧瑾瑜凡事不屑一顧的態度，忍不住開口道：「再說四公主位高權重，來了咱們家，要跟妳比比技藝，妳若推三阻四的，反倒顯得小家子氣。」其實上次遊園會的事情，她懷疑是顧瑾瑜暗中推波助瀾，無奈此事沒有證據，晴丫頭對此事也是閉口不言，她只能將一口惡氣憋在心裡無處發洩。總之，這個三姑娘近來邪門得很，明明聲名狼藉，卻越加混得風生水起。

「大伯娘所言極是，我原本就是個六品主事的女兒，從來都不是什麼大戶人家的女兒，哪裡來的大氣可言？」顧瑾瑜看了沈氏一眼，不以為然道：「再說了，詩畫社的確是圖個熱鬧，打發時間消遣一下，講究的是你情我願，若是非得強逼著誰做這、做那的，反倒失了初衷，這樣的詩畫社不參加也罷。」何況，她有好多事情要做，實在沒有心情跟南宮素素和四公主鬥智鬥勇。她知道這些日子因為這事、那事，她跟楚雲霆來往過甚，讓南宮素素和四公主很是眼紅，但憑良心說，她對楚雲霆的確沒有那種心思。這輩子，她只想讓前世害她的人得到應有的報應，保護她想保護的人，比如程貴妃，比如莫婆婆、清虛子、清谷子。

想到清谷子，她心裡又長嘆一聲，但願他能逢凶化吉，躲過這一劫；只是他的事情，該不該跟清虛子說一聲呢？

「三妹妹說得好像是我們逼妳似的，就拿上次來說，四公主去大長公主府請妳，妳沒去，人家不是也沒把妳怎麼著嗎？」顧瑾琊一聽就來氣，冷諷道：「敢情就我們失了初衷、落了俗套，就妳顧三姑娘高高在上、清高孤傲嗎？」

「好了、好了，妳們都不要吵了。」太夫人捏捏眉頭道：「一家人何必為了外人吵得不可開交？明天詩畫社，若是公主召見，三姑娘就出來跟她們比。」在她眼裡，這點小事根本不值一提，且三姑娘的本事她信得過。

「好，我聽祖母的。」顧瑾瑜點點頭，只得退了一步。「若是明天公主召見，我自會出面應對。」在顧家，除了太夫人，誰的面子她都不會給。

顧瑾玥冷哼，這還差不多！

沈氏看看太夫人，又看看顧瑾瑜，不禁心頭微動。明白了，三姑娘在顧家之所以底氣十足，都是因為太夫人在背後給她撐腰呢！不得不承認，三姑娘的確是個精明的，不但懂進退，還知道討太夫人的歡心。

顧景柏看熱鬧不嫌事大，聽說貴女們要來府裡結社，連夜寫了請帖，不但邀請了時家兄弟，連沈元皓和程禹也請來。麗娘始終是他心頭的一根刺，他作夢都想收拾了燕王，如今聽說燕王的胞妹慕容婉要來府裡挑釁顧瑾瑜，他自然不會視若無睹。

燕王欺負他就罷了，怎麼也不能讓三妹妹折在慕容婉的手裡！

第二天，貴女們和郎君們紛紛如約而至。

更讓顧景柏想不到的是，楚雲霆竟然也來了，一時間蒼山院變得異常熱鬧。堂堂楚王世子啊！京城四大才俊之首，天子衛和五城兵馬司指揮使，竟然也屈尊駕臨跟他們圍爐談詩、討論學問，真是太讓人激動了！

唯有楚九暗暗腹誹，最近因為西裕使團進京，世子陪了幾天，桌子上的公文、卷宗都快堆成山了，今兒好不容易有了空閒，卻跑到顧家來吟詩作對？唉，殊不知那些在門外等著世子批覆公文的將領們眼睛熬得跟什麼似的！他們不敢問世子，便成天追在他屁股後面問，世子什麼時候給他們回覆？弄得他每次去五城兵馬司跟躲債似的，唯恐被那些人逮住，可憐啊可憐！

時禮從小跟著時老爺經商，上了幾天學堂，勉強沒當睜眼瞎，認幾個字可以，但要他吟詩作對，那就太難為他了，如坐針氈地坐了一會兒，便藉口去淨房，一溜煙跑了出來。天啊！那些人出口成章，說的什麼鳥語酸詩，他都聽不懂。

或許是知道楚雲霆在蒼山院，在花廳這邊的南宮素素和慕容婉都格外矜持，各自從寧玉皎那裡拿了題目，認真譜曲。

上次詩詞、繡品已經比試過了，這次她們比的是曲譜，題目是《月夜》。

顧瑾萱一看題目，欲哭無淚。她最近一直在苦練雙面繡，原本想著在這次詩畫社上露露臉，卻不想人家不玩了，改成玩譜曲了！嚶嚶，她連古箏都不會彈，哪裡會譜曲啊啊啊！

與其等著丟人，還不如溜之大吉。想到這裡，她推說自己不舒服，悄悄溜了出去。贏了怎樣，輸了又怎樣？還不如去園子裡逛逛，說不定還能碰到時公子呢！想到時忠，顧瑾萱心裡又是一陣黯淡。她其實很想當面問問他，到底是他不願意，還是他家裡不願意呢？

貴女們故意裝作沒看見，心裡卻紛紛冷笑。嘖嘖，顧家二房的這個四姑娘果然是個會耍小聰明的，上次扎了手，這次不舒服，不用說，肯定又不會了唄！

慕容婉的心思不在顧瑾萱身上，顧瑾萱走不走，她並不關心，她關心的是顧瑾瑜。

顧瑾瑜似乎並沒有把她的挑釁放在心上，反而有板有眼地譜著曲子，還時不時地跟寧玉皎耳語幾句，兩人臉上都帶著笑，相處得倒是異常和睦。

沈亦晴和寧玉皎是詩畫社的社長，如今沈亦晴在家裡備嫁不能出門，就剩下寧玉皎一個人負責詩畫社大大小小的事情，落在慕容婉的眼裡，她覺得顧瑾瑜其實是在巴結寧玉皎。

譜完曲後，寧玉皎收起貴女們譜的曲，派人去蒼山院找程禹幫忙評定。

程禹饒有興趣地大致看了一下，挑了幾個入眼的，命人當場試彈，隨後很快判定顧瑾瑜第一，慕容婉第二，寧玉皎第三，南宮素素第四，至於其他人的，他懶得評定名次。

時忠和沈元皓紛紛拍手稱讚。「顧三姑娘果然是名副其實的才女。」

楚雲霆不置可否地笑笑，他對這個結果很滿意。他的小姑娘不但醫術超群，還是個多才多藝的，想到以後兩人朝夕相對，彈琴吟詩的日子，讓他對未來不禁心生嚮往。她的曲子沈靜淡然，婉約大氣，實屬上乘之作，只是行雲流水間的音符當中，隱隱帶著一絲幽幽的哀傷，這種哀傷若有若無地撥動著他的心弦，既熟悉又陌生。

他似乎看到了她面對慕容朔時的恨意，也看到了她在程貴妃床前的哀傷，一個柔弱賢淑的程二小姐，一個沈穩大膽的顧三姑娘，不停地在他眼前晃來晃去。

楚雲霆若有所思地撫摸著茶碗，百思不得其解，程嘉寧和顧瑾瑜到底是什麼關係？

顧景柏聽了寧玉皎的曲子，頗感驚訝。

想不到那麼個風風火火的女子竟然能譜出如此婉約細膩的月夜曲，聽著她的曲子，他彷彿看到了一個妙齡女子端坐在閣樓上靜靜等著心上人歸來的畫面，和著風聲，和著雨聲，還有一聲輕輕的嘆。

慕容婉對這個結果很不滿意！她從小就苦練古箏，教她的師父也是大梁鼎鼎有名天音閣的岳師傅，怎麼會敗在顧瑾瑜的手下？她不服，一點都不服！顧不上女子的矜持，她風風火火地去了蒼山院。

「四公主，文無第一，武無第二，公主才藝超群，在下佩服。」程禹不卑不亢道：「既然公主讓在下給姑娘們裁決，那麼就請公主尊重在下評定的結果。」孝慶帝的兩個公主他自然是熟悉的，四公主驕縱，五公主婉約沈靜，相比而言，他對這個四公主並無半點好感。

「霆表哥，你瞧瞧，程公子當真偏心呢！」慕容婉走到楚雲霆面前，嬌滴滴地說道：「咱們再重新比試吧，好不好嘛？」

楚九聞言，頓覺渾身起了一層雞皮疙瘩，忍不住輕咳道：「世子，咱們該回去了。」

一想到那成堆的公文，他的頭就大了。

好吧，就算世子有過目不忘的本領，但那些卷宗也要翻上個幾天幾夜才能看完，再說，這眼看要過年了啊啊啊！

「妳想怎麼比？」楚雲霆不動聲色地問道。

「請岳師傅來定奪一二。」慕容婉嬌嗔地看了他一眼，伸手扯著他的衣角道：「霆表哥，我好不容易出來一趟，你就不要掃興嘛！若是岳師傅也覺得我技不如人，那我就徹底心服口服。」

「隨妳。」楚雲霆淡淡道。

「來人，去請岳師傅！」慕容婉很是得意。

程禹挑挑眉，再沒吱聲。

不一會兒，一個身著靛藍色直裰的中年漢子便到了蒼山院，細細斟酌一番，很快給出評定。

結果卻讓慕容婉差點氣暈，顧瑾瑜依然是魁甲，只不過慕容婉跟寧玉皎的排名卻是對調，寧玉皎是第二，慕容婉竟然變成了第三，南宮素素依然是第四。

「在下覺得寧五小姐的曲子情感更真切一些，理應給個榜眼。」岳師傅從善如流道。

程禹眼睛一亮，想不到這個岳師傅竟然剛正不阿，連四公主的面子也敢駁啊！

得知岳師傅的評定，南宮素素也覺得臉上掛不住，她堂堂將軍府的嫡女，還比不上一個建平伯府二房的女兒？又見顧瑾瑜一臉無辜的樣子，便酸溜溜地說道：「就算得了魁甲又怎麼樣？難不成還能飛上枝頭做鳳凰不成？真是妄想！」想起來了，上次也是程禹把顧瑾瑜評定成魁甲，現在看來，這個顧瑾瑜在男人堆裡，很混得開啊！哼，水性楊花！

顧瑾瑜冷冷一笑，轉身就走。

南宮素素不依不饒地追上前，心裡波濤洶湧地起伏不止，對顧瑾瑜既羨慕又妒忌，見她要走，便一把拉住她。「顧瑾瑜，妳什麼意思？」

顧瑾瑜一把甩開她，反問道：「南宮大小姐，妳什麼意思？」

「我、我就是看妳不順眼！」南宮素素氣急敗壞道。

「那妳想怎樣？」身後，一個冷冷的聲音傳來。

楚王世子，是楚王世子！

貴女們目光灼灼地看著冷不丁出現在花廳裡的楚雲霆，天啊！是楚王世子啊！

「霆表哥，我、我是在跟顧姑娘說笑呢！」南宮素素沒想到楚雲霆會來，立刻笑得眉眼彎彎，上前嬌聲道：「前幾天我去府裡，未曾見到霆表哥，姑母說表哥公務繁忙，好長時間沒有回府了，如今可是忙完了？」

楚雲霆不搭理她，逕自走到顧瑾瑜面前，低頭看著她，輕聲道：「明天楚九去烏鎮，我讓他多帶點野煙葉回來，送到妳家藥鋪，妳若還需要什麼，儘管對我說。」

「多謝世子。」顧瑾瑜莞爾，仰頭看著楚雲霆，從善如流道：「楚九能帶回野煙葉，我就很感激了。」

貴女們一片譁然，看顧瑾瑜的目光頓時複雜起來，世子這眼神、這語氣，明明就是中意她的樣子啊！嘖嘖！

慕容婉頓覺羞愧難當，沒等聚會結束，便憤然離去。

第六十二章 爭執

時值晌午，金陽正盛，陽光影影綽綽地透過花枝，灑在晶瑩剔透的花瓣上，散著幽冷的光芒，四下裡，瀰漫淡淡的芬芳。

顧瑾萱捏著帕子站在梅樹下裝模作樣地賞梅，眼睛卻不時地瞟著蒼山院那邊的動靜，心心念念地想見時忠一面。他是讀書人，肯定喜歡溫婉的女子，但她好歹是建平伯府二房的嫡女，就算詩詞不是很精通，也比尋常閨秀們強，他為什麼就不給她一個機會呢？

一陣腳步聲傳來，剛想回頭，便聽見身後有小廝畢恭畢敬的聲音傳來——

「時公子。」

顧瑾萱心裡一喜，忙背過身，拽著一枝紅梅詠道：「葉開隨足影，花多助重條。」

「好詩、好詩啊！」時禮拍手叫好，對著顧瑾萱長揖一禮，小眼睛滴溜溜轉。「姑娘真是才女啊！在下此生能見到姑娘，真乃三生有幸、三生有幸啊！」嘖嘖，京城姑娘真是長得水靈啊！瞧瞧，這身段、這膚色，果然是西北女子所不能比的，這樣的女子他喜歡，哈哈！

「你、你是誰？」眼前冷不丁出現一個陌生的男人，顧瑾萱嚇了一大跳，面紅耳赤地後退幾步，警戒地望著他。這人身材粗短，一身暗紅色長袍顯得庸俗不堪，哪裡是什麼時公子？分明、分明是登徒子！

「姑娘莫怕，在下是時忠時公子的兄長時禮。」時禮見美人受了驚嚇，忙解釋道：「在下不是壞人，只是剛才聽聞姑娘吟詩，被姑娘的才情所吸引，不想驚擾了姑娘，還望姑娘見諒。」

紫檀遠遠跟過來。

「沒、沒什麼。」顧瑾萱一聽是時忠的兄長，粉臉微紅，拉著紫檀，調頭就走，走了幾步，索性停下腳步，問道：「你、你家裡為什麼不同意我跟時忠的親事？我、我哪點配不上他？」靠誰不如靠自己，她豁出去了！

「原來是顧四姑娘，失敬、失敬！」時禮眼珠轉了轉，乘機上前幾步，壓低聲音道：「並非是姑娘配不上我家兄弟，而是我爹娘想等明年三月春試後，才給我家兄弟商定親事呢！姑娘還是再等等吧！」

「此話當真？」顧瑾萱又驚又喜。

「當然。」時禮拍拍胸脯，信誓旦旦道：「像顧四姑娘如此才貌雙全的千金大小姐，試問京城能有幾人？天下能有幾人？是他們有眼不識金鑲玉罷了。」那個，其實他還沒有娶正妻，若是這姑娘能看上他，他是絲毫不介意的，嘿嘿嘿！

「姑娘，咱們走。」紫檀見時禮一臉猥瑣，臉一沈，拉著顧瑾萱就走。什麼玩意兒，也配跟四姑娘說話！

「四姑娘留步！」時禮見美人要走，迅速從腰間解下一塊玉珮，塞到顧瑾萱手裡，道：「在下偶遇四姑娘，也算有緣，區區薄禮，不成敬意，還望四姑娘不要嫌棄。」

「呸，誰要你勞什子玉珮！」紫檀一把奪過，扔在地上，拉著顧瑾萱就走。

時禮撓撓頭，訕訕地轉身離開。

「哎呀，妳不要拉我了！」顧瑾萱一眼瞥見被紫檀扔在地上的玉是塊羊脂白玉，水頭上乘，忙掙脫開她，回頭撿起來，放在手裡細細端詳，嗔怪道：「人家時大公子說了，是見面禮，妳幹麼這麼凶？」乖乖，這是塊好玉，從小到大，她還沒有見過這麼好的玉呢！

「果然是塊好玉呢！」紫檀這才後知後覺，欣喜道：「姑娘，咱們發財了啊！」

花木疏影後，時禮聽見主僕倆的話，咧嘴一笑。原來美人喜歡玉啊！哼，他家別的沒有，區區幾塊玉石，還是不少的。越想越興奮，他興沖沖地回蒼山院，繼續聽公子們吟詩作對，他也得跟著學幾句，以後多少能陪著美人唸句詩、做個對子什麼的。嗯，就這麼定了！

楚王府，書房。

「我聽說趙將軍近日去了西北，你這是要徹查燕王嗎？」楚騰這些日子在軍營操練禁軍，昨天剛剛回來，對趙晉去西北的事情也是剛聽說。

「不錯。」楚雲霆坦然道：「這兩年西北連年乾旱，朝廷年年把救災的糧食運往西北，可是老百姓依然流離失所，過著顛沛流離的生活，年年有暴民造反，民不聊生，若是不除了燕王，遲早會出大亂子。」

「此事連皇上都睜一隻眼、閉一隻眼，你又何必多事？」楚騰嚴肅道：「那些暴民再有能耐，也鬧不到京城來，只要京城安穩就行。你記住，咱們楚王府是不會參與他們皇家那些烏七八糟的事情，你說你幹麼要動燕王？」

「父親，您不是經常說家亂外人欺嗎？同樣的道理，若是邊境不穩，遲早會被人盯上。」楚雲霆淡淡道：「我這麼做，並非是參與他們皇家的事情，而是做了我該做的而已。」此事除了他們楚王府，別人還真的動不了燕王。

「我倒覺得你多慮了。」楚騰沈思片刻，嘆道：「你也不想想，你動手除掉燕王，豈不是便宜了齊王？燕王倒了以後，剩下齊王獨大，這並不是皇上願意看到的。」

「不是還有秦王嗎？」楚雲霆把玩著桌上尚未用過的青花端硯，不假思索道：「秦王在南直隸的勢力也是不容小覷的，雖然他有斷袖之癖，但在眾皇子當中，唯獨他容貌最像皇上，這些年也一直恩寵不斷，等我除去燕王，就扶持他跟齊王對抗，以確保局勢平衡。」上次他去小姑娘的臥室，記得她房裡有個筆筒也是青花瓷的，若是配上這方端硯豈不是更好？想著、想著，他便把那方端硯握在手裡，嗯，就送給她好了。

「哎呀，秦王都不舉了，哪有心情奪嫡？再說了，他連個子嗣都沒有，奪來有什麼用？」楚騰見兒子對他那方端硯感興趣，暗道這小子真識貨，心思轉了轉，繼續說道：「到頭來還不是替別人作嫁？再說了，各皇子膝下的皇孫，也是奪嫡的籌碼，他連籌碼都沒有，拿什麼去跟燕王、齊王爭？」燕王雖有兩個兒子，卻全都有口吃；齊王雖然尚未迎娶正妃，但他身體康健，以後子嗣也是不愁的，他擔心的是，到時候又是一場亂。

「父親，您放心，我自有分寸。」楚雲霆知道父親的顧慮，其實他壓根兒就不擔心齊王獨大，反而希望齊王越驕縱越好，等齊王勢力大到威脅到皇權的時候，他就能名正言順地討伐他了。他不出手則已，一旦出手，齊王必死，現在他需要的只是一個適合的契機罷了，畢竟混淆皇室血脈的真相，只能私下解決，不能公諸於天下，這個道理，他懂。

「好，那你行事小心些，儘量不要讓燕王反咬到咱們。」楚騰知道兒子決定的事情很難改變，只好由他去吧！

楚雲霆點點頭，揚了揚手裡的青花端硯。「父親，我那裡剛好缺塊硯臺，我瞧著這塊不錯，您送給我吧？」

「好，你若喜歡就拿去。」對兒子，楚騰也沒啥捨不得的，但一再囑咐下人擦拭的時候務必小心，這塊端硯是他物色了好久，才重金買下的，是可遇不可求的珍品，足足花了他二十萬兩銀子不說，還是花費半年才打磨而成的。

「姑母，那個顧瑾瑜的確是有心機的，她先是故意跌倒在霆表哥的馬下，現在又攀上清虛子神醫，經常出入大長公主府，動不動就在我霆表哥面前晃！」南宮素素挽著南宮氏的胳膊，沿著花園裡彎彎曲曲的青石板路散步，撇嘴道：「而且她還仗著自己有霆表哥撐腰和幾分才氣，連四公主都不放在眼裡，在詩畫社比試才藝的時候一點面子都不給，害得四公主顏面掃地呢！」

「哼，果然小門小戶的女兒都是沒教養的，連起碼的藏拙都不會。」南宮氏冷笑。「想打著給老爺子看病的把戲接近我兒子，門都沒有！」

「姑母，聽說她每隔五天去一次大長公主府呢！」南宮素素很滿意姑母的態度，繼續煽風點火。「而且每次去的時候，都是楚九去接，若說她對霆表哥沒有那個心思，打死我是不信的。」

「妳既然知道這麼多，為什麼不早點告訴我？」南宮氏伸手戳了一下姪女的頭，嗔怪道：「若是連妳都不跟我一心，我豈不是白疼妳了？」

「姑母誤會我了。」南宮素素楚楚可憐道：「素素自知不得霆表哥歡心，看到他有喜歡的人，當然替他高興了；再說我以為姑母知道此事，自然不好再多嘴。」

她原本想利用四公主打壓顧瑾瑜，哪知四公主卻是知難而退的主，才藝比不過顧瑾瑜就灰溜溜地走了，完全沒有下文！難道不應該找機會教訓一下那個不知天高地厚的丫頭嗎？

「妳個傻丫頭！」南宮氏自然不知道姪女心裡的彎彎繞繞，只當是小姑娘膽小怕事，嗔罵了一句，壓低聲音道：「有姑母在，妳怕什麼？姑母是一定要讓妳嫁給妳霆表哥的，妳且等著便是，只是眼下咱們要防的，並非是建平伯府那個小姑娘，而是四公主，知道嗎？」若是太子出了孝期，皇上一賜婚，那就真的無可挽回了；至於建平伯府的那個小姑娘，根本成不了什麼氣候，大不了當側妃娶進來讓兒子先稀罕些日子，然後再慢慢收拾她。

「姑母，咱們能有什麼辦法？霆表哥會不會不高興啊？」南宮素素佯裝不解。

南宮素素一副不諳世事的表情逗樂了南宮氏，點了點她的鼻子，笑道：「當年妳霆表哥跟大皇子司徒魁很是要好，如今他故地重遊，我們楚王府自然得請他到府裡來吃頓飯才是，到時候我想辦法把四公主也請來，若是司徒魁能看上她，那是最好不過，若是沒看中，咱們再另想辦法，總之得讓他們見一面再說。」讓司徒魁娶走四公主最適合不過，如此一來，整個京城也就只有南宮素素能配上她兒子了。

南宮素素眼睛一亮，薑果然還是老的辣啊！

司徒魁接到楚王府的帖子，欣然赴宴。

用完午膳，楚雲霆和楚騰陪著司徒魁進書房喝茶聊天。楚騰雖然是武將，性情粗獷，卻獨獨喜歡收藏毛筆、硯臺之類的東西，司徒魁投其所好地送了他一套西裕特有的冰玉做成的文房四寶。冰玉是從雪山石裡開鑿出來的特有玉種，通體雪白、紋理細膩，在西裕，冰玉只有皇室才能用。

楚騰見司徒魁出手不凡，頗為感動，當下表示，若是在驛館住不習慣，就搬到楚王府來住，這樣來往皇宮也方便，司徒魁自是婉言謝絕。

主客相談甚歡，茶過三巡，話題自然而然地轉到當下的年景上，西裕跟大梁隔著一座高高的雪山，近年來，西裕風調雨順，大梁邊境西北九州卻連年乾旱、民不聊生。

楚騰感嘆了一番，再也沒說什麼。他是禁軍統領，保衛京城、保衛皇宮是他的責任，至於其他的，他是不感興趣的。

楚雲霆則拿出先前讓沈元皓從邊境帶回來的那張地圖，推到司徒魁面前，展顏道：「早就想找時間跟你商量一下這件事情，卻總因為這事、那事地耽誤了，今天剛好有空，咱們正好說說這事。」

「什麼事？」司徒魁望著地圖，一頭霧水。

「你知道我們西北九州這兩年來連年乾旱，百姓顆粒無收、流離失所，吾等在京城也是坐不住的。」楚雲霆嚴肅道：「所以我想跟大皇子商量，從你們西裕借點水源給我們，接濟一下我西北九州的百姓。」

「借水？怎麼借？」司徒魁狐疑道：「難不成你要把我們的雪山挖開個口子，給你們送水？」

楚騰挑眉，怎麼可能？

「大皇子所言極是。」楚雲霆伸手指著邊境上的那座雪山山脈，道：「據我所知，你們雪山腳下的鏡湖，每到春天，冰雪融化，水位就會上漲，年年都要分支引流，而且下游的各州縣動不動就鬧洪水，不如引一條支流給我們，一來解決了我們這邊的旱情，二來也幫你們解決了洪水之災，可謂一舉兩得。」

「我這裡是沒問題，只是以我如今的身分，如此浩大的工程，是不能單由我定奪的，別人不說，我那兩個弟弟就不會同意。」司徒魁有些為難。「這麼說吧，反正只要是我提出的建議，他們便會不分青紅皂白地反對，也會找出一籮筐理由。」他雖然是大皇子，但終究不是西裕王；再加上他跟兩個弟弟不是一條心，所以此事對他來說，並非易事。

「元昭，休得胡鬧，此事牽扯到兩國之間的利益，原本就不應該咱們管。」楚騰一聽就覺得楚雲霆太狂妄，人家西裕的水源怎麼可能借給大梁用？再說了，就算要商討此事，也不應該是楚雲霆出面，而是應該由朝廷出面跟西裕那邊交涉，畢竟這事並非僅憑私人交情就能解決。

「只要大皇子點頭，這事就成了一半。」楚雲霆不以為然道：「等過了年，我就派人先去西北那邊將所有的河道加深、加寬，徹底清理一番，到時候大皇子只要稍稍配合一下就好。」

「那是自然。」司徒魁哈哈一笑，欣然答應。「世子放心，你的事情就是我的事情，只要我能辦到，定會全力以赴，赴湯蹈火，在所不辭。」

楚騰笑著搖頭。「你們啊你們，當真是年少輕狂，這麼大的事情，豈是你們說做就能做到的？」

「哈哈，楚王爺放心，凡事啊！只要世子動了心思，就沒有辦不成的，您就等著瞧吧！」司徒魁朗聲道：「我這個成天無所事事的，如今心裡擱了這麼大的事情，突然覺得自己肩上的擔子重了起來，很想聽聽世子的安排呢！」

「到時候你就知道了。」楚雲霆意味深長道：「現在不能說，說了就不靈了。」

司徒魁哈哈大笑。

第六十三章 初吻

南宮氏和南宮素素簇擁著慕容婉在書房外賞花，聽見書房裡隱約傳來的笑聲，南宮氏親暱地挽著慕容婉的胳膊，淺笑道：「這西裕大皇子性情還真是爽朗，以後若是繼承皇位，必定也是一代明君。聽說他元配病故以後，他再也沒有娶，也不知道哪個女子有福氣能嫁給他做王后呢？」

慕容婉眼角瞟了瞟南宮素素，不冷不熱道：「既然王妃如此欣賞西裕大皇子，不如進宮求我父皇賜婚，把南宮大小姐嫁過去便是。本公主覺得以南宮大小姐的身分能嫁給大皇子，也算是高嫁了吧？」這些日子，她想來想去，突然發現她忽略了一件事情，那就是——南宮素素也喜歡楚王世子！想到南宮素素之前一直慫恿她找顧瑾瑜的麻煩，尤其是上次，害得她在眾人面前丟了面子，她越想越窩火，覺得她是上了南宮素素的當！哼，想拿她當擋箭牌，真是膽大包天！

「公主說笑了，我哪裡配得上西裕大皇子。」南宮素素訕訕道：「若說般配，還是公主最合適吧？」

「可是我父皇說了，他想把本公主許配給霆表哥，所以啊！本公主是沒機會了。」慕容婉聽她這麼說，氣不打一處來，索性直言道：「還有就是，以後妳不准在本公主面前耍小聰明！本公主想明白了，之前本公主頻頻出醜，都是被妳害的！」

司徒魁茶水喝多了，去了趟淨房，路過迴廊時，偶然聽到小姑娘的爭執聲，不由自主放慢腳步。

「公主誤會了，我、我沒有啊！」南宮素素被她搶白得紅了臉，咬唇道：「是顧瑾瑜她不把公主放在眼裡，跟我有什麼關係？」

「哼，狡辯！事到如今，妳竟然還不承認？」慕容婉氣急敗壞道：「是妳一直在本公主面前說什麼顧瑾瑜勾引世子，故意讓本公主跟顧瑾瑜作對，妳則躲在一邊坐收漁翁之利，妳當本公主是傻子嗎？」

南宮氏愣了一下，忙上前打圓場。「公主誤會了，素素生性單純，她不是那樣的人。」

「那她是哪樣的人？」慕容婉反問道：「難道王妃覺得，以本公主的身分還會忌憚一個六品主事的女兒不成？霆表哥再喜歡她，只要本公主不答應她進門，她就進不了楚王府的門，本公主怕她做什麼？」

「公主的確誤會了，我真的沒有。」南宮素素原本就心虛，如今被慕容婉揭穿了心思，頓覺無地自容，恨不得找個地洞鑽進去。

「哼，到現在還說妳沒有？」慕容婉冷笑道：「看來本公主之前的確識人不清！告訴妳，本公主雖然看顧瑾瑜不順眼，也當面為難過她，但本公主從來沒有在背後捅過她刀子！本公主自認光明磊落，不像妳，表面一套，背後一套，虧妳還是堂堂將軍府的女兒，行事竟然如此卑鄙無恥，就妳這樣的，給霆表哥提鞋也不配！」

說得南宮素素一時語塞。

「公主息怒，此事真的是個誤會。」南宮氏見慕容婉當眾數落自己的姪女，臉上也有些掛不住；若是別人敢這樣說，她早就暴跳如雷了，但對方是公主，她自然不好發火，便陪著笑臉道：「就算之前素素說了什麼，那也是有口無心，還望公主不要見怪。」

「王妃，其實妳今日的心思，本公主明白。」慕容婉斜睨了一眼躲在廊柱後面的那個人，大聲道：「大皇子既然來了，何不出來見一面？否則，豈不是辜負了王妃的美意？」哼，她早就看見他了！

南宮氏一回頭，果然見司徒魁站在廊柱下，一時羞憤難耐，差點暈倒。她的確是想讓司徒魁跟慕容婉見面，可是，她並不想讓兩人這樣見面啊！

司徒魁信步而出，看了看眼前的三人，頓覺無趣，不冷不熱道：「在下不意聽見幾位的談話，實屬無意，還望王妃和公主見諒。」

「王妃，眼下本公主跟大皇子已經見過面了，接下來，妳打算如何？」慕容婉直截了當地問道：「妳是覺得大皇子應該對我負責嗎？」

「自然不是……」南宮氏被問得啞口無言。

司徒魁則是一頭霧水，不聲不響地從原路返回。

「那就好，這麼說，本公主的名聲還是清白的。看在快要過年的分上，本公主不跟妳們計較，妳們好自為之吧！」慕容婉哼了一聲，施施離去。她是公主，她怕誰？

南宮氏氣得滿臉通紅，怒氣沖沖地回房。若是這個四公主真的進了門，那自己才是真正的倒楣呢！她長這麼大，還從沒被人如此搶白過！

南宮素素見姑母生氣，大氣不敢出地跟了上去。她原本以為今天的事情十拿九穩，哪知，這個慕容婉突然變得異常聰明，反而害得她丟了人，失策啊失策！

除夕這天，天氣晴朗，沒有一絲風，碧空萬里無雲，是個難得的好天氣。

顧家三房人一大早便齊齊地聚到慈寧堂，給太夫人磕頭拜年，太夫人很是高興，給每個人都包了壓歲錢，連兒子、媳婦都有。

顧廷東捧著鼓鼓的荷包，眼裡倏地有了濕意，唏噓道：「我們一把年紀了，還拿母親給的壓歲錢，看來在母親眼裡，我們都還是長不大的孩子啊！」

顧廷西和顧廷南也都感慨萬分。

「你們年紀再大也都是我的兒子，在母親眼裡可不都是孩子嗎？」太夫人穿了嶄新的古銅色褙子，戴著同色的抹額，整個人顯得很有精神，眉眼彎彎道：「今兒過年，咱們都高高興興的，來年圖個好彩頭。」說著，又轉頭對沈氏說道：「今年花市我就不去了，妳領著姑娘們逛逛就成，別看外面天氣好，到底是冬天，囑咐姑娘們都多穿點，早去早回。」

大梁有除夕這天逛花市的習俗，象徵新的一年繁花錦簇的寓意。花市就設在佛陀山下的皇家梅園附近，有賣小吃的，也有扭秧歌的、放煙火的，很是熱鬧。

沈氏心情愉悅地領著姑娘們出門。

馬車一路顛簸了半個時辰，才到了佛陀山下。

皇家梅園五顏六色的梅花開得如火如荼，遠遠望去，猶如一片絢爛的花海。

顧瑾琊親親熱熱地挽著沈氏的胳膊，母女倆興沖沖地走在前面，不時跟元嬤嬤說上幾句話，主僕三人心情很是愉悅。

喬氏沒來，顧瑾萱帶著紫檀領著顧瑾霜和顧瑾雪，左顧右盼地跟在後面，目光時不時地看向人群。據她所知，時家兄弟沒有回銅州，說不定他們也會來逛花市，如此一來，豈不是就能碰到了……

紫檀眼尖，一眼瞥見正在人群裡四處閒逛的時禮，忙上前跟顧瑾萱耳語道：「姑娘，您看時大公子在前面，咱們過去看看吧？」

顧瑾萱一看是時禮，頓感失望。「我看那個登徒子幹麼？」

「咱們只要跟著他，說不定會碰到時公子呢！」紫檀篤定道：「您想想，時大公子剛剛來京城，人生地不熟的，時忠肯定會陪著他啊！」

顧瑾萱一聽也是，便點頭道：「好，那咱們悄悄的，不要讓他發現。」

顧瑾瑜帶著阿桃，慢騰騰地走在後面，望著道路兩邊成片成片怒放的各色梅花，情不自禁地想起程貴妃，每每想到她，她就有一種發自內心深處的悲喜。輾轉兩世，她終於找到了自己的親娘，雖然晚了些，但終究還是找到了。正想著，前面一陣震耳欲聾的聲音傳來。

阿桃大呼小叫道：「姑娘，快看、快看！那邊有舞龍舞獅的，咱們過去看看，夫人和姑娘們都在呢！」

「妳去看吧，我在這裡等妳。」那麼多人，擠來擠去的，顧瑾瑜不愛湊那個熱鬧。

「那我去去就來！」阿桃興高采烈地跟著人群擠了過去。
「顧三姑娘，別來無恙。」
身後，一個熟悉的聲音冷不丁傳來。
慕容朔站在一棵繁花錦簇的梅花樹下，笑盈盈地看著她。
一如前世去年的那個除夕，她身子孱弱，出不了門，他便從花市買了數十棵梅花，擺在她房裡給她看，那時他也站在梅樹下，滿眼深情地說：嘉寧，以後年年除夕，我都會去給妳買梅花，讓妳不出門也能賞到、嗅到梅花的芳香。
她當時很感動，現在想來，她多傻啊！
顧瑾瑜嘴角扯了扯，面無表情地上前施禮。「民女見過齊王殿下。」
慕容朔，你我之間的恩恩怨怨，我會一一跟你了斷。
「免禮、免禮！」慕容朔上前虛扶了她一下，看到少女沈靜清麗的臉，想到之前他跟沈亦晴在建平伯府的荒唐事，不免有些尷尬，輕咳道：「其實本王跟沈大小姐是個誤會，但事已至此，本王是迫不得已要對她負責，希望顧三姑娘不要誤會。」
雖然之前他也懷疑過是顧瑾瑜看破了他的意圖，故意讓沈亦晴去送畫，但一想到沈亦晴那陰險歹毒的性子，他又覺得不太可能。沈亦晴那個人，他最瞭解，她不算計別人就不錯了，是絕對不可能讓別人算計的，尤其是像顧瑾瑜這種溫婉善良的女子。想來想去，他覺得還是應該對她解釋一番，就算他娶了沈亦晴，但並不妨礙他再娶她進門。
「齊王殿下說笑了。」顧瑾瑜嘴角揚起一絲嘲諷的笑意，反問道：「殿下跟沈大小姐情投意合，是天造地設的一對，我有什麼好誤會的？」想到他把她推入護城河時的猙獰嘴臉，她恨不得現在就立刻解決了他。

「本王從未屬意於她，答應娶她只是權宜之計罷了。」慕容朔看著她，含情脈脈道：「實不相瞞，本王對姑娘才是真心的，本王——」

「齊王殿下，時候不早了，我該回去了，告辭。」顧瑾瑜迅速打斷了他的話，轉身就走，再聽下去，她真的要吐了。

「顧三姑娘，妳聽我說。」慕容朔微怔，大步追上她，繼續道：「我對姑娘是真心的，妳等我……」

話音剛落，一個身影冷不丁擋在他面前。「齊王殿下，人家不願意跟你說話，你為什麼非得勉強人家？」知道她來了花市，楚雲霆便興沖沖地來找她，不想卻剛好讓他看見這惱火的一幕。慕容朔算什麼東西？也敢追著他的小姑娘不放！

「就算本王勉強她，也跟你楚王世子沒什麼關係，你管得著嗎？」慕容朔氣不打一處來，除了秦王、燕王，慕容朔最反感的就是楚家父子。楚騰統領禁軍，楚雲霆則全權負責五城兵馬司和天子衛，說句不好聽的，整個京城幾乎都在他們父子的掌控之下；更讓他忌憚的是，楚王府是油鹽不進的主，誰的面子也不給，一副唯我獨尊、高高在上的樣子，他早就看不下去了！

「我今天還就管得著了！」楚雲霆上前揪住慕容朔的衣角，一拳把他打倒在地。

慕容朔摔了個四腳朝天，尷尬至極，緊接著一個鯉魚打挺站起來，怒氣沖沖地朝楚雲霆撲了過去。「楚雲霆，你欺人太甚，本王跟你拚了！」

四下一陣驚呼，路人紛紛躲得遠遠的。

天啊！兩個世家公子為了一個姑娘打起來了啊！

很快地，兩人的隨從、暗衛也紛紛上陣相助，單打很快變成了群毆。

「世子，你們別打了！」顧瑾瑜見事情鬧大了，很是過意不去，早知這樣，她還不如用安息粉，她自己的事情自己解決，不想牽扯到別人。

楚雲霆見他的小姑娘孤零零地站在路邊，一臉著急的樣子，也不戀戰，很快退出戰鬥，上前拉著顧瑾瑜的手就走。

望著兩人遠去的背影，慕容朔頓時明白怎麼回事，氣急敗壞道：「楚雲霆，本王跟你沒完！」無奈，天子衛的暗衛把他們圍得死死的，他竟無半點脫身的機會。

楚雲霆沈著臉，拉著她直到進了梅園深處才停下。

四下裡，頓時安靜下來。

如火如荼的紅梅肆意舒展著花枝，似乎把一切喧鬧和紛擾都擋在了外面，護住這一方寧靜。

「多謝世子出手相助，我沒想到會碰到齊王。」顧瑾瑜尷尬道。為了她，他跟慕容朔公然翻臉，實在是出乎她的意料，在她心目中，楚王世子沈穩成熟，處事有板有眼，是絕對不會衝動的。誰知道，他竟然和慕容朔大打出手。

看到她烏黑清亮的眸子，楚雲霆眼神變深，情不自禁地長臂一伸，一把將她攬在胸前，想也不想地低頭吻住了她，他微涼的唇帶著繾綣的茶香，將她層層包裹。

顧瑾瑜被他突如其來的擁吻嚇懵了，腦袋一片空白，面紅耳赤地在他懷裡掙扎。「世子，你放開我！」

不遠處，尾隨而來的暗衛們不約而同地背過身去，個個心裡卻驚呼不已，世子果然霸氣，搶過來就動手了啊這是！

「阿瑜，這麼長時間了，難道妳還不明白我的心？我要娶妳。」楚雲霆氣喘吁吁地停下來，一口氣說完，目光落在她嬌豔欲滴的唇瓣上，再次忍無可忍地吻了上去。女子身上淡淡的藥香和唇齒間的甘甜讓他情難自禁，祖母早就告訴過他，自古親事都是父母之命、媒妁之言，尤其他的親事，還得經過皇上點頭才行。故而在他的認知裡，想娶她，也得鄭重走過這些繁瑣的禮節，然後上門提親的時候，再表白心意。

可是如今，那個混蛋慕容朔徹底打亂了他的計劃，他不得不提前出手；就算是冒犯了她，他也要讓她知道他的心意。

顧瑾瑜被他吻得幾近窒息，羞愧難當地伸手點住了他的麻穴，趁他手臂一僵的時候，才從他懷裡掙脫出來，懊惱道：「我對世子並無心思，還望世子自重。」說完，轉身就往外跑。

她心裡很是慌亂，而且不知所措，她從來都沒想過要嫁人，因為她再也不相信男人……

楚雲霆一個箭步衝上前，再次把她攬進懷裡，緊緊抱住她，目光灼灼地看著她，不容置疑道：「阿瑜，妳的事情就是我的事情，以後所有的事情都有我來做，妳唯一要做的，就是嫁給我，我不會再讓妳受委屈。」他錯了，他早就應該把她護在他的臂彎下，再也容不得任何人虎視眈眈。

「世子位高權重，我不過是小小伯府的女兒，我配不上世子。」顧瑾瑜心如小鹿亂撞，咬唇道：「還望世子不要勉強我。」她今天一定是出門沒看黃曆，先後有兩個男人跟她表露心意，她實在是受不起；尤其是楚雲霆，竟然還吻了她……越想越羞愧，索性掩面而逃。

片刻，楚九才期期艾艾地過來，訕訕道：「世子……」剛才他可是全看見了，世子強吻了顧姑娘……嗯，這次是真的有肌膚之親了。

楚雲霆望著她纖細婀娜的身影消失在梅園盡頭，瞬間恢復了冷靜，吩咐道：「好生護送她回去，若再有什麼事情，我拿你是問。告訴劉八，以後她再出門，務必前來稟報。」

「是。」楚九見主子失魂落魄的樣子，心裡不免覺得好笑，強忍著笑意，一溜煙退下。嘖嘖，看來他得給那些暗衛們開個會了，以後世子再單獨跟顧姑娘在一起的時候，大可迴避一下，數十雙眼睛盯著兩人，人家姑娘能不害羞嗎？

顧瑾瑜一路狂奔出了梅園，找到還在看戲的阿桃，跟沈氏說了一聲，推說身子不適，匆匆忙忙地回家，簡單梳洗後，便上了床，拉來被子蒙住頭，越想越羞愧。那個混蛋占她便宜還占得理直氣壯，誰要嫁給他了！

不到天黑，楚雲霆跟慕容朔在花市打架的消息便傳遍了整個京城。

第六十四章 他才是強搶民女的那個

或許是消息太過勁爆，連孝慶帝都聽說了，便召來蘇公公詢問此事。

蘇公公斟詞酌句了一番，陪著笑臉上前說道：「回稟皇上，聽說是齊王殿下在花市碰到了建平伯府二房的三姑娘，一見傾心，便動了心思，哪知那姑娘性子卻是剛烈的，不肯屈從，剛好被楚王世子碰見，便勸阻了幾句。年輕人血氣方剛的，或許是齊王殿下覺得被拂了面子，兩人才動手。」

「不像話！」孝慶帝臉一沈，把手裡的書往几案上一放，捏捏眉頭道：「一個是大長公主的孫子，一個是朕的皇子，為了一個女子，大過年的在大街上打架，也不嫌丟人！尤其西裕使團還在，人家不知道怎麼想呢！去，把齊王給朕叫過來！都快成親的人了，怎麼還如此任性不懂事？」大過年的也不消停！前腳剛剛睡了人家女兒，後腳又在大街上鬧出如此荒唐的事情，一個個的，真是不省心！

「是。」蘇公公應聲退下。

片刻，慕容朔鼻青臉腫地走進來。

楚雲霆出手太狠，招招都打在臉上，想掩飾也掩飾不了。

「你看看你，像什麼樣子！」孝慶帝看著慕容朔臉上的瘀青，越看越來氣，訓斥道：「為了一個女子竟然跟楚王世子大打出手，你倒是越來越有出息了！」

憑良心說，秦王、燕王、齊王三個兒子當中，他最欣賞的便是齊王了，這孩子性情溫潤平和，也沒什麼不良嗜好，深得他心。

「父皇，是楚雲霆先動手的，您看，兒臣臉上的傷都是他打的。」慕容朔畢恭畢敬地跪下，避重就輕，先打同情牌，側過臉讓孝慶帝看他的傷口，解釋道：「再說，兒臣只不過是跟顧三姑娘說了幾句話而已，並非傳言中的強搶民女，那楚雲霆不分青紅皂白，上來就動手，最後還強行帶著顧三姑娘走了。父皇，他才是強搶民女！」

也不知道哪個天殺的，說他在大街上強搶民女，是楚王世子看不下去，出面阻止，兩人才打起來的。分明是誣陷誹謗，楚雲霆才是強搶民女的那一個好不好！

「夠了！楚王世子怎麼會無緣無故地打你？肯定是你當時舉止輕浮，他看不下去了，才動的手！」孝慶帝雖然是父親，但也是皇上，看著慕容朔臉上的傷，雖然有些心疼，但他也是看著楚雲霆長大的，知道那個孩子性情沈穩，不是個驕縱魯莽的，若不是實在看不下去，人家也不會主動招惹齊王。

大長公主教養出來的孫子，他信得過。

慕容朔迅速捕捉到孝慶帝臉上一閃而過的憐憫，鼓起勇氣道：「父皇，兒臣對顧三姑娘傾慕已久，還望父皇成全，讓兒臣納她為側妃吧？」

「放肆！枉朕經常拿你勉勵你那兩個皇兄，說你不貪女色，宮裡的側妃、侍妾這些年一直就那麼兩、三個，就連皇后也一直對你讚賞有加，說你是個正直善良的孩子，可是你呢？」孝慶帝越說越生氣，倏地走到他面前，氣急敗壞道：「你先是無媒苟合占了忠義侯府大小姐，害得朕在忠義侯面前臉面盡失，這事剛剛平息才幾天啊！你又在眾目睽睽下為了建平伯府的姑娘跟楚王世子動手，眼下你不但不好好反省，反而還要納人家姑娘為側妃？若朕准了你，天下人怎麼看朕？難道朕就是個幫助自己的皇子搶人家姑娘入府的昏君嗎？」

慕容朔見孝慶帝動怒，不敢再說別的，忙俯首磕頭。「父皇息怒，兒臣知錯了，兒臣再也不敢了。」

孝慶帝不耐煩地衝他擺擺手。

慕容朔知趣地退下。

楚王府。

南宮氏佯裝不知兒子對顧瑾瑜的心思，數落道：「你這孩子也太衝動了，怎麼說那也是齊王殿下，他愛搶誰搶誰，跟咱們有什麼關係？」

楚雲霆沒吱聲，心情卻是異常愉悅，總覺得身上還帶著她的氣息，讓他的心始終無法平靜下來，此時此刻，他比任何時候都渴望再見到她。今天他的確魯莽了些，小姑娘肯定嚇壞了，他覺得他應該再去好好安撫她一番才是。

「話不能這麼說，齊王在大街上糾纏顧三姑娘，昭哥兒看見，哪能視若無睹？」大長公主見南宮氏數落楚雲霆，不樂意了，不以為然道：「顧三姑娘這兩個月來，一直來往府裡給老太爺看病，沒有功勞也有苦勞，如今人家姑娘在大街上被人欺辱，昭哥兒就應該上前阻止，否則，豈不是成了沒心沒肺的了？」齊王怎麼了？難不成她的孫子還怕個齊王？哼，若是因為此事，皇上敢為難她孫子，她可不答應！

南宮氏聽大長公主這麼說，心裡雖然生氣，卻不敢明著表露出來，只訕訕道：「兒媳只是擔心若因此結下梁子，總是不妥，他們還年輕，路還長著呢！」若是有一天齊王繼承帝位，那她的昭哥兒豈能有好果子吃？大長公主護得了一時，能護得了一世嗎？大長公主就能不死嗎？心裡不禁越恨顧瑾瑜，真是個狐媚子，勾搭她兒子不算，還去招惹齊王！之前她還想，只要兒子答應娶南宮素素進門，那麼把顧瑾瑜娶進來當個側妃也不是不可以，誰承想，如今竟然發生了這等醜事！齊王垂涎的女人，她是不可能讓兒子娶回來的，別說側妃了，就是侍妾、通房也不行！

「此事怎麼說，也是昭哥兒的錯多些。」楚騰看了看楚雲霆，見他滿不在乎的樣子，心裡也有些生氣。「等明日進宮的時候，主動跟皇上和齊王認個錯，賠個不是，大過年的，想來皇上不會計較的。」怎麼說，也是楚雲霆先動手的，打的還是齊王殿下。俗話說，不看僧面看佛面，皇上的兒子豈是能隨便打的？

「王爺所言極是。」難得見自家夫君跟她意見一致，南宮氏很是受寵若驚，振振有辭道：「再說這也不是什麼大事，咱們低低頭，這事就過去了。」

「低什麼頭？依我看，慕容朔那小子就是該打！」大長公主見兩口子一唱一和地抱怨她的寶貝孫子，越加生氣。「明天我陪昭哥兒一起進宮，我看誰敢為難我們！」

南宮氏和楚騰面面相覷。大長公主就是大長公主，老了還這麼不講理，看來，等以後昭哥兒有了兒子，絕不能再放在大長公主身邊養。

楚老太爺笑咪咪地看著眾人一個勁兒地聊天，沒人搭理他，忍不住開口問道：「今天不是過年嗎？怎麼還不吃飯？若是沒有雞腿，給個饅頭也行，我餓了。」

「好好好，吃飯、吃飯！」大長公主立刻收起生氣的表情，連聲吩咐許嬤嬤擺飯。

與此同時，建平伯府也炸了鍋。

當著太夫人的面，顧廷東對著沈氏大發雷霆。「讓妳領著姑娘們去賞花，妳就應該擔起長輩的責任來，照看好每個姑娘，怎麼就獨獨讓三姑娘落了單？」

「老爺朝妾身發火，著實沒道理。」沈氏頓感委屈，氣得滿臉通紅。「是妾身帶著姑娘們出門不假，但三姑娘又不是小孩子，我哪能時時刻刻地盯著她看？」當著太夫人的面，有句話她沒好意思說——明明是三姑娘自己不檢點，到處招蜂引蝶，如今出了這等醜事，反倒成了她的錯？

「父親，這事真的不能怪母親，當時我們都在看舞龍舞獅，三妹妹不願意湊熱鬧，說要在路邊等我們的。」顧瑾珝幫腔道：「再說了，就算我們跟三妹妹在一起，齊王殿下位高權重，想要單獨召見三妹妹，我們也是沒有辦法的啊！」要怪就怪顧瑾瑜那個惹事精，她母親憑什麼要揹這個黑鍋？

「妳給我住口！」顧廷東瞪了女兒一眼，訓斥道：「長輩說話，哪有妳插嘴的分？還不快給我回房去！」

顧瑾珝氣呼呼地掀簾走了出去。

「大哥，你消消氣，此事怎麼說也怪不到大嫂身上。」顧廷西臉上的傷疤還沒有好，有點不想見人，但如今總是他的女兒出事，他不露面說不過去。「眼下咱們還是好好商量怎麼辦吧？」得知齊王殿下和楚王世子為了他的女兒大打出手，他心裡其實很是竊喜。別忘了，無論三姑娘被他們其中哪一個搶去，他都是老泰山啊！如此一來，他官復原職就真的有希望了！

「商量什麼？」沈氏反問，想到之前二房兩口子算計三姑娘不成，反倒讓自家姪女頂了包，她就恨得牙癢癢的，冷笑道：「我姪女剛剛跟齊王殿下訂親，難不成齊王還能在這個節骨眼上把三姑娘討去做側妃或者侍妾？就算是皇上答應，我兄長也絕對嚥不下這口氣的，我勸你們還是死了這條心吧！」沈亦晴在他們二房失貞的帳，她兄長只是打了顧廷西一頓算便宜他了，如今，他竟然還在作著把三姑娘送入齊王府的美夢？我呸！

「大嫂說的什麼話？什麼叫我們死心？」本來不打算開口的喬氏聞言，臉一沈。「難不成今天是我們把齊王殿下叫到花市去的？」反正三姑娘愛嫁給誰就嫁給誰，跟她沒有半點關係，只要不波及到她的四姑娘，她懶得管。

「好了、好了，不要扯這些有的沒的！」顧廷西心虛，不敢再提上次的事情，轉過身對顧廷東道：「大哥，你說咱們要不要去齊王府賠個不是？我聽說楚王世子把齊王打得鼻青臉腫的……」

「二弟，齊王是楚王世子打的，又不是咱們三姑娘打的，咱們道哪門子歉？」顧廷東不可思議道：「若是真的去了，這不是明擺著送上門去讓人家羞辱嗎？」

顧廷西一聽也是，垂頭喪氣道：「那咱們怎麼辦？」

「什麼怎麼辦？」太夫人白了顧廷西一眼，這才開口道：「三姑娘又沒做錯什麼，咱們什麼也不用做。楚王世子動手打了齊王殿下，那是他們兩家的事情，跟咱們壓根兒就沒有關係，咱們唯一應該做的，是去楚王府道謝，而不是去齊王府道歉。」這麼點事情都扯不清楚，還想當六品主事？

「可是母親，若咱們去楚王府道謝，豈不是打齊王的臉？」顧廷西總算回過味來。

「三姑娘經常去大長公主府給楚老太爺看病，她自然有機會處理此事。」太夫人被他們吵得腦門疼，捏捏眉頭，朝眾人揮揮手。「罷了、罷了，此事我會吩咐三姑娘，你們無須操心，都回去守歲吧，明早再過來，若再有什麼事情，過了年再說。」

眾人點頭道是，各懷心思地出了慈寧堂。

「太夫人，您不可太操勞，睡一會兒吧！」池嬤嬤見太夫人依然眉頭緊鎖，安慰道：「三姑娘是個有主見的，她會妥善解決的，您放心便是。」

「她再怎麼有主見，終究還是個孩子。」太夫人說著，長嘆一聲道：「妳還看不出來嗎？楚王世子對咱們家三姑娘也是動了心思的……」楚王世子向來高高在上，從不結交哪個皇子，也沒聽說跟哪家走得近，卻肯在眾目睽睽下替自家姑娘出頭，除了心儀三姑娘，她想不到別的。可惜的是，以顧家的門楣是配不上楚王府的；而以三姑娘的心性，怕是不肯屈居人下做側妃、侍妾什麼的。唉，心再強也強不過命啊！

「還是太夫人看得通透啊！」池嬤嬤恍然大悟。

因為要守歲，清風苑也是燈火通明。

按風俗，除夕這天晚上是不能睡的，閒來無事，綠蘿和青桐、阿桃還有兩個粗使丫鬟便坐在暖閣的臨窗大炕上打葉子牌，說說笑笑倒也熱鬧。

顧瑾瑜也不拘著她們，索性由她們去，自己則拿著一本書倚在床上看，看了半天，卻是一個字也看不進去，腦海裡全是楚雲霆的影子。他在梅園裡對她說過的話，反覆在她腦海裡盤旋，她面上平靜，其實心裡早就亂成一團……

她從花市回來後，便開始回憶跟他相處這些日子的點點滴滴，這才猛然醒悟，原來他對她早就開始好了，只不過她專注的是她前世的仇恨，並沒有留意他對她的心思。

她以為等她醫好了楚老太爺的病，她跟他便再無瓜葛。

他依然是那個高高在上的楚王世子，她依然做她的建平伯府二房三姑娘。

而且她從來不覺得兩人相處的時間多了，便會自然而然地在一起，就像她跟慕容朔，形影不離了十八年，到頭來，他還不是害死了她？

都說女人心，海底針，那男人呢？男人又何嘗不是？

她知道，拿慕容朔來衡量楚雲霆太不公平，她跟慕容朔之間是因為身世糾葛，算是死局，但她跟楚雲霆又何嘗不是另一種死局？

堂堂楚王世子怎麼可能娶建平伯府二房的姑娘為妻？

何況，她對他是真的沒有那種心思。

正想著，窗戶發出聲響。

顧瑾瑜一抬頭，就見楚雲霆冷不丁站在她面前，她心裡一陣羞憤難耐，索性背過身去，懊惱道：「楚王世子，你不覺得你太過分了嗎？」動不動就闖她閨房，算怎麼回事？

「阿瑜，我承認我白天魯莽了些，但我對妳的心意卻是真的。」楚雲霆見她不理他，索性繞到她面前，蹲下身看著她，認真道：「我知道這事對妳來說有些突然，但咱們總得面對現實。妳放心，等太子孝期一過，我就會進宮請求皇上賜婚，迎娶楚王世子妃的禮儀一樣也不會少，妳信我。」

「既然世子來了，那咱們把話說明白了也好。」顧瑾瑜轉過身，面無表情地看著他。「若是之前我有什麼舉動讓世子誤會了，還請世子見諒，我對世子並無風月之意，也不想嫁給世子，希望世子能尊重我的想法。」一想到他唇齒間的茶香和身上清冽的氣息，她忍不住紅了臉，又轉過身去，不好意思再看他。

楚雲霆靜靜地聽著，並不為所動，展顏道：「阿瑜，我明天進宮赴宴，怕是得忙一天，後天和大後天得招待各國使團，初四還得陪皇上去佛陀寺進香，所以我最近幾天有些忙，等我空閒了，再來看妳。」

顧瑾瑜索性不搭理他，敢情她剛才說的話，他是半點也沒聽進去啊！

第六十五章　去程家

楚雲霆剛走，換楚九來了。真是有其主必有其僕，難道他們楚王府的人都喜歡爬窗戶？

楚九不敢進屋，索性趴在窗戶上，露出半個腦袋，陪著笑臉道：「顧姑娘，神醫來了，說有要事找姑娘相商，您看，您是不是出來見一下？」

「我師伯在哪裡？」顧瑾瑜哭笑不得。

「神醫今兒突然接到程院使的帖子，說請他去程家吃年夜飯，神醫便想著乘機把清谷子救出來。」楚九悄聲道：「他說要帶姑娘一起去，天亮前就回來了，還說把阿桃也帶去，互相有個照應。」

「這麼說，清谷子現在在程家？」顧瑾瑜大驚，忙問道：「我師伯怎麼知道的？」

「顧三姑娘，是屬下說漏了嘴，神醫知道後很生氣，待會兒若是他跟妳發脾氣，妳可不要在意！」楚九苦著臉，期期艾艾道：「總之此事都是屬下的錯，我跟姑娘賠個不是，還望顧姑娘在世子面前替屬下美言幾句，屬下感激不盡！」

他家主子跟顧三姑娘已經……已經有了那啥，那顧三姑娘自然也是他的主子，只要顧三姑娘開口替他求情，主子肯定不會怪罪他的！

「好，咱們現在走吧！」顧瑾瑜當下喚來青桐、綠蘿交代了幾句，便帶著阿桃從後門出府。

果然，有一輛馬車已經等在那裡。

阿桃率先跳上馬車，掀開車簾，扶著顧瑾瑜進車廂。

清虛子正倚在軟榻上閉目養神，見兩人進來，眼睛一睜開很快又閉上了。

顧瑾瑜上前小聲問道：「師伯打算怎麼救我二師伯？」

清虛子冷哼了一聲，扔給她一個包裹，轉過身，沒搭理她。

「師伯，二師伯的事情，我並非故意瞞著您的。」顧瑾瑜打開包裹，見是幾件小廝衣衫和易容用的道具，會意，繼續說道：「而是當時我剛剛認出二師伯，還沒來得及告訴您，二師伯就出事了，我怕您擔心，便想著等找到二師伯的時候再告訴您。」

「哼，等妳告訴我，妳二師伯怕是早就死了！」清虛子翻著白眼道：「我帶妳來，是讓妳幫我打個掩護罷了，咱們拖住程院使，然後讓咱們的人伺機行事，今夜肯定能把人救出來。」

「師伯找了什麼人去救我二師伯？」顧瑾瑜對清虛子的安排表示懷疑。

「自然是我的乞丐兄弟。」清虛子不以為然道：「妳要相信，民間自有高手在，只要他們出手，就沒有辦不成的事情，他們要不是家道中落，也不會淪落為乞丐。」

「那若是咱們前腳剛走，程院使後腳發現人不見了，肯定會懷疑咱們的。」難不成要跟程家公開翻臉？

「他憑什麼懷疑我？」清虛子大言不慚道：「別忘了，是他請我來吃年夜飯，不是我厚著臉皮來蹭吃蹭喝的。妳放心，不會有事的！」

「師伯，您不覺得程家無緣無故地請您過來吃年夜飯，有些蹊蹺嗎？」顧瑾瑜總覺得事情有些不對勁，想了想，又道：「他說不定是有什麼事情有求於您呢！」她一聽說程家請清虛子吃年夜飯，就覺得很蹊蹺，程庭是個無利不起早的人，絕對不會無緣無故地請他。

「為了救妳二師伯，我管不了那麼多了。」清虛子不耐煩道：「反正我已經答應人家，去不去由妳！」

「既然如此，那我自然是要去的。」顧瑾瑜理了理藏在袖子裡的安息粉和銀針。去就去，反正她對程家也是恨之入骨，早就沒有半分依戀。

清虛子這才轉怒為喜，從懷裡掏出一個牛皮袋子，扔給她。「過年了，師伯沒啥送妳的，就當頂了妳的壓歲錢。」

顧瑾瑜狐疑著打開袋子，細細看了看，驚訝道：「師伯，您做榮養丸幹麼？」

榮養丸是補藥，由人參、鹿茸、燕窩以及各種溫性的補品一起熬製而成，最適合長途跋涉的行者服用，吃一粒，兩天都不會覺得餓；只是這種藥丸造價很高，一千斤藥材才能熬製出一斤藥丸。

「妳這麼大驚小怪的做什麼？」清虛子漫不經心道：「我那些乞丐兄弟們整日風餐露宿，瞧著怪可憐的，身上沒有幾粒榮養丸傍身怎麼行？我這次做了十斤，還不夠分呢！下次多做點，保證人人有份！」

「十斤榮養丸，得要一萬斤藥材吧？」顧瑾瑜揶揄道：「師伯可真是捨得花銀子！」這十斤榮養丸，至少得買五萬兩銀子的藥材吧？

「哼，反正花的又不是我的銀子。」清虛子摸著下巴，斜睨了她一眼，補充道：「一萬斤藥材都是楚王世子買的，那小子對我言聽計從，下次再讓他買！」

「……」好吧，楚王世子財大氣粗，那點銀子對他來說，的確不算什麼。

見她不語，清虛子破天荒地打趣道：「怎麼？心疼了？」

楚王世子和齊王在花市打架的事情他早就知道了，嘖嘖，看不出那小子還挺有血性的。

「哎呀師伯，您說什麼呢！我心疼什麼呀？」顧瑾瑜會意，臉紅道：「他是他，我是我，我跟他又沒什麼關係。」

清虛子冷笑。女人果然都是口是心非，若真的沒關係，臉紅什麼？

快到程府的時候，清虛子掀簾出了車廂，吩咐顧瑾瑜和阿桃。「妳們快換好衣裳，記住，一會兒能不說話儘量不要說話。」

顧瑾瑜和阿桃點頭道是。

或許清虛子還不放心，又輕咳道：「那個阿桃，妳直接裝成啞巴就好了。」

「……」阿桃無言。

不知不覺，馬車緩緩在程家門口停下來。

程庭親自出來迎接，很熱情地把一行人迎進了正廳。

程家的家宴擺在頌風殿。

程庭只當顧瑾瑜和阿桃是清虛子的小廝，特意在清虛子身後設了張小几，因是年夜飯，程家並沒有因為她們是下人而另眼看待，几上擺了滿滿的美味佳餚。

這讓阿桃很歡喜，姑娘向來吃得少，這麼多菜夠她吃的了！

顧瑾瑜悄悄用銀針一一試毒，見銀針並無變色，才示意阿桃動筷子。

程庭的帖子下得太突然，她不能不防。

去年除夕，一家人也是在這頌風殿吃年夜飯，她當時雖然身子不濟，但也強打精神，勉強吃了些酒菜才回秋皎院，回去後便大病了一場。

蘇氏知道後，只吩咐管事嬤嬤送了些補品過來，並未露面。

就連程庭也是隔了四、五天才過來看看她，替她把脈，也是什麼都沒說。

想必那個時候，他們就打算要捨棄她了吧？

顧瑾瑜悄悄打量著在座的每一個人，還是那些熟悉的面孔，還是那些人，唯獨只有她，已經隔世。

蘇氏一襲盛裝，妝容精緻地坐在程庭的身邊，笑容隱隱有些勉強。她其實不善應酬，但有些時候卻不能不打起精神出面應付，年夜飯若是沒有女主人，總是不圓滿。

程庭為人長袖善舞，八面玲瓏，加上又是太醫院院使，面對江湖神醫自然有的是話題。

程庭稱讚清虛子醫術出神入化，是天下第一神醫，清虛子連連謙稱，說人外有人，天外有天，雖然稱不上天下第一，但大梁第一神醫非他莫屬。

程庭嘴角抽了抽，點頭道是。

兩人你來我往，聊得很盡興。

倒是程禹，悶不吭聲地自酌自飲，偶爾跟坐在旁邊的時家兄弟說上一、兩句。

時忠表情淡淡，舉手投足客套得體，倒是時禮，一雙小眼睛滴溜溜地轉，也不知道心裡在盤算什麼，惹得蘇氏很是不快，但當著眾人的面，又不好發作，只得提前退席，說是去陪裴老夫人，程庭欣然答應。

楚九則顯得心不在焉，他倒不是擔心救不出清谷子，而是擔心坐在他身後的顧瑾瑜，若是顧瑾瑜有個什麼閃失，他就真的死定了。

「哈哈，神醫果然是大長公主府的貴客，來我這府裡赴宴，竟然還驚動了楚大人！」程庭舉起酒杯，笑道：「楚大人大駕光臨我們程家，府裡可謂是蓬蓽生輝！來，程某敬楚大人一杯！」

「多謝程大人。」楚九也不含糊，起身一飲而盡。

酒過三巡，管家來報，說是秦王來了。

顧瑾瑜心頭微動，她就說，程庭絕對沒安什麼好心。

秦王肯定是為了他的不舉之症來的，要不然，這個時候他應該在宮裡陪著皇上守夜，而不是偷偷來程家見清虛子。要知道，皇上最痛恨的就是皇子跟臣子走動過密。

想到孝慶帝，顧瑾瑜心情一陣黯淡，若是沒有程庭偷天換日，她也不會死，她現在應該陪伴在她的父皇和母妃身邊守歲，而不是為了掩人耳目，化成小廝混在仇家的家宴上。

雖然此行的主要目的是為了救清谷子，但她當下決定得想辦法把秦王深夜來程家拜訪的消息洩露出去，她要讓孝慶帝知道他所倚重信任的程院使到底是個什麼樣的人。

孝慶帝若是知道秦王在大年夜偷偷來到程家，只為了看病，定是不信的。自古帝王多疑，孝慶帝或許面上不說，心裡絕對不會不忌憚。

仔細想了一番，她心裡頓時有了主意。

彼此見禮之後，秦王大大方方地落坐，直截了當道：「之前本王無意衝撞了神醫，實屬誤會，還望神醫見諒。今日如此佳節，竟然在程院使家偶遇神醫，果然是緣分。本王的舊疾神醫早就清楚，俗話說，一事不求二主，還望神醫不吝賜藥，本王感激不盡。」

程庭給他把過脈，坦言他只有一成的把握。

一成就等於沒有把握，而清虛子說他有三成的把握。

沒法子，大長公主府他進不去，只能趁著父皇在後宮小憩的空閒偷偷溜出宮來程家見清虛子。

還有就是，那個狗屁清谷子壓根兒就不懂醫術，更別說給他看病了。他原本想著一刀解決了他，可是程庭卻說留著他還有大用處，說只要清谷子在，清虛子就一定會對他們言聽計從。

如今看來，程庭所言不虛。

要不然，以清虛子的臭脾氣，怎麼可能來程家赴宴？分明是打聽到清谷子的下落才來一探虛實的。

「秦王莫急，神醫醫者父母心，又是大梁第一神醫，豈有不救之理？」程庭會意，乘機道：「來來來，咱們一起敬神醫一杯，願神醫藥到病除，也祝秦王早日康復。」

秦王的脈象很特別，程庭懷疑是被高手下了毒。他第一個反應是清虛子，但秦王回憶了半天，也沒說出個所以然，他說他之前並沒跟清虛子有什麼交集，這讓程庭百思不得其解；若不是清虛子，放眼京城還有誰會下這樣厲害的毒？

「蒙秦王殿下抬愛，那本神醫就恭敬不如從命了。」清虛子心裡早已千迴百轉，乾笑兩聲，舉杯而飲，他心裡明白，若是今日還不答應，他應該出不了程府，孰輕孰重，他心裡自然明白。

眾人也紛紛陪飲。

吃完飯，清虛子留下給秦王把脈，程庭則饒有興趣地在一邊陪著。程禹和時忠兄弟倆紛紛告辭回屋。

顧瑾瑜和阿桃則被管家帶到花廳喝茶。

茶過三巡，顧瑾瑜見管家還在陪著她們，便悄悄掐了阿桃一下。阿桃會意，對著管家「啊嗚、啊嗚」地亂叫，管家不解，顧瑾瑜這才極力壓低聲音說道：「管家，他想去淨房。」

因是大年夜，管家早就不耐煩陪著兩個小廝，不冷不熱地指著不遠處的花園道：「淨房就在花園邊，拐個彎就看見了。」

顧瑾瑜拽著阿桃去了花園。

花園裡掛了好多燈籠，影影綽綽的，像是許多亮晶晶的星星。

一個纖細瘦弱的身影穿梭在燈籠下，嘴裡唸唸有詞。「大老貓，爬屋頂，小豌豆，地裡長，娃娃要娘，娘不在啊！娘不在啊……」

是莫婆婆！

顧瑾瑜心裡一陣激動，情不自禁地快走幾步，上前輕輕喚道：「婆婆，別來無恙？」

莫婆婆站在燈籠下，借著通紅的燭光望著她，滿是皺紋的臉上揚起一絲笑意。「嘉寧，妳回來了。」

「婆婆！」顧瑾瑜腳下一個踉蹌，忙上前抓她的手，眼裡倏地有了濕意。「婆婆，我回來了，是我，我是嘉寧！」她的手冰涼粗糙，竟不帶一絲暖意。

「回來好啊！」莫婆婆咧嘴一笑，拍手笑道：「嘉寧回來了，我的嘉寧回來了！」

「哎呀老夫人，您怎麼又跑出來了？」兩個五大三粗的婆子一身酒氣地跑出來，看也不看顧瑾瑜，上前拽著她就往回走，邊走邊道：「老夫人，求您了，您安靜一點吧！今兒過年，讓奴婢們省省心吧！」

顧瑾瑜眼睜睜地看著那兩個婆子簇擁著莫婆婆進了隔壁小院，才擦擦眼淚，拽著阿桃繼續往前走。她雖然有好多話要跟莫婆婆說，但今晚實在不是見面的好時機，她得先搭救清谷子，只能日後再找機會來見莫婆婆了。

走了好一會兒，阿桃才哭喪著臉，問道：「姑娘，淨房還沒有到啊啊？奴婢快憋不住了！」

顧瑾瑜頓感無語。「淨房早就過了，妳就在這裡解決吧！」

阿桃顧不得許多，跑到假山後解決了內急，提著褲子道：「姑娘，咱們去哪裡？」

「別說話，跟我走就是。」顧瑾瑜逕自往前走。程家就那麼大，她大概猜到了程庭會把清谷子安置在什麼地方。果然走了幾步，便看見前面不遠處一大一小兩個花房都亮著燭光，花匠們在喝酒猜拳，不時有人出來張望一番，而後又很快關上了門。

顧瑾瑜拉著阿桃，在暗處躲起來。

程家的大花房並非用來放花，而是用來住人的，裡面住著五個花匠，名義上是打理花園，實際上都是有些身手的護院，抑或者為了看守清谷子，全都換成了暗衛；小花房則是用來放鋤頭、鋸子、剪刀之類的物件。

不多時，兩個黑衣人便出現在小花房門口。

其中一人從懷裡掏出一根細絲，對著門上的鎖轉了幾下，鎖頭應聲落地，另一個人則衝了進去，揹起屋裡的人就跑。剛跑出門，大花房裡的五個花匠便衝了出來，把兩人連同背上的清谷子圍起來，雙方很快打成一團。

「姑娘，他們打起來了！」阿桃小聲道：「咱們怎麼辦？」

顧瑾瑜心裡暗嘆清虛子做事不靠譜，單憑這兩個人就能救出清谷子？但事到如今，也顧不上那麼多了，她捏了捏安息粉，吩咐道：「妳去妳剛才內急的地方放把火，這裡交給我就行。」

阿桃轉頭就跑，片刻，又折了回來，問道：「姑娘，放多大的火？」

小火有小火的放法，大火有大火的放法，這個她得問明白。

「越大越好，最好把所有人都驚動了。」顧瑾瑜不容置疑道。

阿桃再次撒腿跑了。

片刻，牆頭上又悄悄出現了十數個黑影，杳無聲息地跳下來，團團圍住那兩個黑衣人，顧瑾瑜一看事情不妙，便掏出手帕蒙住口鼻，出其不意地衝了出去，對著那些人揚了一把安息粉，立刻有五、六個人應聲倒地，剩下那些人愣了一下，氣勢洶洶地衝顧瑾瑜撲了過來，顧瑾瑜索性把手裡的安息粉全都揚出去，追上來的人有的倒在地上，有的搖搖欲墜地在地上來回打轉。

那兩個黑衣人還算機靈，乘機揹著清谷子跑了。

顧瑾瑜這才鬆了口氣，一轉身，冷不丁撞進一個人的懷裡，嚇得她驚叫一聲，耳邊隨即傳來楚雲霆低沈的聲音——

「阿瑜，跟我來。」

「世子？」顧瑾瑜萬分驚訝，她都打扮成這樣了，他還能認出她來？

這時，不遠處傳來一陣驚呼——

「走水了、走水了！」

一時間，花園裡火光閃爍，濃煙密布。

「快走！」楚雲霆臉一沈，拉著她就往外跑。

顧瑾瑜忙道：「世子，我師伯還在頌風殿，我不能走，我得回去！」

「聽我的，我自有安排。」楚雲霆不由分說地抱起她，迅速離開程家，把她往停在路邊的馬車裡一塞，沈聲道：「在這裡等著我，我若是沒回來，妳不准出來！」這個女人越來越膽大了！這麼危險的事情也敢做，還敢上前揚安息粉？他真的好生氣，怎麼辦？

第六十六章　靠誰不如靠自己

程家的大火還沒有被撲滅，依然是濃煙密布，隱約能聽見來來回回跑動的腳步聲和呼喊聲。

夜風蕭蕭地吹進車廂，顧瑾瑜打了個寒顫，放下布簾，拉來軟榻上的棉被裹在身上，心裡頓感一種莫名的舒暢，今夜程家這場大火很快會傳遍京城，如此一來，秦王夜訪程家的消息也就瞞不住了。

即使皇上知道他是去程家看病，也不會不忌憚，若是平日就罷了，但今兒是大年夜，若沒有事先的通風報信，秦王是不可能在大年夜去程家的。

再說燕王得知此事，也會聞風而動。

這些日子她想過了，直接扳倒慕容朔有些難，因為所有的事情都是程庭出面替他周旋，為他出謀劃策，打理善後，慕容朔直接參與的那些烏七八糟的事情比較少，想必除了把她推下護城河是慕容朔親自動的手，其他的全都是程庭做的，包括十八年前謀殺清谷子這件事情。

車廂外傳來一陣腳步聲，阿桃跳上馬車，看見顧瑾瑜，這才撫著胸口道：「姑娘，您不仗義啊！奴婢到處找您找不到，都快嚇死了。」

當時姑娘讓她放大火，她剛好瞅見花園旁邊放了兩大桶菜籽油，便全都淋在地上，一點就著，火勢蔓延得很快，連她自己都嚇壞了。

「那妳剛剛幹麼來著？」顧瑾瑜見阿桃滿臉狼狽，額頭上黑黑的，臉上也是被煙熏黑了，哭笑不得道：「妳不會也跟著救火去了吧？」

「姑娘您猜對了，奴婢的確救火來著！」阿桃興奮得手舞足蹈，似乎忘了這把火是她放的，口沫橫飛道：「開始只有我們幾個，後來世子帶人衝了進去，才把火澆滅的。嘿嘿，我瞧程家那些人都嚇傻了，時忠兄弟倆也趕來救火，那個時禮手忙腳亂地掉井裡去了，還是我把他拉上來的呢！哈哈！」

「那師伯怎麼樣了？」顧瑾瑜忙問道。

「神醫沒事啊！大火又沒燒到頌風殿。」阿桃無所謂地說道：「剛剛我出來的時候，神醫看見我了，他衝我擺擺手，啥也沒說。」

顧瑾瑜這才放心。

大火過後，程家花園一片狼藉，到處都流著水，濕漉漉的。

程庭氣得直跺腳，揚言要徹查放火的嫌犯。

在場的人人自危，唯恐懷疑到自己身上。

秦王本來想趁亂溜走，哪知清虛子卻拉著他不放，還破天荒地給他催眠了一盞茶的工夫，待他醒來，就看見楚雲霆帶人衝了進來，氣得他差點暈倒，原來他是被人算計了。

更重要的是，連清谷子也被人救走了！

楚雲霆救完火，破天荒地跟他打了個招呼，然後大搖大擺地帶著清虛子和楚九走了！

「無妨，皇上那邊，下官自有說辭。」程庭咬牙切齒地安慰他。哼，就算皇上知道秦王來程家又能怎麼樣？他就不信，還能據此給他們扣上結黨的罪名！

「那清谷子呢？就讓他們給劫走了？」秦王沒好氣地說道。若是沒有清谷子的牽絆，那清虛子豈會盡心盡力地給他看病？失策啊失策！

「王爺放心，既然他們來陰的，那咱們也不能公然跟他們翻臉，下官就不信清谷子永遠不出門！」程庭也是懊惱不已，早知道這樣，自己就一刀解決他，哪裡會用他來吊著清虛子。

秦王雖然生氣，卻不敢再在程家逗留，匆匆回宮請罪。與其讓別人添油加醋地說給父皇聽，還不如自己主動坦白，他又不傻。

孝慶帝聽說了程家的事情，心情很複雜；若在平日也就罷了，大過年的，堂堂皇子卻急急地往程家跑，就算是看病，也不應該安排在大年夜吧？

「父皇，兒臣真的是去看病！」秦王信誓旦旦道：「之前兒臣去大長公主府求過神醫，哪知卻被大長公主趕了出來，從那以後，兒臣便不敢再去大長公主府打擾神醫，昨天聽說程院使要請神醫吃年夜飯，這才想著去碰碰運氣，不想卻碰到了程家走水。」

「好了，你既然身子不適，就早點回去歇著吧！」其實秦王的病，孝慶帝也略有耳聞，只不過這病難以啟齒，他也不好明著問。

秦王道是，悻悻地退了出來。

他瞭解孝慶帝，知道父皇越是冷靜，心裡越是在意，不禁恨得牙癢癢的，到底是哪個天殺的放火的？越想越氣，便鬼使神差地又返回程家。

哪知一進門，就見程家那個瘋婆子舉著燈籠到處點火，後面跟著一群人追著跑，只聽瘋婆子嘴裡嚷嚷道：「嘉寧回來了、嘉寧回來了。」

蘇氏氣急敗壞道：「大過年的，竟然讓她惹了這麼大的亂子！妳們竟然連個老太太都看不住，都是死人嗎？」

「……」秦王傻了，敢情這火是程家那個瘋婆子放的啊？

待秦王走後，燕王乘機道：「父皇，聽說最近太醫院的藥材大都是南直隸那邊送過來的，連同御膳房的那些藥膳也是，大家都說最近二哥發大財了呢！」

南直隸可是秦王的地盤，用腳趾頭想，就知道秦王肯定從中賺了不少。

孝慶帝臉色一沈，眼裡光芒漸冷。

「父皇，聽說太醫院缺了個副院使，您看是不是應該早點把這個缺堵上？要不然……」

要不然，太醫院就成了程家的天下了。

「好，這事就交給你去辦吧！」孝慶帝面無表情道。他倒要看看，太醫院的水究竟有多深！

「兒臣遵命！」燕王大喜，他就知道父皇肯定會忌憚秦王跟程家聯手，別忘了，程家可是齊王的娘舅家，跟程家聯手，豈不就等於跟齊王聯手了？

回去的路上。

楚雲霆望著身穿小廝衣裳的小姑娘，嚴肅道：「阿瑜，妳記住，以後不准私自行動，妳要做什麼，儘管跟我說，這些事情我替妳做；清谷子的事情，我另有安排，並非是妳想的那樣簡單。」

今晚能救出清谷子，純屬僥倖，若是他晚來一步，她跟清虛子都未必能全身而退。

在他心目中，她應該是待在閨房裡繡花做針線，然後安心等著他去娶她，而不是如此魯莽地出面應付這些陰險之事。她這樣義無反顧地做了，分明是壓根兒沒有把他放在心上，這讓他很生氣，難道他說得還不夠明白嗎？

「不用了，我自己的事情自己做，不想麻煩別人。」顧瑾瑜並不覺得她做錯了什麼，嚴肅道：「以後我的事情，世子還是不要過問了。」她的仇恨只有自己知道。

凡事靠誰都不如靠自己，她不會假借他人之手的。

還有就是，她是她，楚王世子是楚王世子，她沒有理由，也沒有任何資格去依附他，讓他幫自己報仇，前世她不就是太相信慕容朔才送了命嗎？

這輩子，她不想再重蹈覆轍。

再說，就算告訴他又能怎麼樣？難道他會像她一樣，步步為營地去算計程家、算計慕容朔？肯定不會的，他會考慮朝局的安穩，甚至還會考慮得更多。

而她則不需要考慮這些，她只想報仇。
「阿瑜，妳是在怪我沒有告訴妳清谷子在程家嗎？」楚雲霆見小姑娘一臉決絕，大有壯士一去兮不復還的氣概，氣極反笑。「其實我原本想給妳一個驚喜的，卻不想被你們搶了先，害我地道都白挖了。」原本他能神不知、鬼不覺地救出清谷子，卻不想竟然鬧了這麼一大齣戲。
「什麼地道？」顧瑾瑜一頭霧水。
「蔡氏耳環裡的那張地圖，就是京城地下通道圖。」楚雲霆索性坐到她身邊，壓低聲音道：「妳覺得我若是想去程家救個人，難嗎？」這個計劃他連楚九都沒有告訴。
負責挖地道的暗衛說，明晚就能打通清谷子藏身的那道牆。
「世子若真的透過地道救走清谷子，那豈不是打草驚蛇？」顧瑾瑜見他靠過來，尷尬地往一邊移了移身體，繼續說道：「讓程庭發現地下通道的秘密曝光，難道你不怕他銷毀通道嗎？」程庭生性多疑善變，他自然很快會猜到地下通道已經暴露，必定會把地下所有通道都堵上，如此一來，豈不是又少了一樁指證他的罪名？
阿桃眨眨眼睛，知趣地往門口靠了靠。
「我就是要讓他把密道堵上。」楚雲霆坦然道：「打草驚蛇是唯一的辦法。」
顧瑾瑜垂眸不語，就算他說得頭頭是道，那也是他的計劃，她並不想知道。
馬車緩緩地停下來，顧府到了。
阿桃率先跳下馬車。

顧瑾瑜剛起身，卻被楚雲霆一把拉住。

「阿瑜，安心待在家裡，切不可再輕舉妄動，妳放心，一切有我。」

他的聲音在幽暗的馬車裡顯得格外低沈篤定，不容人置疑，又讓人覺得格外踏實。

顧瑾瑜尷尬地想抽回手，不想卻被他緊緊拽住不放。

他不說話，只是拽住她。

她越掙扎，他拽得越緊。

幽暗的車廂裡，兩人無聲地糾纏，顧瑾瑜依然掙脫不得，惱羞成怒地去點他的麻穴。

不想這次楚雲霆早有準備，反而一把將她拉入懷裡，低頭吻住她。她身上特有的藥香味讓他欲罷不能，想到還得至少五個月才能娶到她，他覺得提前跟她親近一些也無妨，要不然，他如何能捱過等她的這段漫長光陰？

又被他占了便宜，顧瑾瑜羞愧難當地在他懷裡奮力掙扎。一直以來，她只當楚王世子高傲清冷，卻不想竟然屢屢輕薄她，而她卻無計可施。情急之下，她便奮力推開他，乘機在他胳膊上用力咬一口，趁他一愣神，顧瑾瑜這才從車廂裡跑了出來，拉著阿桃，迅速從後門進了顧府。

楚九和清虛子見顧瑾瑜招呼也不打地跑了，面面相覷。這又是怎麼回事啊？

「姑娘、姑娘，您慢點，等等奴婢啊！」阿桃在後面緊追。

兩人一路小跑著回了清風苑。

青桐和綠蘿著急地在屋裡急轉圈，見姑娘回來，才算徹底鬆了口氣。

再不回來，天都要亮了，待會兒還得去慈寧堂請安拜年呢！

「綠蘿，明天妳幫我出去散個消息，就說程家的那把大火是程二小姐回來放的，說當時秦王爺也在，他們都是親眼所見。」顧瑾瑜換了衣裳，洗漱好，走到几案前寫了一封信，交給綠蘿，嚴肅道：「妳去取一萬兩銀票過來，連同這封信，交給黑市的吳老大，告訴他，我最晚初五就想見到我想要的東西。」

前世她聽兄長程禹說起過這個吳老大，說這個人雖然浪跡黑市已久，烏七八糟的事情做了一籮筐，但唯一的好處就是，認錢不認人，而且口風極緊，不會走漏了風聲。

綠蘿點頭道是。

初一過後，親戚們才開始走動拜年。

顧瑾瑜唯一能走動的親戚就是柳家。

太夫人說大姊姊顧瑾華初四回娘家，顧瑾瑜便決定初三去柳家看望舅舅。

王氏吃了顧瑾瑜開的藥，病情大有好轉，神志也比之前清醒了許多，舉手投足溫婉大方，臉上著淡淡的妝容，宛如變了一個人。

看見顧瑾瑜，王氏拉起她的手，上下細細端詳了一番，淺笑道：「舅母渾渾噩噩了這些年，卻不想我的瑜丫頭竟然出落成大姑娘了！來，讓舅母好好看看妳。」

顧瑾瑜順從地走到王氏身邊坐下。

「老爺，瑜丫頭這眉眼倒是跟妹妹極像呢！」王氏笑盈盈地對柳禹丞說道：「看上去倒像是咱們家的姑娘。」

「瑜丫頭是我的親外甥女，可不就是咱們家的姑娘嘛！」柳禹丞眼含笑意地望著王氏，心情很是愉悅。髮妻瘋癲了這許多年，他們夫妻早就名存實亡，為了填補房中寂寞，他才納了花姨娘為妾。自從上次花姨娘虐待王氏的事情被他知曉，他深感對不起王氏，便再也沒有動過納妾的心思，卻不想，王氏竟然慢慢恢復過來，還是跟之前一樣的溫婉賢淑，這讓他很欣喜。這些日子，兩口子蜜裡調油，大有久別勝新婚的感覺。

「舅舅、舅母所言極是，我身上有柳家的血脈，自然也算是柳家的姑娘。」顧瑾瑜順勢拉過王氏的手，給她把脈，道：「待舅母吃完我上次開的藥，就不用再吃，調養個半年，就徹底康復了。」

柳禹丞和王氏大喜。

吃飯的時候，柳元則才從外面回來，饒有興趣地說起程家的大火。「大半夜的，程家便起了大火，聽說燒掉大半個花園，連皇上也驚動了呢！」

「沒聽說是怎麼引起來的嗎？」柳禹丞關切地問道，大過年的起火，著實有些詭異。

顧瑾瑜放下筷子，側耳傾聽。

「京城裡都傳開了，說是年前死去的程二小姐死得冤，回來放的鬼火呢！」柳元則神秘兮兮道：「要不然，大過年的，怎麼會起火？大家都說，當時秦王也看見了，嚇得尿了褲子呢！」

「程二小姐不是溺水而亡嗎？」柳禹丞一邊給顧瑾瑜挾菜，一邊皺眉道：「聽說她跟齊王殿下一起去護城河上的時候，不慎掉入河中，當時好多侍衛去救，可惜還是晚了一步，因為此事，齊王還大病了一場呢！」

「若程家的火是程二小姐回來放的，那就真的說明二小姐死得冤。」王氏信佛，對這些事情深信不疑，只是她對程家二小姐並無印象，不過是有感而發罷了。

顧瑾瑜垂眸不語。她就不信，程庭和蘇氏會一點都不心虛。

「瑜丫頭過了年就十五了吧？」王氏看看柳元則，又看看顧瑾瑜，笑盈盈道：「我記得妳的生辰是三月初六，對吧？」

「是。」顧瑾瑜點頭應道。

「母親，你們聊，我吃飽了，先去書房。」柳元則早就知道顧瑾瑜的心意，不想當面再被拒絕一次。

「那個時候剛好是則兒春試，時間過得可真快。」柳禹丞衝王氏遞了個眼色，開心笑道：「來來來，吃菜，多吃點，這些都是妳舅母親自下廚做的呢！」

王氏會意，不再問。

待顧瑾瑜走後，柳禹丞才跟她道明原委，嘆道：「終究是兩個人無緣，咱們也不能強求，妹妹就留下這麼一個血脈，不管她以後嫁給誰，只要她過得好，咱們也就放心了。」

王氏心裡雖然遺憾，卻也只能點頭。

待顧瑾瑜回到家，綠蘿便神秘兮兮地遞過來一個包裹，低聲道：「姑娘，程二小姐貼身的什物都在這裡了，吳老大說，那兩個盜墓的人已經遠遠打發了，不會走漏半點口風。」

「阿桃，今晚妳再去一趟程家，把這塊玉珮放在失火的花園裡那個假山旁。」顧瑾瑜招手喚來阿桃，囑咐道：「記住，一定要走東側門，東側門那邊有隻狗，這包藥足以讓牠昏睡小半個時辰。」

每年初四，程庭都會陪蘇氏回娘家，因為這天恰好是蘇家老太爺的生日，兩口子都會陪著老太爺吃了晚膳才回來；巧的是，看守東側門的門房也是初四生日，他家又住在程家一牆之隔的後巷胡同裡，所以，今晚他會溜回家去喝酒、吃飯，把他家裡的阿黃牽過去替他看門。

從東側門去花園，不過三、五丈的距離，以阿桃的身手，絕對沒問題。

阿桃領命而去。

第六十七章 心意

第二天一大早，程庭和程禹跟往常一樣去花園練劍。

這是父子倆多年來養成的習慣，風雨無阻。

程禹眼尖，一眼便看到了放置在假山旁的玉珮，驚訝萬分道：「父親，您看！這、這不是二妹妹貼身戴的玉珮嗎？」

程庭聞言，快步上前撿起那個蝴蝶形狀的羊脂玉珮，細細端詳了一番，心底猛地一沈，這蝴蝶玉珮是程貴妃在程嘉寧及笄的時候所賜，上面還刻了一個「寧」字，毋庸置疑，這的確是程嘉寧的玉珮。

只是，這玉珮當時明明已經放進嘉寧的水晶棺裡，怎麼會出現在自家花園裡？

他是大夫，向來不信鬼神，總覺得是有人知道了什麼，在跟他示威。

「父親，京城傳言除夕那把火是二妹妹回來放的。」程禹握拳輕咳，把這幾天聽來的傳言說給程庭聽。「大家說得有鼻子、有眼的，說是二妹妹死得冤枉，趁著過年回來訴冤呢！」

他對程嘉寧的死從未懷疑過，覺得是個意外。二妹妹跟齊王一起長大，青梅竹馬，要不是太子突然遇刺身亡，兩人就該談婚論嫁了。

「胡說！人死哪能復生？」程庭板著臉道：「這種無稽之談你也信？人云亦云，糊塗！

虧你還飽讀詩書呢！你見過人死還能復生的嗎？簡直荒謬！」

程庭雖然不信，但蘇氏卻嚇壞了，顫顫道：「老爺，你說是不是嘉寧真的回來跟咱們討債了？當時我就說反正她在娘胎裡虧欠了身子，整日病懨懨的，讓她自生自滅就好，可是你們非要她……」

當年她跟程貴妃先後有孕，程貴妃的產期要比她晚一個月，她足月臨盆，生下慕容朔，為了掩人耳目，程庭便對程貴妃下了催產藥，讓她提前分娩，因為早產，程嘉寧的身子一直孱弱，闖了好幾次鬼門關，還是程貴妃跪下來求程庭保住程嘉寧的一條命，程庭才答應讓她活下來。

哪知，程嘉寧越長越像程貴妃，眉眼間還依稀帶著孝慶帝的影子，這讓程庭很不安。

更重要的是，因為程嘉寧跟慕容朔是同年同月同日生，孝慶帝有意把程嘉寧指婚給慕容朔，萬一程嘉寧真的入宮，跟孝慶帝見面多了，說不定會露餡，這可是滿門抄斬的大罪啊！故而程庭索性心一橫，把真相告訴了慕容朔。

父子倆的想法很快達成一致，那就是盡快除掉程嘉寧，永絕後患！

於是，這才有了七夕程嘉寧落水溺亡的一幕。好在慕容朔掩飾得好，讓人覺得他對程嘉寧一往情深，程嘉寧是真的失足落水。

「妳住口！這樣的話，切不可再說了！」程庭立刻變了臉色，訓斥道：「咱們沒有錯，錯就錯在她長錯了臉，不該越長越像貴妃！妳也不想想，一旦東窗事發，咱們都得死！妳我、整個程家、齊王，都會跟著陪葬！我若不除掉她，豈不是自掘墳墓？她必須死！」

蘇氏臉色蒼白地閉嘴。

憑良心說，她並不喜歡程嘉寧，也不願意聽她喊娘。

那個孩子雖然生下來就被抱到她身邊，但她卻沒讓程嘉寧吃她一口奶，而是把程嘉寧託給奶娘；再長大些，她依然不喜歡程嘉寧，總覺得那個孩子生來就帶著一種上位者的氣勢，加上程嘉寧酷似貴妃娘娘，她甚至都不敢看程嘉寧的眼睛。

直到程嘉寧出事，她心裡才算徹底鬆了口氣，覺得總算是拔掉了心裡的一根刺。

如今，家裡先是在大年夜失火、姓莫的瘋婆子嘴裡喊著「嘉寧回來了」，現在又在花園裡發現了程嘉寧的貼身玉珮，這一切都讓她膽戰心驚；她甚至擔心，有一天她一回頭，就會發現程嘉寧真的站在她身後，滿眼幽怨地看著她……

「妳不用擔心，我這就帶人親自去看看嘉寧的墳，順便再給她做一場法會，讓她找個好人家早日投胎吧！」程庭見蘇氏是真的害怕，語氣也變得緩和許多，上前拍拍她的肩頭，安慰道：「妳放心，等齊王繼承皇位，我平生的夙願也算了了，到時候咱們關起門過日子，再也不理任何閒事。」這天下，原本就是他們宇文族的天下，身為宇文族的後人，他有義務替祖宗把天下奪回來！

「但願一切如老爺所願。」蘇氏嘆道：「秦王雖然是廢了，但燕王的勢力不容小覷，何況皇上龍體還算康健，咱們齊王什麼時候才能登上大位啊？」

「妳放心，我都安排好了。」程庭眼裡閃過一絲陰狠，冷笑道：「現在太醫院全是我的人，不出兩個月，皇上便會一病不起，然後我再動手收拾了燕王，那個位置不就是咱們齊王的嗎！」

孝慶帝若是一病不起，定會考慮立儲之事。若是立了齊王為太子，那最好不過；反之，若是不立齊王，立了燕王或者秦王，那他只能除掉他們，不過是要費一番周折罷了。

雖然程庭說得頭頭是道，但蘇氏還是病倒了。

她總覺得在某個看不見的角落，程嘉寧在看著她，讓她毛骨悚然，吃飯不香，睡覺也不得安寧；加上程庭發現程嘉寧的陪葬什物的確少了一些，蘇氏更加確信程嘉寧是真的來過程家，整個人都瘦了一圈，竟在元宵節前夕歿了。

京城傳言，是程二小姐的鬼魂嚇死了蘇氏。

顧瑾瑜得知蘇氏的死訊，久久沒有動。她不殺伯仁，伯仁卻因她而死。前世蘇氏待她冷淡，甚至沒有抱過她，之前她一直認為是自己有病的緣故，現在想來，蘇氏知道她的身世，根本打從心底就排斥她吧？

她曾經渴望過蘇氏的懷抱，也渴望過蘇氏的笑臉，但終究還是一次一次地失望了。

蘇氏只會對長姊程嘉儀笑，也會對兄長程禹笑，唯獨不會對她笑。

一切的一切，都是因為她不是蘇氏的骨肉。

想著、想著，顧瑾瑜忍不住淚流滿面，她不是為了蘇氏，而是為了前世的自己。

「姑娘，寧五小姐剛剛送來帖子，說她在聚福園茶樓等您一起去看花燈呢！」綠蘿拿著請帖興沖沖地走進來，見顧瑾瑜臉上帶著淚，嚇了一跳，忙問道：「姑娘，您怎麼了？」

「沒什麼。」顧瑾瑜慌忙擦了擦眼淚，接過帖子，勉強笑道：「妳下去準備，咱們天黑就出發。」

綠蘿不敢再問，應聲退下。

京城的元宵節一向熱鬧，大街小巷掛滿了形狀各異的花燈，大姑娘、小媳婦人人都不必避諱，大可三五成群地聚在一起猜燈謎、贏花燈，甚至已經訂過親的未婚男女，還可以在下人的陪伴下見面。

故而，還沒到天黑，各家酒樓、茶館都已經座無虛席。

熙熙攘攘的人群穿梭其中，比過年還要喧鬧幾分。

寧玉皎親熱地挽著顧瑾瑜的胳膊，興致勃勃地賞著花燈，紅通通的燈籠映紅了少女的笑臉，寧玉皎指著其中一對兔子燈道：「這兩個燈籠好看！咱們去猜那兩個，剛好一人一個，多好啊！」

顧瑾瑜也覺得那兩個燈籠的確很好看，便饒有興趣地上前看那字謎，尚未走近，便見南宮素素率先搶在兩人前面。

南宮素素冷冷道：「老闆，這兩個兔子燈我要了！」

按照習俗，猜燈謎得燈籠，若是不想猜，自然得拿銀子買。

小攤販大喜，忙收下銀子，畢恭畢敬地把兩盞兔子燈遞了過去。

寧玉皎很不服氣。「你這老闆還真是見錢眼開，明明是我們先來的！」

「小娘子息怒！」小攤販陪著笑臉道：「是妳們先來的不假，但這姑娘是先付了銀子的，所以這燈籠自然得先給這位姑娘了。」

南宮素素一臉得意。就是搶妳們的燈籠，怎麼樣？

「老闆，你這攤位上的燈籠，我家主子全買了。」楚九冷不丁出現在小攤販面前，甩手扔過一錠銀子，看也不看南宮素素，嘿嘿笑道：「顧三姑娘，我家世子說這些燈籠都是送給您的，您可以隨便挑選自己喜歡的！」

小攤販大喜，恭敬地把那兩個兔子燈籠遞到顧瑾瑜和寧玉皎面前，陪著笑臉道：「兩位姑娘拿好，我這兔子燈可是咱們這條街獨有，保准兩位喜歡！」

寧玉皎遲疑了一下，轉頭看著顧瑾瑜。

顧瑾瑜會意，淺笑道：「既然是世子包了，那我們不好橫刀奪愛，我還是覺得自己猜來的燈籠更有意思。」

「對對對，我們不要了！」寧玉皎拽著顧瑾瑜就走。「咱們去別的地方看看便是。」

兩人轉身就走。

小攤販愣在那裡，有些不知所措。這些千金大小姐的心思很奇怪，人家送的不要，非要自己去猜？

眾目睽睽之下，南宮素素惱羞成怒，跺腳道：「楚九，你什麼意思？明明是我先買的，你為什麼要過來跟我搶？你別以為我不知道霆表哥今天根本就不在京城，你分明是拿著雞毛當令箭！」

她眼巴巴地在楚王府等了大半天，想跟霆表哥一起來逛花市，卻不想花市都開了，他還不回來，南宮氏說，他一大早就出城去了烏鎮，這個時候不回來，就肯定不會回來了。

楚九似乎沒有看見她這個人，轉身對那小攤販道：「老闆，你替我守著這攤子，除了剛才那兩位姑娘，任何人都不得動這些花燈，等花市散了，這些花燈隨便你處置。」

「曉得、曉得！」小攤販心花怒放。

楚九大搖大擺地走了。

南宮素素差點氣暈，見顧瑾瑜和寧玉皎兩人有說有笑地走在前面觀燈、猜字謎，很快兩人手裡各提了一盞造型逼真的蓮花燈，心裡怒氣更甚，便喚來隨行的丫鬟、小廝，吩咐道：「去，把這條街上的花燈都給我買下來！我就不信，我對付不了一個顧瑾瑜！」

「小姐，咱們買這麼多花燈，放都沒地方放啊！」巧杏為難道。銀子當然不是問題啊！問題是，要放在哪裡？

「讓妳去妳就去，哪來那麼多廢話？」南宮素素白了她一眼，不以為然道：「妳傻啊！妳以為我是要把花燈搬回家去嗎？等花市散了，就賞給那些賣燈的小攤販們好了。」

「可是小姐，您這樣做，似乎也對付不了那個顧瑾瑜啊！」巧杏對主子的想法很是質疑，踮著腳望了望漸行漸遠的顧瑾瑜和寧玉皎，獻計道：「咱們還不如直截了當地教訓她一頓了事！趁她回家的路上，圍住她，狠狠揍她一頓，讓她知道小姐您的厲害！她們小小的伯府，哪敢上門找南宮府的麻煩，到頭來，還不是啞巴吃黃連，有苦說不出？」

「哼，我倒看不出，妳比我還狠！」南宮素素噗哧一笑。「好，那妳去安排，就按妳說的辦！」

待到人少的地方，寧玉皎這才意味深長地看著顧瑾瑜，晃了晃手裡的花燈，揶揄道：「瑜妹妹，妳若是再說楚王世子對妳沒有半點心思，打死我是不信的；我還聽說除夕那天在花市，楚王世子和齊王殿下為了妳打起來呢！說說看，到底是怎麼回事？」

顧瑾瑜便把那天的事情一五一十地說給寧玉皎聽，苦笑道：「也許在他們眼裡，賞我個側妃是看得起我，殊不知，對我來說，卻是莫大的侮辱。我就是一輩子不嫁，也不會給人當側妃的，何況我真的沒打算嫁人。」

當然，她沒好意思說楚雲霆還吻了她……

他吻了她，她卻無計可施，那種感覺就像是一拳打在棉花上的無奈。其實她想了好久，那天除了情急之下咬了他外，她的確不能把他怎麼著。

想著、想著，她情不自禁地紅了臉，幸好四下燈光閃爍，寧玉皎倒看不出她的異樣。

寧玉皎嘆道：「當時我跟蕭姊姊就懷疑齊王殿下對妳起了心思，沒承想，他竟然真的喜歡妳，這可如何是好啊？」

「無妨，兵來將擋，水來土掩，走一步、看一步吧！」顧瑾瑜無所謂地笑笑，問道：「別光說我了，妳也該談婚論嫁了吧？」其實她挺羨慕寧玉皎的，爹疼娘愛，還有諸多親姊姊，不像她，背負著前世、今生兩世的恩怨情仇。

「不瞞妳說，其實我覺得我挺好笑的。」寧玉皎站在欄杆處，望著四下琳琅滿目的燈籠。「之前我以為自己會嫁給忠義侯府世子沈元皓，每每看見他，總覺得他是未來夫婿，對他倒也生出點牽掛來，卻不想，因為上次我二叔的事情，忠義侯府便對我沒了興趣，不再談我跟他之間的事情，我對他竟然也無半點留戀之意，覺得無所謂。有時候我會想，其實我對他是沒感覺的，對吧？」

「也許是吧！」顧瑾瑜感慨道：「我總覺得妳的親事妳爹爹心裡已經有了計較，只等妳及笄之後再做打算吧！據我所知，大家都在等這次春試的結果呢！」

考得好的，名利雙收，佳人、美人還不是任由挑選？

若是不中，拚的自然是眼下的身家地位了，誰都不傻，若無十足的把握，誰也不會提前下注不是？

「這倒也是。」寧玉皎嘆道：「橫豎還有三個多月的時間，聽天由命吧！」

反正她們的親事，都不是自己所能左右的。

顧瑾瑜剛想說什麼，一抬頭，卻見楚雲霆正站在前面璀璨奪目的花燈下，眼睛眨也不眨地看著她。男子身材挺拔修長，俊美無儔，引得好多路過的姑娘們駐足相看，更有大膽的小姑娘把手裡拿著的鮮花往他身上扔，好個風度翩翩的郎君。

佳人依然是一襲粉白衣裙，在紅通通的花燈映照下，越加光彩奪目，不可方物。楚雲霆情不自禁地快走幾步，眉眼含笑道：「阿瑜，妳們逛了這麼長時間，一定累了，跟我去醉風樓歇歇腳吧？」

阿瑜？寧玉皎心裡大驚，迅速地看了顧瑾瑜一眼，忙道：「我、我就不去了！我跟姊姊們約好了，一會兒在聚福園茶樓見面，我先走了！」說著，腳底抹油地溜了。人家楚王世子為了顧瑾瑜，都把齊王殿下給得罪了，可見對顧瑾瑜的心思也不是一天、兩天了，她自然不會在這裡礙眼，還不如讓他們兩個趁著這次機會，把話說個明白。

嘖嘖，阿瑜，叫得好生親熱啊！

顧瑾瑜頓時鬧了個大紅臉，瞋怪地看了他一眼，轉身就走。

「阿瑜，我有一件很重要的事情跟妳說。」楚雲霆一把拉住她，壓低聲音道：「是關於宮裡的。」他想過了，只要多關注她在乎的人，就總能引起她的興趣；何況，他的確答應過她，要關照程貴妃的。

「是貴妃娘娘出事了嗎？」顧瑾瑜心頭猛地跳了跳。

宮牆深深，縱然她有心護住程貴妃，卻也鞭長莫及。

「咱們車上說。」楚雲霆很滿意她的反應，拉著她上了馬車。

阿桃見自家姑娘上了楚王府的馬車，知趣地沒有跟過去，而是心情愉悅地跳上自家馬車，舒舒服服地往車廂裡一躺，反正姑娘由楚王世子照顧，她很放心。

第六十八章　劫色

顧瑾瑜急切地想知道程貴妃的病，便順從地跟著他上了馬車。「世子，你快告訴我，貴妃娘娘到底怎麼了？」

「別著急，不是貴妃娘娘。」楚雲霆一本正經地道：「皇上初五那天從佛陀寺回來以後，就染上風寒病倒了，最近程庭日夜在宮裡侍奉，連他夫人病逝也只是回去看了一眼，弄得宮裡人心惶惶的。最近三王也常常進宮侍疾，甚至有大臣上書請求皇上提前立下太子，以保朝局安穩。」

「皇上也病倒了？」顧瑾瑜忙道：「世子，您能不能想辦法安排我進宮見皇上，讓我替他把脈？我肯定有辦法讓皇上痊癒的！」

「好吧，我來想辦法。」楚雲霆似乎早就料到她的請求，沈吟道：「只是妳一個人進宮肯定不妥，我會跟皇上舉薦清虛子神醫進宮探病，到時候妳作為他的子弟，正好一起去。」

其實她就是不說，他也有這個想法。

既然想請皇上賜婚，那麼肯定得帶她進宮，讓皇上見一見，留個印象才行。

如此說來，無論是為了她，還是為了他自己，他都會精心安排她跟皇上見一面的。

「那就有勞世子了。」顧瑾瑜沈吟道：「不管要我做什麼、付出什麼代價，我都願意。」

外面花燈連成一片，映得車廂裡也是紅通通的，兩人浸潤在朦朧的紅色光暈裡，楚雲霆瞧著面前溫婉如玉的女子，突然又有種把她攬在懷裡的衝動，但見她神色沈重，只得硬生生壓下心頭的旖旎，淡淡道：「阿瑜，妳我之間不必如此客氣，妳既知道我的心思，就應該明白，無論為妳做什麼事情，我都是心甘情願的。」

顧瑾瑜倏地紅了臉，卻也無言應對，只得生生扯開話題。「我清谷子師伯，你把他安置在哪裡了？」

「我想來想去，還是覺得烏鎮最安全。」楚雲霆坦然道：「妳放心，上次是意外，這次他絕對不會有事的，烏鎮那邊我增加了人手，保證連隻蒼蠅也飛不進去，若他再有個閃失，妳咬我。」

顧瑾瑜索性閉嘴，再沒吱聲。他吻她兩次，她才咬了他一次，怎麼說，還是他賺到便宜，眼下卻三番兩次地提這件事情，當真小氣！

楚九趕著馬車，不疾不徐地駛過擁擠的人群，沿著護城河邊的賽馬場徐徐前行。難得他家世子跟三姑娘好好聊聊，索性就繞個遠路送三姑娘回府吧！

緊跟在後面的焦四卻被繞暈了。天啊！這不是回家的路吧？

正想著，兩個黑衣人猛然從路邊跳了出來，手持明晃晃的大刀，乾淨索利道：「劫財！劫色！」

焦四嚇了一大跳，他承認他長得還可以，但也沒有帥到會讓人打劫上吧？

想了想，他手忙腳亂地跳下馬車，訕訕道：「兩位好漢請了，在下只是個趕車的，身上並無銀兩，你們就行行好，大過節的，饒了我吧！」話音剛落，只見眼前亮光一閃，後頸一涼，大刀便架在了脖子上。

「這裡沒你啥事，不想死的，滾到一邊去，我們要的是車廂裡那個小娘兒們！」

南宮大小姐說了，隨便他們怎麼對待那個小娘兒們都行。哼，今兒他們不但要劫財，順便也要劫個色！千金大小姐的滋味肯定銷魂，嘿嘿嘿！

焦四恍然大悟，心裡暗忖：壞了，阿桃肯定是在花市被這兩個人盯上了，所以他們才尾隨到此！

只是，這兩個人的口味不是一般的重呢！竟然看上了阿桃，他一直覺得阿桃長得比他還醜……

阿桃雖然睡得迷迷糊糊的，但還是知道碰到壞人了，如今又被他們言語輕薄，頓時氣不打一處來，掀簾跳下馬車，二話不說，揮拳朝兩人打去。娘的，敢劫她的色？膽子不小啊！

楚雲霆見顧瑾瑜垂眸不語，便知趣地不再吱聲，順勢躺在軟榻上，反枕著雙手，靜靜地看著她。她身上若有若無的藥香和著少女特有的體香朝他隱隱襲來，映著車廂外紅通通光芒，頗有些歲月靜好的味道。

感受到他熾熱的目光，顧瑾瑜只覺心如小鹿亂撞，索性轉過身，掀開車簾往外看。

馬車已經到了護城河渡口。

河面上燈光點點，好多人在那裡放花燈，形狀各異的花燈打著旋滿載著主人的期許和心願徐徐前行，把原本沈寂肅穆的護城河妝點得異常嫵媚多姿，一派盛世佳節的景象。

顧瑾瑜這才知道楚九是刻意繞了遠路的。

楚雲霆見她一個勁兒地往外看，便坐直了身子，掀開車簾往外看了看，提議道：「咱們也下去放盞花燈吧？」

「好。」顧瑾瑜很是痛快地應道。出去放花燈透透氣也好，總比被他肆無忌憚地盯著看強。

楚九耳朵尖，不等楚雲霆吩咐，便靠路邊把馬車停下。

楚雲霆率先跳下馬車，親自放下矮凳，小心翼翼地扶她下來，楚九則招手喚來隨行的兩名護衛，衝兩人眨眨眼睛。「快去買些好看的花燈回來，世子要跟顧姑娘放花燈！」

兩名護衛會意，應聲消失在夜色裡。

顧瑾瑜下了馬車，回頭一看，這才發現焦四和阿桃沒有跟上來。

不等她開口，楚雲霆便吩咐楚九。「去看看顧家的馬車是怎麼回事？」

楚九匆匆返回原路。

片刻，兩名侍衛便提著數十盞造型各異的花燈放到兩人面前。

顧瑾瑜挑了一盞精巧大氣的牡丹花燈，栩栩如生的花瓣簇擁著小小的紅燭，她很是喜歡。楚雲霆也順勢提起另一盞牡丹花燈，顧瑾瑜這才發現，眼前這些花燈都是成雙成對的，那個……楚王府的人還真是會揣測主子的心思呢！算了，既來之、則安之，隨他吧！

河堤上人影攢動，卻並不擁擠。

兩人下了河堤，找了一處還算寬敞的地方，解下花燈上面的繩子，捧在手心裡許願，放入水中，兩盞牡丹花燈緩緩漂入越來越湍急的河流中，波光跟燈影連成一片，纏綿繾綣。

一願父皇、母妃平安康健；二願今生了卻前世恩怨情仇，惡有惡報，善有善報。

一願吾妻心想事成，國泰民安；二願此生白頭到老，不離不棄。

許完願，放了花燈，兩人才各懷心思地上了河堤。

看見顧瑾瑜，阿桃氣憤填膺地上前，比劃道：「姑娘、姑娘，剛剛有人打劫我們，幸好楚侍衛及時趕到，才把這兩個強盜給抓住，他們說要劫財、劫色！」劫財並不重要，重要的是劫色，真是氣死她了！

「那你們有沒有受傷？」顧瑾瑜忙問道。

「姑娘放心，我們都沒事。」焦四心有餘悸道。要不是楚九及時趕到，就憑他跟阿桃怕是跟他們難分勝負，說不定會吃虧。

阿桃索性走到兩個盜匪面前，狠狠地踹了每人一腳。「讓你們劫色！讓你們劫色！」

「姑奶奶饒命啊！」兩個黑衣人被踢翻在地，狼狽地爬起來，抱頭求饒道：「不關我們的事啊！是有人指使我們做的！」

楚雲霆信步上前，冷冷問道：「是誰？」

他的聲音不大，卻讓人感到異樣地寒冷。

「是、是南宮大小姐！」其中一個黑衣人立刻匍匐在地，顫顫巍巍道：「她說，讓我們扮成打劫的，尾隨建平伯府的馬車，找機會教訓一下顧家小姐，替她出口惡氣……」

事情敗露，他不敢再提「劫色」兩個字，否則，他們會死得更慘。

「我自認沒有得罪南宮大小姐，她為何總是苦苦相逼？」顧瑾瑜一臉幽怨地看著楚雲霆。其實她心裡明白，南宮素素恨她，就是因為楚王世子。

「妳放心，此事我會處理。」楚雲霆會意，挑了數名暗衛護送顧瑾瑜回家，又命楚九去南宮府把南宮素素帶到五城兵馬司。既然南宮素素一而再、再而三地挑戰他的底線，那他也不必顧忌情面了。

南宮耀聽聞楚雲霆命人抓了女兒南宮素素，大發雷霆，立刻騎馬奔到五城兵馬司，沈著臉道：「元昭，咱們一家人不說兩家話，有什麼事情你儘管找我便是，怎麼在眾目睽睽之下把你表妹帶到這種地方來？若是傳揚出去，她的名聲豈不是全毀了？」有沒有搞錯，南宮素素可是他的表妹，還一心傾慕於他，一家人怎麼還鬧到對簿公堂的地步了？

「舅舅，我抓她，自然有抓她的理由。」楚雲霆冷冷道：「您還是先問問她做了什麼，再替她說話吧！」

「她做了什麼？」南宮耀反問道。哼，不管女兒做了什麼，就憑他是南宮大將軍，他楚王世子就不該苛責於她！

楚雲霆朝楚九遞了個眼色。

楚九會意，很快把那兩個黑衣人帶上來。

得知緣由後，南宮耀淡淡道：「元昭，若不是那個顧姑娘惹急了素素，素素也不會出手教訓她，橫豎是小姑娘家的口角之爭，咱們大男人就不要管了，由她們去吧！再說了，為了一個小小建平伯的女兒，你何苦如此興師動眾？不是舅舅說你，你也太小題大作了吧？」他還以為是什麼大事呢！為了這點小事翻臉，當真不值得。

「舅舅，難道素素的名聲是名聲，人家姑娘的名聲就不是名聲了嗎？」楚雲霆臉一沈，面無表情道：「若真的是小姑娘的口角之爭，又何必雇凶傷人？敢問舅舅，您當真不覺得是素素太過分了嗎？」

他自幼在大長公主身邊長大，極少去南宮府走動，對這個舅舅的為人品性，雖然不是很瞭解，但京城傳言南宮大將軍仗著有楚王府撐腰，囂張跋扈、目無王法，之前他一直心存疑慮，如今看來，倒是真的了。

「她再怎麼過分，也是你的表妹！」南宮耀大手一揮，不耐煩道：「元昭，你不要鬧了，快讓你表妹出來，我要帶她回家！」

「舅舅，雇凶傷人，按刑律應判流放之罪。」楚雲霆一字一頓道。

「你敢！」南宮耀氣得拍桌子。

想起來了，為了這個什麼顧三姑娘，除夕那天楚雲霆還跟齊王殿下在花市打起來，怪不得楚雲霆一副公事公辦的樣子，還敢揚言要判他的寶貝女兒流放之罪，原來是為了維護那個小狐狸精！哼，難怪女兒要出手對付那個顧姑娘，換了他，也是嚥不下這口氣啊！

越想越生氣，倏地起身走了出去，熟門熟路地去了臨時關押南宮素素的廂房，踹開門闖了進去，拽著南宮素素就往外走。他就不信了，他堂堂大將軍，還保護不了自己的女兒？楚王世子他也不怕！

「世子，您看，這……」楚九很是為難。攔還是不攔啊？南宮耀可是楚王世子的舅舅啊！

「算了，由他們去吧！」楚雲霆也不生氣，沈吟道：「你去把大皇子請到這裡來，就說我有急事跟他商量。」他若是不能給他的小姑娘出口氣他也不是楚王世子了。

南宮素素必須要為她今日的所做所為付出代價。

楚九應聲退下，急急忙忙地騎馬去了城外驛館，把剛準備要休息的司徒魁從被窩裡拖了出來，風風火火地帶到五城兵馬司。

司徒魁被擾了清夢，很是不悅，打著哈欠道：「火上房了還是怎麼著？你這麼晚把我喊來，到底是有什麼事情？」

「南宮大小姐溫柔賢淑，才貌過人，家世也甚是了得，我覺得她跟大皇子倒是很般配。」楚雲霆意味深長地看著他。「如今你故地重遊，對她就沒什麼想法嗎？」

他記得五年前，司徒魁曾經誇過南宮素素畫畫得好，可惜當時他是質子，南宮素素壓根兒就沒拿正眼看過他，這讓司徒魁很受傷，便斷了跟南宮府來往的想法。

「你、你什麼意思？」司徒魁一個激靈，頓覺睡意全無，警惕道：「我告訴你，你別打我的主意，你那個表妹喜歡的是你，我絕對不會橫刀奪愛的！」

「可是我並不喜歡她，所以大皇子也談不上橫刀奪愛；還有就是，我既然答應助你登上西裕王的位置，就絕對不會食言。」楚雲霆沈吟道：「你要相信，若是有南宮府做你的後盾，日後你無論做什麼事情，都是有底氣的。」司徒魁在西裕根基不穩，日後就算登上王位，也是困難重重。

西裕畢竟是大梁的附屬國，大梁有出兵西裕的權力，一旦有個風吹草動，南宮大將軍便可順理成章地殺過去救駕。

「可是南宮大將軍是不會把南宮素素嫁給我的。」司徒魁撩袍坐下，蹺著二郎腿道：「他可是心心念念地想把女兒嫁給你，看來，楚王世子很搶手呢！」

「那得看大皇子想不想做成此事了。」楚雲霆雲淡風輕道：「我記得五年前你曾經救過南宮大小姐一次，可惜當時她並沒有放在心上，如今你再來一次英雄救美，我想她肯定會芳心暗許。」到時候，南宮大將軍不答應也得答應。

司徒魁啟程在即，皇上肯定會先讓兩人訂親，再擇日迎娶。

「那好吧，我聽你的。」司徒魁也覺得若是他能跟南宮府扯上關係，他的日子的確會好過得多，想了想，他伸伸懶腰，又打起哈欠，起身道：「我回去安排一下，保證做成此事。還有啊！別忘了，這是你欠我的人情，到時候一定要還我！」

兩天後，南宮素素外出時路遇劫匪，幸而被西裕大皇子司徒魁出手相助，轟轟烈烈地上演了一齣英雄救美，之後司徒魁對佳人一見鍾情，立刻進宮面聖，請求皇上賜婚。

孝慶帝雖然龍體抱恙，卻也有成人之美，當下便允了司徒魁的請求，定下了兩人的親事，讓司徒魁回國後跟西裕王商量迎娶的日子，擇日完婚。

司徒魁感恩戴德地率領使團回西裕。

南宮素素一接到聖旨，當場哭暈，死活不肯嫁。

一直以來，她喜歡的都是霆表哥，不是那個什麼西裕大皇子啊！況且西裕路途遙遠，以後再想回京城就難了！

南宮耀也是氣得渾身直哆嗦，但聖旨已下，生米已成熟飯，他也是沒有辦法，忍不住朝女兒吼道：「妳不願意有什麼辦法？眾目睽睽之下被他抱了身子，妳不嫁給他，嫁給誰？」

「此事肯定是那個顧瑾瑜搞的鬼，是她故意害我的！」南宮素素猛然醒悟過來，泣道：「爹，您得替女兒做主啊！」

一句話提醒了南宮耀，他瞬間想到了楚雲霆，是他，一定是他！

越想越生氣，猛地踢翻了桌子，怒氣沖沖地去楚王府。

竟然敢算計他的女兒，楚王世子能耐了啊！

楚雲霆不在，南宮氏得知此事，雖然也很生氣和懊惱，但南宮耀如此咄咄逼人地指責楚雲霆，她心裡自然不悅，不冷不熱道：「哥哥，元昭之前抓了素素，是他不對，但他這兩天一直在宮裡侍疾，甚至連回家的時間都沒有，他哪有心思去算計素素？再說了，難道素素出門是他安排的不成？他跟司徒魁交情甚密不假，但人家終究是西裕大皇子，豈會任由元昭擺布？我看那西裕大皇子十有八九是看上咱們南宮家的威名，想乘機攀附咱們家罷了。哥哥，這事不能怪我們家元昭啊！」之前她雖然一心想讓姪女嫁進楚王府，但如今姪女已經被皇上指婚給司徒魁，她也沒轍，何況，姪女再親也親不過兒子。

「我看妳家元昭為了那個顧三姑娘，什麼事情也做得出來！」南宮耀氣呼呼地說道：「妳不要以為他是想娶回來當側妃，依我看，他分明是想娶她回來當楚王世子妃的！哼，堂堂楚王世子娶個建平伯府的女兒回來當世子妃，你們家還真是前途無量啊！」

南宮氏被自家兄長一頓搶白，氣得粉臉通紅，卻又無話可說。

待南宮耀走後，南宮氏換了衣裳，精心打扮一番，坐著馬車去大長公主府。

雖然這些年她跟大長公主因為楚王爺屋裡那些侍妾的緣故，婆媳關係一直不睦，但為了兒子，她還是得厚顏求到大長公主面前。

畢竟昭哥兒的親事，得大長公主親自出面操辦才行。

第六十九章　她就是她

「母親，我哥哥說我姪女跟西裕大皇子的親事是昭哥兒一手促成的。」想來想去，南宮氏還是實話實說。「這孩子為了那個顧三姑娘，也算是費盡了心思，我是擔心他被那女子迷惑了，再做出什麼過分的事情來。」

「妳這叫什麼話？明明是妳那姪女不守規矩，動不動就拋頭露面地外出，才引來歹徒窺伺，怎麼倒成了昭哥兒一手促成的？」大長公主一聽，火了。「虧妳還是昭哥兒的親娘，哪有把這樣的髒水往自己兒子身上潑的？南宮耀算什麼東西，也敢詆毀我的昭哥兒？來人，去把南宮耀給我叫來，我要當面問問他，他有什麼證據證明此事是昭哥兒做的！」明明是自家女兒不檢點，被男人抱了，反而埋怨中了別人的圈套，當真是不要臉！她的昭哥兒豈能揹這個黑鍋？

「母親息怒，此事哥哥也是猜測，並非真的說就是昭哥兒所為。」南宮氏慌忙跪下，求情道：「都是兒媳失言，還望母親見諒！」大長公主性情高傲冷淡，一向目中無人，她連孝慶帝的幾個皇子都敢訓斥，更別說她哥哥了；若真的鬧起來，她哥哥只會自取其辱。

「昭哥兒的親事，我自有主張，妳無須費心，妳該操心的是妳哥哥，若是他行事再如此魯莽、不知收斂，日後倘若被人彈劾，可別到我這裡來求情，是他自作自受！」大長公主冷冷道：「眼下皇上龍體抱恙，皇子、公主們正輪流在身邊侍疾，還是昭哥兒提議讓清虛子和顧三姑娘進宮侍疾，我這心裡也是七上八下的，日夜上香祈禱皇上早日康復，誰有工夫理會你們南宮府的瑣事？當真是無聊至極！」

「母親，您是說，昭哥兒讓清虛子和顧三姑娘入宮侍疾？」南宮氏頗感意外。

「是的，這會兒怕是快到皇宮了。」大長公主沒好氣地說道：「顧三姑娘怎麼說也是師從清虛子之門，醫術超群，她跟昭哥兒在一起，多半是為了治病救人，並非你們想的那樣齷齪；若是別人說幾句風涼話也就罷了，妳當親娘的，就不要跟著人云亦云了吧！」

「母親所言極是，兒媳記住了。」南宮氏咬牙應道。

正如大長公主所言，顧瑾瑜和清虛子的確接到旨意，奉旨入宮侍疾。

不一會兒，馬車穩穩地在正陽門門口停下來。

換乘轎子，約莫過了小半個時辰，才在養心殿門口停轎。

楚雲霆早就等在那裡了，看見清虛子和顧瑾瑜，眼睛一亮，上前輕聲道：「神醫、顧姑娘，你們不用緊張，現在皇上還在睡，我先帶你們進去，等皇上醒了，自會召見。」

「有勞世子。」顧瑾瑜微微福身，她知道他這麼做，都是為了她。

「我們緊張個屁？該緊張的應該是太醫院那些庸醫！」清虛子白了楚雲霆一眼，抬腳就往裡走。

楚雲霆笑著搖搖頭，悄悄走到顧瑾瑜面前，耳語道：「一會兒程庭也會領著太醫院的人來，我先帶妳進去，讓神醫在外面等著。」

「好，我聽世子的。」顧瑾瑜欣然應道。一抬頭，看到他含笑的眉眼，粉臉微紅，幾日不見，他看上去有些疲憊，大概是連日侍疾沒有睡好的緣故吧？待會兒送他兩粒榮養丸，養養精神、提提神也好。

楚雲霆引著兩人進了偏殿，安頓清虛子坐下喝茶，便帶著顧瑾瑜從側門走了出去。穿過一道迴廊，進了養心殿正殿寢室，一個面容清俊的老太監迎了出來。

蘇公公低聲道：「皇上還沒有醒，你們得抓緊時間，待會兒程院使就來了。」

楚雲霆微微頷首，牽著顧瑾瑜的手，輕手輕腳地走進去。

蘇公公瞥了一眼兩人握在一起的手，挑挑眉，毫無聲息地退了下去。

看到躺在龍床上那個明黃色的身影，顧瑾瑜眼裡倏地有了濕意。

前世她也曾見過孝慶帝數面，但那個時候他是高高在上的皇帝，每每相見，她都不敢直視天顏，她其實連孝慶帝長什麼樣子都記不真切了。

如今她知曉了自己的身世，知道這個人是自己的父皇，心裡自是激動萬分。這輩子雖然不能跟雙親相見，但她一定會盡自己最大的努力守護他們。

顧瑾瑜盈盈上前跪在地上，伸手給孝慶帝把脈，他的手看上去修長有力，卻觸手冰涼，脈搏時急時緩，很明顯是被人動了手腳。沈吟片刻，她鼓起勇氣起身去翻孝慶帝的床頭，這樣的脈象實際上是因為內服和外用的藥相生相剋的緣故，也就是說，內服和外用的藥分開檢驗根本沒問題，但若是放在一起，則成了一副慢性毒藥，快則兩、三個月，慢則一年，孝慶帝便會慢慢中毒而亡，卻查不出任何的端倪。

楚雲霆一把拉住她，低聲問道：「妳找什麼？」

「程庭給皇上用了外用藥，我得把它找出來。」顧瑾瑜迅速說道：「這種藥跟內服的藥相剋，所以皇上才會時而昏睡、時而清醒，日子久了，必定會藥入骨髓，縱是神仙也救不回來。」

「枕頭！」楚雲霆猛然想起太醫院初一那天派人送過來的藥枕，說是給孝慶帝安神用的，為此，初五那天孝慶帝還特別褒獎了程庭以及太醫院的人，說是那枕頭不錯，那幾日他睡得很好。當時程庭還誠惶誠恐地說不敢領賞，說保證皇上龍體安康，是太醫院應盡的責任，孝慶帝聽了，甚是感動，還特意加倍封賞了太醫院。

顧瑾瑜忙蹲下身，眼疾手快地打開枕頭上的暗釦，從裡面掏出一小把藥材，用手帕包住，放進袖子裡。楚雲霆也上前幫忙，把枕頭上的暗釦扣好，連灑落在地上的幾根藥材也一一撿起，兩人配合得很有默契。

這時，蘇公公突然出現在門口，低聲道：「世子，程院使他們來了。」

兩人忙離開寢室，原路返回，剛站穩，就見程庭帶著數名太醫，浩浩蕩蕩地走了進來。彼此見禮之後，程庭揶揄道：「吾等無能，還得煩勞神醫大駕，實在是慚愧至極。」

這些日子，孝慶帝的病情時好時壞，牽動了所有人的心。

楚王世子極力推薦客居在大長公主府的清虛子神醫，並且還求到了容皇后那裡，容皇后鄭重考慮了一番，還是答應讓清虛子進宮給孝慶帝看病，畢竟皇上龍體安康是天下之本，她比誰都盼望皇上能早點好起來。

程庭雖然不願意，卻也不敢違背皇后的旨意，只能眼睜睜地看著清虛子大搖大擺地進宮。

「無妨，天外有天，人外有人，你等無須慚愧！」清虛子摸了摸鬍鬚，掃視眾人一眼，問道：「咱們都是醫者，那就廢話少說，還是趕緊給皇上看病得好，是你們先來，還是我先來？」

「吾等先進去請平安脈，然後再請神醫前往。」程庭率先起身，目光在清虛子身後的顧瑾瑜身上看了看，領著眾人去孝慶帝的寢室。

不過是一個小姑娘罷了，不足為懼；他甚至認為楚雲霆之所以讓清虛子帶顧瑾瑜進宮，不過是為了讓她在皇上面前露臉，日後好討來做側妃罷了。楚王世子跟齊王殿下在花市為了這姑娘打架的事情，可是傳遍了整個京城，哼，果然紅顏禍水！

小半個時辰後，程庭才讓蘇公公過來請清虛子去把脈。

楚雲霆也跟著走了進去。

顧瑾瑜則心安理得地坐在偏殿喝茶，憑程庭的醫術和心計，肯定會穩住孝慶帝的脈象，再把枕頭換掉，師伯現在再進去把脈，肯定是什麼也瞧不出來。

又過了約莫小半個時辰，一陣雜遝的腳步聲傳來，清虛子洪亮的聲音響起——

「既然皇上已經恩准老朽所求，那老朽定當不負重託。諸位放心，今夜子時老朽會開壇替皇上祈福，肯定會讓皇上康復的！」

「如此，那就有勞神醫了。」程庭忙領著眾人道謝，心裡卻很是不屑。明明沒診出什麼端倪來，才故弄玄虛地說是有冤魂作祟，還揚言要立神壇驅鬼祈福，當真是好笑！他倒要看看，所謂名震一時的神醫是怎樣給皇上治病的，到時候，看他怎麼收場！皇上豈是好糊弄的？

「哈哈，不謝、不謝！」清虛子乾笑幾聲，轉頭對蘇公公道：「既然院使誠心相邀，那老朽就在宮裡住上一晚，煩勞蘇公公給我們兩人準備個住處吧！」

蘇公公欣然答應。

顧瑾瑜頗感意外，他們今晚竟要在皇宮裡住下？

程庭呵呵笑著跟清虛子寒暄幾句，留下兩名在養心殿待命的太醫，才領著眾人告辭離去。

這時，前來侍疾的三王和嬪妃、公主們才紛紛進了偏殿，圍住那兩個太醫詢問孝慶帝的病情。

蘇公公乘機帶著清虛子和顧瑾瑜從側門出了養心殿，來到養心殿後面的永和殿。

永和殿分東殿和西殿兩個院落，東、西殿中間隔著正和堂，也是永和殿的正堂。

這裡平日並沒什麼人住，大都是等候傳召的嬪妃和王公貴族歇腳的所在，殿裡雖然乾淨，卻很是冷清。

清虛子常年浪跡在外，對住所沒什麼要求，大剌剌地進了西殿，嚷嚷著要喝茶。

顧瑾瑜救父心切，當然不會在意這些，反而覺得這裡離養心殿比較近，做什麼事情也比較方便。

蘇公公笑著招過兩個小太監，讓他們過來伺候清虛子兩人。

楚雲霆厚賞了這兩個小太監，打發他們去御膳房置辦桌酒菜過來，兩人歡天喜地地領命而去。

顧瑾瑜這才問出心中的疑慮。「師伯，您是看出什麼端倪了嗎？」

師伯做事雖然有時候不靠譜，但這裡是皇宮，她覺得他不會做沒把握的事情。

只是，他要在半夜開神壇，她還是有些不解。

「什麼端倪？我什麼也沒看出來。」清虛子慢騰騰地喝著茶，翻著白眼道：「那幫庸醫分明是防著咱們。哼，我清虛子豈是這麼好糊弄的？今天我要讓他們見識見識，什麼是真正的神醫！這樣，今晚咱倆分工合作，我在外施法迷惑他們，妳進去給皇上好好瞧瞧，先讓他清醒幾天再說。」

「好。」顧瑾瑜欣然應道。

楚雲霆瞧著小姑娘臉上的表情，心頭微動。她不但關心程貴妃，對孝慶帝也是格外上心，那種發自內心的關切，倒像是一個女兒對父母的體貼……

是夜，月明星稀，夜風瑟瑟。

用過晚膳，清虛子便喚來那兩個小太監，讓他們去準備半夜開壇用的蠟燭和紙錢，弄得有板有眼，很是鄭重其事。兩個小太監不敢怠慢，立刻忙前忙後地去張羅。

為了不驚動太醫院，楚雲霆特意帶著顧瑾瑜開的解藥方子，親自去宮外採買藥材，對外說是清虛子每晚要洗藥浴，是給清虛子熬的藥。

他出宮的時候，順便把阿桃和綠蘿也帶進宮裡。

東、西殿都沒有灶房，阿桃便用磚頭搭了個灶臺，上面放上鐵鍋，抱了柴火過來，滿頭大汗地點火；綠蘿則拉來板凳，坐在旁邊，跟阿桃一起看著灶火。

顧瑾瑜見楚雲霆忙裡忙外的，很過意不去，便從隨身帶的荷包裡取出兩粒榮養丸遞給他，讓他提神。

楚雲霆正站在門口看兩人熬藥，見顧瑾瑜給他藥丸，不接，反而張嘴道：「妳餵我。」

阿桃和綠蘿捂嘴偷笑。

顧瑾瑜哭笑不得，索性把兩顆藥丸全都塞到他嘴裡去。

楚雲霆乘機咬了一下她的指頭，心情愉悅道：「妳給我吃了什麼？不會是毒藥吧？」

「就是毒藥。」顧瑾瑜一本正經道。

「那妳就是我的解藥。」楚雲霆湊到她耳邊低語，曖昧道：「我正好吃了妳。」

顧瑾瑜落荒而逃。她錯了，跟他過招，她分明討不到半點便宜。

但東殿就那麼大，她實在無處可去，只好轉身回屋。很快她就發現，她又錯了，楚雲霆跟了進來，拉著她一起坐在窗前喝茶，窗外皎潔的月光透過白麻紙糊著的窗櫺影影綽綽地透了進來，燭光搖曳，映紅了兩人的臉，氣氛曖昧而又凝重。

顧瑾瑜率先打破了沈寂，直截了當地問道：「世子打算把真相告訴皇上嗎？」

真相就是，程庭是前朝餘孽之後，而慕容朔是他的兒子。

孝慶帝只有知道真相，才會反擊，著手清算程家。

「程庭的耳目已經遍及朝野，加上現在秦王也為他所用，他的勢力還是不容小覷的。」楚雲霆意味深長地看了她一眼，又道：「知彼知己才能百戰不殆，待我摸清了他所有的底牌，再跟皇上攤牌也不遲；要做，就要一擊中的，絕對不能給他們留一絲一毫喘息的機會，妳放心，我會安排好這些的。」有時候，知道比不知道好。

孝慶帝若是知道真相，震怒之下肯定會下令除掉程庭和慕容朔，若一舉拿下還好，若是走漏了風聲，那天下說不定就真的亂了。

退一步來說，就算孝慶帝能隱忍不發，聽從他的建議徐徐圖之，還不如不知道。

還有就是，西北銅州一帶的問題比較嚴重，他想先解決那邊的旱情再說。

顧瑾瑜點點頭，垂眸不語。她就知道楚王世子做事，向來考慮大局，講究的是穩妥，衡量的是得失，絕對不會意氣用事，也絕對不會衝動魯莽。

楚雲霆見她眼帶倦意，體貼道：「現在離子時還早，妳先休息一會兒，等時候到了我過來叫妳，我就在西殿，妳若有事，就派人去找我。」

「好。」顧瑾瑜被他這麼一說，還真的有些疲憊，待他走後，便上床歇息，不一會兒便沈沈睡去。

清虛子正拿著布巾在燭光下來回擦拭著手裡的桃木劍，見楚雲霆信步走進來，沒好氣地說道：「你小子還知道到這邊來睡啊？我還以為你要留在東殿呢！」

「神醫說笑了，男女授受不親，我不過是過去陪顧姑娘說說話罷了。」楚雲霆展顏一笑，饒有興趣地走到清虛子面前坐下。

「神醫，晚輩有一事不解，想請教一下神醫，還望神醫賜教。」他倒是想留在東殿那邊陪著她，但人家小姑娘肯定不願意啊！

清虛子擦完桃木劍，順手扔到桌子上，面無表情道：「眼下我清虛子橫豎還得指著你們楚王府和大長公主府的威望在京城過日子，還能有什麼不能問的？」

「我想知道顧姑娘跟程二小姐之間的關係。」楚雲霆坦然問道：「我總覺得她們像是一個人，但又覺得有些不可思議。」心裡猜測了許久，等到答案要揭開的這一刻，他反而很平靜。

顧瑾瑜是程嘉寧也好，不是也好，都是他的小姑娘，這一點，永遠都不會改變。

「是的，程嘉寧就是顧瑾瑜，顧瑾瑜就是程嘉寧。」清虛子不假思索道：「其中的緣由曲折，連我也不甚明白，你更不必深究，反正知道她們其實是一個人就行了。」

「原來如此。」楚雲霆微愣，繼而內心一陣狂喜，之前所有的懷疑和不解瞬間雲消霧散，果然她就是她，他喜歡的也依然是她。這一次，他絕對不能失去她，定要牢牢守在她身邊，一生一世，永不分離。

「你小子傻了？」清虛子瞪了他一眼，翻著白眼道：「睡覺，待會兒還得起來幹活呢！老朽來到京城，跟著你們算是倒了八輩子楣，大半夜的還得裝神弄鬼！哎呀，世風日下，人心不古啊！」

楚雲霆哪裡還睡得著？轉身大步走了出去，鬼使神差地去了東殿，毫無聲息地在院門口來來回回地轉圈，進去怕擾了她的清夢，回屋又睡不著，當真是磨人。

不遠處隱隱傳來貓叫的聲音，高一聲、低一聲地響在這個寂靜的夜裡。

隱在暗處的暗衛見自家主子在人家小姑娘門口走來走去，紛紛吃了一驚，心裡暗忖，難道主子也思春了？

第七十章　驅鬼

快到子時的時候，東、西殿先後亮起了燭光。

清虛子帶著兩個小太監，拿著準備好的香燭、紙錢，昂首挺胸地去了養心殿門前，有板有眼地開壇驅鬼，聲勢造得磅礴，值夜的兩個太醫也幸災樂禍地前去圍觀。

顧瑾瑜則毫無聲息地進了孝慶帝的寢殿。

清虛子披頭散髮，像模像樣地舞了一套看似高深莫測的驅鬼舞，兩個小太監一臉虔誠地在火爐邊燒紙錢，烈烈的火焰，裊裊燃起的青煙，在寂靜的夜裡顯得格外詭異神秘。

兩個值夜的太醫則遠遠看著，心裡很是不屑。騙錢的把戲罷了，誰信啊！程院使早就說了，只要他不接近皇上，隨便他怎麼折騰。

再遠處，慕容朔也帶著兩個侍衛不動聲色地盯著清虛子看，瞧了半天也沒瞧出什麼端倪，剛想離開，卻突然想起了什麼，停下腳步問道：「楚王世子和顧三姑娘可還在宮裡？」

「回稟殿下，屬下未曾見到楚王世子和顧三姑娘出養心殿，想必尚未離開。」侍衛答道。

「看看去！」慕容朔臉色一沈，大步進了養心殿。若說楚雲霆對顧瑾瑜沒有那個心思，打死他也不信，這兩人不會借著這獨處的機會，那個啥吧？

楚雲霆站在養心殿二門處，來回地走動著，像是在等什麼人。

慕容朔快步上前，冷冷道：「顧三姑娘呢？」

除夕那晚，楚雲霆帶人衝進程家，雖說是救火，但他卻懷疑那場火是楚雲霆放的，程嘉寧的玉珮也是楚雲霆故意扔在花園裡嚇唬程庭和蘇氏的。

蘇氏的死，全是拜他所賜，殺母之仇，不共戴天！

「殿下問得好生奇怪，顧三姑娘隨著神醫入宮侍疾，她自然是跟神醫待在一起。」楚雲霆冷冷道：「殿下不去問神醫，怎麼來問我？」

慕容朔是個無利不起早的人，若不是他心裡有鬼，也不會大半夜地到養心殿來，他分明是擔心清虛子瞧出什麼端倪罷了。

他這一來，倒真有些此地無銀三百兩的意思。

慕容朔抬腳就往裡走。

楚雲霆想也不想地攔住他。「殿下請留步，神醫吩咐，在他結束之前，任何人都不得進入皇上寢宮，還望殿下見諒。」

「若本王非要進呢？」慕容朔咬牙切齒道：「難不成我堂堂皇子還不如你楚王世子來得親近？你不讓本王進，本王就不能進嗎？」

哼，拿著雞毛當令箭！那個清虛子算什麼東西？不過是浪得虛名！明明診不出父皇的病，才想出如此蹩腳的把戲驅什麼鬼，分明是想騙些銀子罷了！

「神醫吩咐任何人都不能進，包括你我，殿下難道沒看見，連我都是守在門口嗎？」楚雲霆神色坦然道：「之前皇后和程貴妃都派人來過，知道神醫的規矩，都不曾前來相擾，難不成殿下比她們還要尊貴嗎？」

一想到是這個人對程嘉寧下了毒手，楚雲霆就恨不得殺了他，以洩心頭之恨。

「本王憑什麼相信你？」慕容朔聞言，惱火道：「本王前來給父皇侍疾，你憑什麼不讓進？楚雲霆，本王敬你對我父皇一片忠心，不會跟你計較，識相的就讓開！」說著，肆無忌憚地帶著人往裡衝。

須臾，數十名暗衛彷彿從天而降，攔在慕容朔面前，黑壓壓地站成一排。

慕容朔惱羞成怒，氣急敗壞道：「連我也敢攔？反了、反了！」

雙方很快打成一團。

顧瑾瑜在屋裡聽見外面的動靜，知道是楚雲霆跟慕容朔打起來了，依然不慌不忙地收針，再把事先準備的福袋麻利地懸掛在床的四角。這些福袋都是用藥汁泡過的，裡面裝了些尋常草藥，任程庭再怎麼檢查也找不出什麼端倪，因為真正的解藥是福袋本身浸過藥汁的布料，而不是裡面的決明子、金銀花。

掛好福袋，她見孝慶帝額頭出了一層密密的汗，忙掏出手帕替他輕輕擦了擦。孝慶帝的額頭即使在睡夢中，也皺成一個川字，任她怎麼揉也揉不開那糾結。

孝慶帝其實是個好皇帝，他不喜殺戮，大力提倡各地休養生息，除了西北銅州一帶的旱情和暴民，其他各地還算安穩，硬是把先帝征戰四方時的國庫轉空為滿，於公於私，顧瑾瑜都希望他盡快好起來，只要他在，朝局就在，那麼清算慕容朔的日子就會越來越近。

身後一陣腳步聲傳來，蘇公公低聲道：「顧三姑娘，齊王殿下正在外面鬧著，奴才擔心再出什麼亂子，姑娘還是趕緊出去吧！」

齊王是個不見棺材不甘休的性子，不會輕易離開的。作為孝慶帝身邊的心腹太監，他總是要出面息事寧人的，但前提是，他得保證顧瑾瑜全身而退。

「好。」顧瑾瑜輕聲應著，細心地替孝慶帝掖了掖被子，確保再無疏漏，才擦了擦自己額頭的汗，畢恭畢敬地匍匐在地，磕了三個頭，剛想離開，卻聽見床上傳來孝慶帝低沈的聲音——

「妳是誰？」

顧瑾瑜心裡一驚。

蘇公公忙上前扶起孝慶帝，恭敬道：「回稟皇上，她是清虛子神醫的師姪，也是建安伯府二房的三姑娘。清虛子在外開壇施法，特意讓她進來給皇上掛福袋的。」

床角懸掛著四個福袋，淡淡的草藥味瀰漫在半空，若有若無。

「民女顧瑾瑜見過皇上。」顧瑾瑜盈盈上前施禮。

「神醫果然醫術高超，朕覺得好多了。傳朕旨意，重賞神醫兩人，將神醫封為客卿，待空閒了朕再召見他。」昏昏沈沈了數日，孝慶帝此時才真正覺得渾身上下異常輕鬆舒爽，心情也隨之愉悅起來，眼帶笑意地看著靜立在他床前的小姑娘。

小姑娘雖半垂著頭，倒沒有初見天威的戰戰兢兢，反而神色異常坦然淡定，讓他頗感意外，原來小戶人家也能養育出如此落落大方的女兒。想到自己那兩個公主，他不免嘆氣，四公主驕縱，五公主雖然沈靜，卻是異常膽小，每每看見他都戰戰兢兢，讓他心生無趣，相較之下，竟都比不上建平伯府的這個三姑娘。

「老奴遵旨。」蘇公公面不改色地應道。

顧瑾瑜忙上前跪地謝恩。「民女謝主隆恩，吾皇萬歲萬萬歲……」

話音未落，冷不丁聽見窗外一陣打鬥的聲音，慕容朔的聲音隱約傳來——

「楚雲霆，你不要太過分！」

看到孝慶帝看過來的目光，蘇公公神色一凜，忙道：「回稟皇上，神醫在外開壇施法，吩咐任何人不得進入寢殿，楚王世子才親自守在殿外，恰逢齊王殿下前來侍疾，執意要見皇上，兩人都是關心則亂，所以就打起來了。」

「讓他們進來。」孝慶帝頓覺頭又疼了，這兩個人怎麼見面就掐？

冷不丁想到，之前兩人在花市打架就是為了這個顧三姑娘，心裡又頓時明白了幾分，忍不住多看了顧瑾瑜一眼。嗯，這女子恬靜清麗、落落大方，怪不得兩個小輩都喜歡，就是門楣低了些；不過門楣低有門楣低的好處，橫豎只是個側妃罷了，若是楚雲霆執意迎娶，也不是不可以。

「民女告退。」顧瑾瑜乘機跟著蘇公公退了出來，從側門出了養心殿，在夜色的掩映下，毫無聲息地回到東殿。

慕容朔一個箭步衝了進去，見孝慶帝端坐在床上看著他進來，吃了一驚，結結巴巴道：「父、父皇，是……是楚王世子拉住兒臣，不讓兒臣進來，兒臣擔心父皇，才硬闖進來，擾了聖駕，還請父皇責罰！」父皇真的好了？怎麼可能？那個庸醫明明是在騙人的啊！

楚雲霆則是眼睛一亮，沒想到孝慶帝的病好得這樣快，看來他的小姑娘果然是神醫妙手啊！

「瞧瞧你們，多大的人了，還動不動就打架！」孝慶帝訓斥道：「念在你們是關心則亂，朕不跟你們計較，都退下吧！」

慕容朔出了養心殿後，便一溜煙去了太醫院。

今晚雖然不是程庭值夜，但他沒有回府，而是歇在耳房裡，得知孝慶帝的病情突然好轉，並不奇怪，反而沈沈笑道：「殿下不必驚慌，這只是微臣的一個小伎倆罷了。」

慕容朔一頭霧水。

「別看清虛子一副玩世不恭的嘴臉，實際上此人來京城，不過是想要沽名釣譽，出個風頭罷了，故而微臣便給他一個面子，在皇上的藥裡加重了五成的分例，皇上清醒三、五個時辰後，便會更加虛弱，到時候清虛子絕對逃脫不了干係。」程庭眼角的皺紋變深，意味深長道：「之後微臣便會跟大臣們聯手上書，乘機除掉他，讓天下人知道，所謂的神醫不過是裝神弄鬼的神棍罷了。」京城是他的天下，他豈能讓清虛子鑽了空子？何況一山不容二虎，於公於私他都容不下這個人。

「可是皇上不但重賞了清虛子和顧三姑娘，而且還將清虛子封為客卿。」慕容朔看到程庭眼裡的血絲，目光一沈。「如此清虛子有了皇上的照拂，想要除去他，怕不是那麼容易。」

「區區一個江湖遊醫，殿下不必忌憚，不過是封了個客卿，虛名而已，反正皇上一直在咱們的掌控當中，等咱們除掉了燕王，再對付他也不遲。」程庭冷笑道：「殿下，最近西北流言四起，說銅州邊境那片山脈下藏著大量的寶藏，燕王聽說後，已經連夜帶人離京，前往銅州尋寶，明日微臣定要參他一本，治他個不忠、不孝之罪。」

「難不成前些日子楚雲霆派人在西北疏通河道，實際上也是為了尋找寶藏？」慕容朔恍然大悟，憤憤道：「那順便也參楚王世子一本，說他假公濟私，打著民生之計，為己謀私利！」

楚雲霆再怎麼身分高貴，也是為人臣子，他有什麼資格摻和西北那邊的事情？更可氣的是，他還裝模作樣地跟父皇請了旨意，特意從工部調人去西北！哼，誰不知道工部尚書那個老狐狸是楚王府的狗腿子，敢情他們是聞風而動啊！

「殿下息怒。」程庭知道慕容朔的心思，握拳輕咳道：「依微臣之見，楚王世子若真的娶了顧三姑娘，對咱們來說，未嘗不是好事；若楚王府有個強而有力的外家，反倒是如虎添翼，日後怕是會越加難對付。殿下以後若能跟楚王府交好，讓他們歸殿下所用，倒也是一大助力。」

楚老太爺是大梁唯一的世襲異姓王，更重要的是，還娶了威名赫赫的大長公主，也算是名副其實的皇親國戚，這樣的人家，豈是輕易能得罪的？

況且，五城兵馬司和天子衛還握在楚王世子手裡呢！

「院使的意思是？」慕容朔心頭微動，難不成他還得做個順水人情，成全楚雲霆跟顧三姑娘？想到這裡，他心裡頓時像吃了一隻蒼蠅般地噁心。

「殿下，不過是一個女人，讓給他又如何？」程庭看著他，眸光漸冷。「到時候，殿下還愁沒有女人嗎？」

只要登上那個位置，便可呼風喚雨，為所欲為，女人又算得了什麼？

慕容朔半晌無語，不得不承認，程庭說得對，楚雲霆娶了顧瑾瑜，的確不是壞事。

楚雲霆閃身去了東殿。

顧瑾瑜似乎猜到他會來，早就沏好了茶水等著他，心情愉悅道：「世子辛苦，喝杯茶解解渴吧！」

「多謝。」楚雲霆笑笑，撩袍坐下，展顏問道：「皇上的病怎麼樣？」

「程庭在藥裡下了五成的分例，似乎是故意想讓皇上醒來三、五個時辰，三、五個時辰後，皇上便會比之前更加虛弱不堪。」此招太狠，簡直是殺人於無形，可惜他低估了北清派的實力，他的這點障眼法，還是瞞不過她的。「也許他是想乘機治我和我師伯的罪罷了，所以我便將計就計，會讓皇上在明天後晌的時候，有小半個時辰的沈睡，到時候，就看他怎麼自圓其說了。」

「那到時候咱們就拭目以待。」楚雲霆見她如此篤定，心情愉悅道：「明日我知會一聲蘇公公，讓他見機行事。」

月色朦朧，影影綽綽地從窗外透了進來。

兩人面前一片淺淺的白，清涼無波，如夢似幻。

顧瑾瑜微微頷首，淺笑道：「明兒我就不跟師伯一起去謝恩了，煩請世子早早把我送回家，我回去歇息一番，估計傳我進宮的旨意也就到了。」

「好。」楚雲霆點頭道是，見主僕三人都面帶倦意，便知趣地起身告辭。

待回到西殿，清虛子已經躺在床上了。

看見楚雲霆，清虛子冷哼一聲，翻了個身，不搭理他。

楚雲霆早就習慣了清虛子的性子，也不在意。

天剛濛濛亮，楚雲霆便命人把顧瑾瑜送了回去。

顧瑾瑜強打起精神去慈寧堂請安，昨晚折騰了一晚，她都沒怎麼睡，打算一會兒回去睡個回籠覺。

太夫人看見顧瑾瑜，頗感驚訝。「三丫頭什麼時候回來的？」

之前楚王府派人來傳信，說顧瑾瑜和清虛子被留在宮裡侍疾，得晚些回來，她等到三更天，也不見門房來報，只得先歇下了，哪知一大早就見到了顧瑾瑜，著實意外。

「回稟祖母，我是天快亮的時候回來的。」顧瑾瑜如實道：「其實我在宮裡也沒啥事，都是神醫一個人在忙，我不過是湊個人數罷了。」

「三姑娘真是謙虛。」沈氏出人意料地幫腔，眉眼含笑道：「若是湊人數，隨便找個人就好，何苦過來接三姑娘？如今京城裡的人可都在傳，說咱們建平伯府出了個女神醫，這不，剛剛我兄長就派人過來，說想請妳去給我母親看眼睛呢！」

「大伯娘過獎了，我哪裡是神醫，我師伯才是真正的神醫呢！皇上封他為客卿，還厚賞了他。」顧瑾瑜波瀾不驚道。之前她為了接近慕容朔，的確想盡快揚名京城，可如今她已經不需要這麼做了，她的目標是復仇，揭穿慕容朔和程庭的陰謀詭計，至於其他的，她還真的不在意。

「一樣，一樣的！」沈氏笑笑，繼續熱絡道：「三姑娘去宮裡這麼長時間，想必也累了，待會兒回屋好好休息，等空閒了再去忠義侯府走一趟也不遲，反正我母親的眼睛差也不是一天、兩天的，不急在這一時。」

「大伯娘，並非我有意推辭，而是老夫人的眼睛一直是由程院使醫治的，我這個時候插手真的不適合。」顧瑾瑜見沈氏滿臉期盼，只得婉言拒絕。「程院使醫術高超，你們應該相信他才是。」

「三姑娘多心了。」沈氏不死心，仍然極力相邀。「程院使這些日子一直在宮裡侍疾，哪能顧上我母親？再說，我母親的眼疾越發嚴重了，我兄長才想請三姑娘診治呢！」

顧瑾瑜沈默不語，低頭喝茶，她不想去。

「沈氏，三丫頭說得對，親家母的病一直是由程院使照看的，現在讓三丫頭接手，的確有些不妥。」太夫人嚴肅道：「妳剛剛也說老夫人的眼睛差不是一天、兩天了，索性再等等程院使便是，等他忙完了宮裡的事情，自會前去看望老夫人的。」

沈氏只好作罷，悻悻地退下。

第七十一章　厚賞

回到春暉院，顧瑾珝心裡很不是滋味，忍不住跟沈氏埋怨道：「母親，祖母也太偏心三妹妹了！您看看現在，三妹妹是越發猖狂了，連忠義侯府的面子都敢不給，害得您當眾丟了面子！」越想越生氣，她恨不得上前給顧瑾瑜一個耳光！她憑什麼如此猖狂啊？

「算了，她終究是二房的女兒，太夫人又向來看重她，我能把她怎樣？」沈氏苦笑道：「母親想過了，從此以後，各人自掃門前雪，休管別人瓦上霜；倒是你們兄妹的親事，讓我日夜不安，眼下只盼著春試考完，再為你們打算。」兒子、女兒都到了婚嫁的年紀，她哪能不著急？尤其看著時忠在她眼前晃的時候，她都恨不得把女兒送到他跟前，讓他們日久生情，但有喬氏的前車之鑑，她又擔心弄巧成拙，讓時家笑話。

想到心心念念的那個人，顧瑾珝心裡一陣黯淡。「母親，要急您也是急大哥哥，女兒不急的。」

「妳大哥哥因為麗娘的事情，跟母親有了隔閡，到現在看見母親也是冷冷淡淡的。」提起兒子，沈氏心裡一沈，黯淡道：「上次小蝶說，妳大哥哥半夜睡不著，起來舞劍，一練就是小半個時辰，直到累了才上床睡覺；若是身邊有個侍妾伺候，他哪會如此寂寞……」兒子連侍妾、通房都不要，這讓她很無奈。

「麗娘的事情哪能怪母親？我想大哥哥早晚會想通的。」顧瑾珝拉著沈氏的手，安慰道：「您也不要自責了，大哥哥跟那個麗娘是有緣無分罷了。」

母女倆正說著，小蝶掀簾走進來，神神秘秘地從懷裡掏出一幅畫卷，低聲道：「夫人、二小姐，妳們看！世子這些日子一直在畫畫，而且畫的都是同一個人！」

待看清畫卷上的人，顧瑾琊驚呼道：「是寧五小姐！」

畫卷上的女子俏立在樹影花叢中，亭亭玉立，婀娜多姿，跟寧五小姐竟有七、八分像；更重要的是，旁邊還題著一首藏頭詩，每句詩的第一個字暗含了「寧玉皎」三個字，不是寧五小姐還能是誰？

沈氏心裡是一陣狂喜，只要不是麗娘，哪家的女子都行啊！

轉念一想，心情又黯淡道：「寧家門楣比咱們高，寧武侯未必會答應。」

之前麗娘是身分太低，現在這個寧五小姐身分又太高，當真是不好辦啊！

「母親，這個寧五小姐跟三妹妹一向要好，我看也不是什麼善類。」顧瑾琊眼珠子轉了轉道：「說不定是她先看上了大哥哥，然後想憑著跟三妹妹的交情嫁進咱們家呢！此事讓祖母叫三妹妹去說便是。」那個寧玉皎風風火火的，並無半點大家閨秀的樣子，還不如那個蕭盈盈呢！

「妳懂什麼？就算妳三妹妹跟寧五小姐再要好，也不能讓妳三妹妹出面，咱們得正兒八經地去寧家提親才行。」沈氏到底是過來人，又是出身名門，這點事情還不至於糊塗。「這事妳先不要聲張，待我跟妳父親商量了再說。」

顧廷東得知此事，也覺得應該成全兒子，抬腿便去了慈寧堂，跟太夫人商量此事。

太夫人也很高興。「難得柏哥兒有喜歡的人，寧五小姐我見過，是個好姑娘，你告訴柏哥兒，讓他安心讀書，等春試一過，咱們就請官媒上門提親！」雖然不能跟蕭家結親，一直是她心中的遺憾，但事已至此，多想無益，若是顧景柏能娶到寧五小姐，倒也是一段良緣。

「母親，兒子覺得還是現在就去提親得好。」顧廷東到底是久經官場之人，權衡利弊後，沈吟道：「眼下各家都在觀望新科舉人，兒女的親事也都按兵不動，但對咱們來說，還是提前跟寧家表明心意得好。春試在即，我想寧家不會貿然拒絕咱們，而是會採取拖延的法子，一直拖到春試放榜，而這其間，大家都知道咱們顧家在跟寧家議親，在沒有結果之前，懂禮的人家是不會再去寧家提親的。」

若是兒子考得好，自然是皆大歡喜；反之，若是意外落第，寧家拒絕的話，反而會揹負嫌貧愛富的名聲，總之，自家主動點總是沒錯的。

太夫人一聽也是這麼個理，遂點頭道：「說來也是緣分，咱們家三丫頭跟寧五小姐一向要好，回頭我讓三丫頭去探探寧家的口風，咱們心裡也好有個數。」

顧廷東點頭道是。

這時，池嬤嬤匆匆掀簾走進來，臉色蒼白道：「太夫人、老爺，剛剛宮裡來人了，他們氣勢洶洶地說要帶三姑娘走！」

「他們沒說出什麼事？」太夫人嚇了一大跳。天啊！難道是皇上出了什麼事？她不敢想下去了。

「母親莫慌，我出去看看。」顧廷東迅速起身走了出去。

顧瑾瑜早就準備妥當，宮裡一來人，便帶著阿桃順從地出清風苑，上了停在大門口的馬車。

是楚九親自駕車來的，她很安心。

「三丫頭！」顧廷東匆匆追上來，快步走到馬車前，擔憂地看著她。「是出了什麼事嗎？」看這架勢就不是什麼好事，他心裡有一種不祥的預感。

三丫頭雖然是二房的人，但終究是他建平伯府的姑娘，一損俱損，一榮俱榮。

如今宮裡來人，可不是鬧著玩的。

「大伯放心，我很快就會回來的。」顧瑾瑜淡淡道：「若真的有什麼事情，我自會全身而退，您放心便是。」她很瞭解建平伯府，一有個風吹草動，便會雞飛狗跳，人心惶惶。

「那妳當心些。」顧廷東見她神色淡然，心裡稍稍鬆了口氣，囑咐道：「若真的有什麼事情，大可去求求忠義侯或者是齊王殿下。」建平伯府人脈不多，能在宮裡說上話的，真的找不出幾個。

「顧三姑娘，咱們該走了。」楚九輕聲提醒道。

顧瑾瑜笑笑，放下車簾。

顧廷東這才驚覺趕車的人竟然是楚九，忙抱拳施禮。「煩請九爺多多關照！」

「伯爺放心。」楚九揮鞭，徐徐前行。

養心殿是一團亂。

孝慶帝莫名昏厥不醒，蘇公公心驚膽戰，不停地擦汗，連話都說不索利了。容皇后和程貴妃從來都不曾見蘇公公如此慌亂過，心裡也跟著慌張，暫時放下了對彼此的成見，並肩坐在正殿默默掉眼淚。

秦王和齊王先後趕到，眼圈紅紅的，不停地喊著「父皇、父皇」。

慕容婉則是嚇得在椅子上嚶嚶地哭，她哥哥燕王現在還在西北，若是父皇駕崩，他是無論如何也趕不回來的，那麼繼位的，也只能是齊王。齊王雖然也是她的哥哥，但終究不是一母同胞，她心裡當然是希望燕王哥哥能回來繼位，可是父皇偏偏連個旨意也沒有……

太醫們戰戰兢兢地跪在地上，大氣不敢出。皇上好端端的，突然昏迷不醒，氣息微弱，連程院使也無力回天，他們才疏學淺，是真的無能無力。

程庭氣勢洶洶地命人把清虛子所在的西殿圍住，疾言厲色道：「你個庸醫，裝神弄鬼地糊弄我皇，今天我定要將你碎屍萬段，讓你永世不得超生！來人，把他給我拉出去，投入天牢！」

楚雲霆穿了一件鴉青色暗紋刻絲直裰，站在一群全身盔甲的侍衛當中，越發顯得風度翩翩，挺拔修長，甚至還有些溫文儒雅。見程庭如此咄咄逼人，他面無表情道：「程院使，清虛子神醫是我楚王府的客人，他的事情就是我的事情，有我在，誰也別想帶走他。」

話音剛落，數十名暗衛已經悄悄圍了上來。

「楚王世子，此事你也逃脫不了干係吧？」程庭冷冷道：「別忘了，是楚王世子引薦清虛子神醫進宮侍疾，世子如今自身難保，就不要替別人擔保了吧？」若是皇上駕崩，楚王府就是第一罪人，他不介意趕盡殺絕。

「我呸！」清虛子見程庭耀武揚威的樣子，氣得扠腰破口大罵。「你算什麼東西，也敢罵本神醫是庸醫？想當年本神醫行走江湖，用一根銀針救死扶傷的時候，你他娘的還不知道待在哪個犄角旮旯找蛆吃呢！本神醫就問你一句，你哪隻眼睛看見皇上有事了？你哪隻眼睛看見本神醫對皇上動手腳了？明明是你們這群庸醫心存不良，對皇上起了不臣之心，才害得皇上龍體抱恙，該死的是你們！

「誰不知道你跟秦王勾結，早就預謀不軌了，要不然也不會在除夕那晚裝模作樣地把本神醫請去吃年夜飯，分明是想讓我給秦王看病罷了！卻不想，人算不如天算，老天爺看不下去了，才放火燒了你們家！哼，你打著幫助秦王的幌子，把他玩弄於股掌之上，讓那個傻子乖乖地替齊王效力，讓他出手對付燕王，而你在背後享漁翁之利！就你這點把戲，路人皆知，可惜你還自以為高明得很，你明明是想乘機擁戴齊王——」

嗖地一聲，一支冷箭射了過來，直指清虛子的胸口！

說時遲，那時快，楚雲霆伸手接住那支冷箭，握在手裡，厲聲道：「敢在養心殿動用兵器，不想活了嗎？」

話音剛落，身後的暗衛一抬手，剛剛放箭的那個侍衛便應聲倒在地上，吐血身亡。

「程庭，你他娘的放冷箭，你分明是心虛！」清虛子跳腳道：「你個烏龜王八蛋，你算哪門子院使？我呸呸呸！」

程庭眼睜睜地看著自己的心腹倒地而亡，臉色大變，憤然道：「楚雲霆，休要欺人太甚！」

「程院使，這裡是養心殿，不是你的太醫院！」楚雲霆甩手把手裡的冷箭丟在地上，沈聲道：「敢在養心殿放冷箭射殺神醫？來人，把養心殿所有人統統給我拿下，任何人不得隨意走動，違者，立斬！」

立刻有數十名侍衛從門外衝了進來，把跪了一地的太醫們團團圍住。

殿裡的宮女嚇得尖叫不止。

慕容朔氣急敗壞地走進來，鐵青著臉對楚雲霆吼道：「楚雲霆，你有什麼資格囚禁太醫院的人？你管得也太多了吧？你想造反嗎？」

「齊王殿下，天子衛的職責原本就是護衛皇上安危。」楚雲霆冷臉道：「如今皇上病因未明，尚未清醒，程院使就下令射殺神醫，到底是誰想造反？」

「清虛子口出狂言，誣衊院使和本王，他原本就該死！」關鍵時刻，慕容朔自然是偏向程庭的，振振有辭道：「他是你府裡的客人不假，但他有意加害父皇，罪加一等，理應當場射殺！」

「放肆！」身後一陣嬌喝，容皇后款款而來，轉頭怒視慕容朔，冷冷道：「皇上命在旦夕，你作為皇子，不息事寧人就罷了，反而縱容臣子在養心殿打打殺殺，你還真是孝順啊！」

這明顯表明她是站在楚雲霆這一邊的了。

慕容朔雖然生氣，但在皇后面前，卻不敢拿大，忙上前撩袍跪地。「父皇病情急轉直下，兒臣是關心則亂，驚擾了母后，還望母后見諒；只是這清虛子實在有不臣之心，要不是他，父皇也不會變成這樣……」他知道，一扯上清虛子，就等於扯上楚王府，畢竟清虛子是楚雲霆帶進宮裡的。

「朔兒，不得無禮！」程貴妃也從屋裡走出來，嗔怪道：「有皇后在，哪裡有你說話的分？還不快退下！」

再怎麼說，養心殿是皇上的住所，動用兵器已是大大的不敬，若是追究起來，慕容朔和程庭都難逃干係。

慕容朔只得訕訕地閉嘴。

「除了神醫跟楚王世子，其他人都給我退出養心殿待命。」容皇后鳳目微挑，冷冷道：「在皇上醒來之前，任何人都不准輕舉妄動，違者以叛亂罪論處！」

容皇后原本就是嚴肅的性子，喜怒輕易不形於色，此時盛怒之下，天家威嚴顯露得淋漓盡致，讓人不寒而慄。

「母后，讓兒臣留下吧？兒臣擔心父皇……」慕容朔不肯走，還在做最後的掙扎，求情道：「兒臣知錯，還望母后通融。」

「朔兒，咱們出去。」程貴妃深知容皇后的性情，最是不肯講情面的，求了也是白求，索性拽著慕容朔走了出去。

程庭再怎麼不甘，也不敢公然頂撞皇后，只得帶著眾太醫，陸續退出養心殿。

楚雲霆也下令所有的侍衛撤出養心殿待命。

侍眾人出去後，容皇后才回到正殿，吩咐蘇公公傳召清虛子前來侍疾。清虛子不是朝中人，容皇后反而覺得他是最沒有理由加害皇上的人。

得知皇后召見，清虛子這才大搖大擺地進了寢殿。

這才是神醫應有的派頭嘛！

彼此見禮之後，容皇后亦步亦趨地跟著他進了孝慶帝的寢室。

清虛子煞有介事地上前給孝慶帝把脈、施針，然後看了看牆角的沙漏，摸著下巴對蘇公公道：「蘇公公，麻煩你數到三，本神醫保證皇上會立刻醒來。」他就知道那個丫頭做事很牢靠，時辰也拿捏得剛剛好。

蘇公公會意。「一、二、三。」

果然，孝慶帝動了動，睜開眼睛道：「什麼時辰了？」

容皇后大喜，淚眼婆娑道：「皇上，您終於醒了！」

「皇上，您昏睡了好幾個時辰，把老奴跟皇后娘娘都嚇壞了！」蘇公公忙上前扶起他，喜極而泣，一個勁兒地擦著眼睛。他雖然知道其中的隱情，但剛剛見孝慶帝氣若游絲的樣子，還真是嚇壞了。

容皇后這才把剛剛在養心殿發生的事情一五一十地告訴孝慶帝，泣道：「若不是楚王世子攔住程院使，神醫怕是早就身首異處了……」

清虛子眉毛動了動，沒吱聲。他做人光明磊落，要罵也是當面罵，背後罵人多沒意思。

「豈有此理！」孝慶帝鐵青著臉，惱怒道：「敢在朕的養心殿傷人，真是無法無天！傳朕旨意，下令程庭在家閉門思過，無召不得入宮！」

「是。」蘇公公不動聲色地下去傳旨。

「皇上，程院使終究是齊王的親舅舅，若是懲罰了程院使，難免齊王會起別的心思……」容皇后捏著帕子，故意憂心道：「您看，是不是安撫一下齊王殿下？」她跟孝慶帝夫妻多年，最瞭解孝慶帝的性子，他是最恨受人脅迫利用的。

「他起什麼心思是他的事情，難不成朕還撤不了一個小小的院使嗎？」孝慶帝突然意識到程庭的勢力已經不容小覷，竟然連皇后也對他忌憚三分，不禁越加氣憤道：「齊王助紂為虐，一併閉門思過，若無傳召，不得進宮！」

「那楚王世子護駕有功，是不是也該一併褒獎？」容皇后乘機道，只要楚王府在，她的皇后之位便會永固，甚至她年幼的七皇子還有機會繼承大統。

「楚王世子雖護駕有功，但屬職責所在而已……」孝慶帝心情複雜地看了看容皇后，捏著眉頭道：「此事朕先記在心裡，日後一併嘉獎吧！」楚王府已經是寵臣中的寵臣，可謂權勢滔天，他一時想不到該怎麼褒獎。一抬頭，目光在清虛子身上看了看，腦海裡冷不丁浮現那個恬靜清麗的小姑娘，又道：「清虛子及其師姪侍疾有功，賞黃金百兩、珍珠十斛、布料百疋、玉如意一對。」

「皇上英明！」清虛子心花怒放，上前領旨謝恩。

第七十二章　為難

馬車緩緩在柳茶巷停下。

顧瑾瑜還沒有來得及下車，車簾便被一隻大手掀起，楚雲霆縱身跳了上來，顧瑾瑜忙問道：「世子，事情怎麼樣了？」她原本以為在半路就會接到孝慶帝無恙的消息，卻不想竟然一路到了柳茶巷都沒有聽到任何消息，她不禁擔心是否出了什麼意外。

「放心，一切都在預料之中。」看到女子精緻如畫的眉眼，楚雲霆不禁心頭微蕩，之前所有的不快都隨之消失，掀開車簾吩咐道：「回大長公主府。」

「是。」楚九忙調轉馬頭。

「我師伯呢？」顧瑾瑜這才發現清虛子沒有跟上來。

「我已經派人從正陽門把他送回去了。」楚雲霆鄭重其事道：「神醫得到賞賜，很是高興，非要繞遠路回府，我只能依他。」

「那就好。」顧瑾瑜莞爾，一低頭，見他虎口處有擦傷，帶著絲絲血跡，忙從腰間解下荷包，從裡面掏出一個小瓷瓶，遞給他。「世子的手受傷了，塗上這藥，很快便會痊癒的。」

「阿瑜，我的手受傷了，妳覺得我自己能給自己塗嗎？」楚雲霆一本正經地把手伸到她面前，沈聲道：「程庭要暗殺清虛子，我徒手接了箭，所以才受傷，妳幫我塗藥，不過分吧？」

顧瑾瑜聽得心驚肉跳，想也不想地打開藥瓶，向前傾了傾身子，細心地把藥塗在他的傷口處，安慰道：「藥灑在傷口處的時候可能有些痛，不過你放心，很快就好了。」

或許是兩人離得太近，她雖然穿了斗篷，但他依然能看見微微鼓起的胸和白皙如玉的脖頸，少女的體香和著淡淡的藥香肆無忌憚地朝他襲來，他頓時覺得有些呼吸不暢；既然皇上對她已經有了印象，那就明日進宮跟皇上求個聖旨，盡快定下跟她的親事吧！他覺得他等不到五月了……

好在傷口不深，她很快塗好，掏出手帕幫他纏起來，囑咐道：「今天不要碰水，明天晚上就可以把手帕取下來了。」

「好，我聽妳的。」楚雲霆望著纏在手上的手帕，有些哭笑不得。其實這點小傷，他還不放在眼裡。他自幼在大長公主身邊長大，大長公主雖然寵他，卻並不驕縱他，從小習武練字，一刻也不曾鬆懈，久而久之，身上難免會落下大大小小的傷疤，漸漸地，對這樣的小傷就司空見慣，不放在心上了。

如今，見他的小姑娘如此慎重其事地為他包紮，他倒覺得甚是甜蜜，恨不得身上再多幾個傷口，讓她好好給他包紮一番。

看到他炯炯的目光，顧瑾瑜粉臉微紅，索性垂眸不語。儘管她一再表明對他並無那個心思，但每每面對他，她又覺得無形中有一張網，密密麻麻地把她網在其中，網得她幾近窒息……嗯，以後能不見面還是不要見面的好。

兩人各懷心思，一路無言，好不容易回到大長公主府。

看見顧瑾瑜，清虛子手舞足蹈地拉著她去看皇上的賞賜。「瑜丫頭，這些都是皇上賞賜給咱們的！反正妳家有的是銀子，想必妳也不喜歡這些黃白之物，這些金子啥的，就全給我留下吧？」

顧瑾瑜失笑道：「好，都給師伯就是。」她是真的什麼都不缺。

楚雲霆跟著走進來，饒有興趣地看著兩人。不得不說，能跟清虛子相處好的人，也只有他的小姑娘了。

「那怎麼行？」清虛子瞪了她一眼，索性把布料推到她面前。「來來來，這些都是妳的！反正我的衣裳以後也是妳張羅，這些放在我這裡沒啥用，就全給妳了！其他的，妳不要就不要了。」不是他小氣啊！而是他真的很需要這些金銀珠寶，這些能買不少藥材呢！

「好吧，布料我帶走。」顧瑾瑜只得笑著依從。

面對成堆的綾羅綢緞，青桐和綠蘿興奮得兩眼發光，這麼好看的布料，她們還是第一次見，宮裡的布料就是好啊！

「姑娘，這麼多布料，一輩子也穿不完啊！」阿桃有些發愁。

「既然穿不完，那就分了吧！」顧瑾瑜莞爾。「妳們幫我把太夫人能穿的顏色都挑出來，待會兒全送到慈寧堂那邊，剩下的，妳們每人挑兩疋喜歡的顏色，再送焦四兩疋，其他的，都收進庫房裡。」

三人心花怒放，跟著三姑娘就是好啊！有好吃的，還有好看的布料做衣裳，而且這些可都是皇上賞賜的呢！

五城兵馬司，正殿。

茶香裊裊，氣氛卻是異常沈悶。

「楚九，聽說清虛子神醫入宮侍疾，顧家三姑娘也跟著去了，晚上還在養心殿住了一晚。」南宮氏端坐在鏤空雕花木椅上，不動聲色地問道：「據我所知，那晚世子也跟著住在那裡，都說男女授受不親，那個顧姑娘就絲毫不覺得不妥嗎？」小門小戶的女子就是沒規矩，夜裡也敢在外留宿，還真是聞所未聞！

「回稟王妃，當時神醫說要夜半設壇作法，顧三姑娘不得已才住了下來。」楚九撓撓頭，哭笑不得道：「再說，世子跟神醫住在西殿，顧姑娘帶著兩個丫鬟住在東殿，屬下覺得並無不妥。」都怪世子好幾天不回家，這才讓王妃尋到五城兵馬司來；偏偏世子又不在，他一個人真的應付不了王妃。

「哼，正是因為你們這些當下人的絲毫沒有眼力，才讓那個顧姑娘鑽了空子，要不然，她一個小小建平伯府的女兒怎麼可能接近世子？」南宮氏越說越生氣，啪地一聲放下茶碗，咬牙切齒道：「楚九我告訴你，世子以後是要娶公主的，你應該想辦法斷了那個顧三姑娘的心思才是，切不可讓她毀了世子的前程！」想到這裡，她心裡又是一陣懊惱。她原本以為南宮素素跟楚雲霆的親事是板上釘釘的事情，不過是早一天、晚一天罷了，沒承想，姪女竟然陰差陽錯地出了那樣的事情！早知如此，她就應該提前進宮請旨賜婚的。

楚九訕訕道：「王妃息怒，據屬下所知，世子跟顧三姑娘清清白白，並無半點逾越之處啊！」

當然，他是不會告訴王妃，世子曾強吻了人家姑娘。嘖嘖，都有肌膚之親了，世子總得對人家姑娘負責吧？可是當著南宮氏的面，他可不敢直言，否則，世子肯定會滅了他的。唉，下人不好當啊！

「你不用給我打馬虎眼，我自己的兒子自己知道！」南宮氏白了他一眼，憤憤道：「世子長這麼大，我從來沒見他對哪個女子如此上心過！你以為世子做的事情，我都不知道嗎？」據她所知，世子最近所做的事情，樁樁件件都跟那個顧瑾瑜有關係，比如冰凌草，比如南宮素素跟司徒魁的親事。

楚九果斷地閉上嘴巴。

這時，衙門主事大步走進來稟報。「九爺，顧三姑娘來了，說有要事找世子。」

楚九忙吩咐道：「告訴她，世子不在，讓她先回去吧！」天啊！顧三姑娘真會挑時候！

「慢著！我正好要找她算帳，今天就把話跟她說明白了，省得以後她再糾纏世子！」南宮氏臉一沈，起身就往外走，真是不要臉，竟然還找上門來了！

楚九嚇得臉色蒼白，一溜煙跑出去，見顧瑾瑜正領著阿桃站在門口等，忙上前擠眉弄眼地打著招呼。「顧三姑娘，您先回去吧，有什麼事情咱們以後再說。」

顧瑾瑜一頭霧水，但見他神色很是慌張，便沒有再問，轉身朝馬車走去。剛走沒幾步，聽見身後傳來南宮氏冷冷的聲音——

「站住，我有話跟妳說！」

顧瑾瑜這才驚覺南宮氏也在，忙上前福身施禮。「民女見過王妃。」

楚九撓撓頭，很不知所措，誰能告訴他，他該怎麼辦？

「妳就是顧瑾瑜？」南宮氏上下打量她一番，冷冷問道：「建平伯府二房的三姑娘？」小姑娘面容恬靜清麗，身材纖細嬌弱，既不是傾國傾城的美人，也不是個好生養的面相，她越看越不喜歡。

顧瑾瑜盈盈道是。

「顧三姑娘，做人得有自知之明，認清自己的本分才是！」南宮氏看了她一眼，不屑地移開目光，嚴肅道：「我們楚王府是大梁唯一的異姓王府，家母又是大長公主，其身世、地位，想必我不說妳也明白。像我們這樣的人家，世子就是娶公主也是理所當然的，就算是個側妃，也不可能納小門小戶的女子進門，所以我勸顧三姑娘還是趁早死了這條心，早點尋個家世般配的人家嫁了，對妳、對世子都好。」男人娶側妃一是為了拓展人脈，二是為了子嗣，這顧瑾瑜兩樣都沒有符合她的標準，就更不可能嫁進楚王府了。

「王妃誤會了，民女對世子並無任何心思。」顧瑾瑜淡淡道。她面上雖然平靜，心裡卻很生氣，即便從來沒想過要嫁給他，但冷不丁被人當眾羞辱，任誰也受不了。

「哼，若是妳對世子並無心思，他怎麼會處心積慮地為妳做那麼多事？」南宮氏見她面不改色，恨得牙癢癢的，沒好氣地說道：「若要人不知，除非己莫為！妳不要以為我不知道世子為了替妳討要冰凌草，硬生生地讓西裕使團推遲了進宮的日期，也不要以為我不知道你們顧記藥鋪的膏藥之所以在京城大賣，是因為買的人幾乎全都是五城兵馬司的人！就連這次進宮侍疾，想必也是世子安排的吧？顧三姑娘，這些事情妳打算怎麼解釋？」知子莫若母，她只要稍稍留意，便知道是怎麼回事，若說顧瑾瑜不知道兒子的心思，打死她是不信的！看著兒子替這個女人忙前忙後打理一切，她就氣不打一處來。

「這些都是民女欠世子的人情，只能待日後慢慢還。」顧瑾瑜沈吟道：「只是一碼歸一碼，民女跟世子之間真的並非王妃想的那樣，世子娶公主也好，娶名門貴女也罷，都跟民女沒有任何關係。」想到他唇齒間的茶香，她又悄悄紅了臉……罷了，以後他跟她之間真的不必再來往了。

「顧三姑娘，之前世子替妳做的那些事情，是他心甘情願的，無須妳還他人情。」南宮氏上下打量她一番，陰晴不定道：「只要妳答應以後不再出現在他面前，以前的事情咱們就一筆勾銷，否則，休怪我不客氣！」如果她日後一直打著還人情的幌子，豈不是永遠也理不清了？要斷，就斷得乾脆索利，徹徹底底！

「好，民女答應王妃，那王妃也得保證，以後不要讓世子出現在民女面前，我們小門小戶的女子，也是需要好名聲的。」顧瑾瑜頓覺羞愧難當，說完轉身就朝馬車走去。

果然是護子心切，一番言辭下來，竟然全是她的錯！如此，斷了也好。

阿桃這才聽明白是怎麼回事，回頭恨恨道：「楚九，你告訴世子，讓他不要再去我們府裡找我家姑娘了，否則，我們也不客氣了！」哼，明明是世子瞧上了她家姑娘好不好？怎麼到頭來，楚王妃反過來指責姑娘？她真的好生氣！

「這是哪裡來的野丫頭？這般沒有規矩，簡直是無法無天！」南宮氏見這胖丫鬟竟然口出狂言，怒氣沖沖道：「給我教訓她，讓她知道什麼是教養！」

南宮氏身後四個身材粗壯的婆子挽起袖子，朝阿桃圍了過去。

「姑娘！」阿桃大聲喊道：「她們要教訓奴婢！」其實她打得過這四個婆子，不過出手之前，她得跟自家姑娘商量一下，畢竟若是打殘了，姑娘還得出醫藥費呢！她可沒銀子賠。

「阿桃是我的丫鬟，要教訓也是我教訓。」顧瑾瑜一把將阿桃護在身後，目光在那四個粗壯的婆子身上看了看，面無表情道：「妳們誰敢動她一下，我定不輕饒。」她知道，南宮氏其實是想教訓她，才拿阿桃出氣罷了，想不到堂堂楚王妃竟如此蠻不講理。

「怎麼？我連教訓一個丫鬟也不能嗎？」南宮氏冷笑，眼角皺紋加深，不屑道：「不過是個下人，顧姑娘也太小題大作了吧？」不錯，她就是要為難顧瑾瑜，讓顧瑾瑜知道，楚王府不是她這種門第的人能進的！

「但這是我的丫鬟，除了我，誰也不能動。」顧瑾瑜上前拽著阿桃就走，毫無聲息地捏了捏藏在袖子裡的安息粉，若是她們敢出手，她當然不會客氣。

或許是見顧瑾瑜的態度異常堅定，四個婆子遲疑了一下。

南宮氏立即訓斥道：「妳們都是死人嗎？連我的話也不聽了？」

「王妃息怒，您大人大量，何必跟一個小丫鬟過不去？」楚九苦著臉上前勸道：「煩請王妃給屬下一個情面，算了吧？」天啊！王妃如此咄咄逼人地為難顧姑娘，以後若是顧姑娘嫁到楚王府，可怎麼相處啊？還真是難為世子了，唉，真是家家有本難唸的經啊！

「你讓開，此事跟你沒關係！」南宮氏見顧瑾瑜一臉漠然，似乎並沒有把她放在眼裡，心裡越發氣憤，還不信了，她教訓不了一個小丫鬟！

婆子們挽袖子，衝了上去。

顧瑾瑜想也不想地衝她們揚了一把安息粉，四個婆子應聲倒地。

南宮氏氣得直跺腳。「顧瑾瑜，妳簡直是無法無天，竟然敢對我們楚王府的人動手？來人，把她給我拿下！」

顧瑾瑜頭也不回地拽著阿桃上了馬車。

焦四乘機揚鞭，駕車離開。楚王妃好凶啊！得趕緊離開這個是非之地，太嚇人了！

衙門主事站在門口瑟瑟發抖。九爺不發話，他不敢輕舉妄動啊！

「楚九，你什麼意思？連我的話都不聽了嗎？」南宮氏朝楚九吼道：「她把我的人傷了，你怎麼不出手？你到底是哪邊的？」她作夢也想不到，這個顧瑾瑜竟然如此囂張，連她的人也敢動，自己豈能放過她？

「王妃，看在顧姑娘盡心盡力給老太爺看病的分上，您還是原諒她吧！」楚九好言相勸。「這事若是傳揚出去，對誰都不好啊！」他想去南直隸啊！世子的侍衛太不好當了！

「沒出息的東西！」南宮氏恨恨道：「我楚王府的人豈是如此好欺負的？這筆帳，我早晚要跟她算！」

楚九再沒敢吱聲。

第七十三章　請旨賜婚

夜裡，顧瑾瑜躺在床上，絲毫沒有睡意，一閉上眼睛，全是南宮氏那張冷嘲熱諷的臉。真是想不通，大長公主為人雖然強勢，卻通情達理，楚雲霆也是沈穩開朗，為何獨獨楚王妃如此刻薄無禮、蠻橫反常？

「姑娘，如今咱們得罪了楚王府，可如何是好？」阿桃見顧瑾瑜悶悶不樂，很後悔自己白日時的魯莽，要不是她說話不好聽，楚王妃也不會如此為難她們。

「無妨，兵來將擋，水來土掩，沒什麼可擔心的。」顧瑾瑜勉強笑道：「此事跟妳沒關係，妳不必自責。」欲加其罪，何患無辭？若想為難一個人，總能找到藉口和理由的。說著，目光在窗戶上看了看，又吩咐道：「阿桃，妳去找鉚釘跟錘子，把窗戶釘起來。」

不知道為什麼，她總覺得楚雲霆得知此事，會來找她解釋，只是她是真的不想見他。以後再有什麼事情，她會自己解決，不會再去煩勞他了。

阿桃會意，很快找來錘子，一陣敲打，把窗戶釘了個結結實實。

「姑娘，這下誰也進不來了！」阿桃咧嘴笑，之前她還覺得楚王世子來找自家姑娘沒什麼大不了的，可是如今她才知道，這樣真的很不妥。

「好了，睡吧！」顧瑾瑜莞爾。

話音剛落，窗外便傳來一陣輕微的聲響，有人推了推窗戶。

「阿瑜，是我。」奇怪，好好的窗戶怎麼推不開了呢？看來小姑娘知道他今晚會來，特意不讓他進。

「姑娘，是楚王世子。」阿桃看著顧瑾瑜。

顧瑾瑜走到窗前，心情複雜地看著窗外那個修長挺拔的身影。「世子有什麼事情嗎？」

「阿瑜，白天的事情我都知道了，是我母妃不對，我代她跟妳道歉，妳不要生氣了。」楚雲霆推了推窗戶，察覺窗戶依然紋絲不動，失笑道：「妳先讓我進去，我有話跟妳說。」

他今天本來想去找孝慶帝請旨賜婚的，無奈今兒孝慶帝被太后召去，他連孝慶帝的面也沒見著，更別說提他們之間的事了；哪知回來後，竟聽說母妃為難了他的小姑娘，他雖然生氣，卻也不能把他母妃怎麼著，只得匆匆趕過來安慰小姑娘。

「王妃所言甚是，像我們這種門第的女子，的確是沒有資格跟世子共事，以後咱們橋歸橋、路歸路，還是不要再見面的好。」顧瑾瑜淡淡道：「我言盡於此，世子還是請回吧！」

她雖然知道此事並不能怪楚雲霆，她還是忍不住跟他生氣，她跟他並非兩情相悅，實在不應該受他母妃這種閒氣。

「阿瑜，咱們還有許多事情沒有做，如何能橋歸橋、路歸路？」月色清冷，楚雲霆站在窗外望著裡面那個婀娜曼妙的身影，知道小姑娘是在跟他賭氣，低聲道：「之前我派人去西北邊境疏通河道，其實是想跟西裕那邊借水澆灌邊境一帶的農田，卻不想最近有人傳言，說那邊有寶藏，引得好多人都過去挖寶。剛剛眼線傳來消息，說西北那邊都在議論皇上被太醫院下了毒手，以至於性命危在旦夕，甚至還有人慫恿燕王起兵回京救駕，所以眼下京城看似平靜，實際上卻是波濤洶湧，稍有不慎，便會引發一場戰亂。越是在這個時候，咱們就越不能掉以輕心，所以皇上那邊，還得仰仗妳和神醫才是。」

他知道，皇上和程貴妃才是小姑娘心頭的軟肋，是她心心念念要保護的人，只要關係到他們兩人，她是絕對不會視若無睹的。

果然，顧瑾瑜沈默不語，半晌才道：「皇上有我師伯照應，根本無須我憂心，其他事情也不是我一個閨閣女子所能左右的，世子不必跟我說這些。」想想她要進宮，還得仰仗他的安排和周旋，她心裡有些黯淡，說來說去，她欠他的人情，一時真的無法償還。

「阿瑜，妳看我都來了，妳怎麼也得讓我進去坐坐，告訴我妳今天去五城兵馬司找我，到底是有什麼事情吧？」楚雲霆推推窗戶，見她依然沒有開窗的意思，索性繞道推了推門，但依然是紋絲不動，只得又返回窗下，低聲下氣道：「妳別生氣，我保證今天的事情不會再有第二次。我母妃那個人，是刀子嘴、豆腐心，其實她沒什麼壞心眼，回頭我會處理好這件事情，妳放心便是。」以後等她進門，難免會時時面對他母妃，若是婆媳兩人心裡因為此事彆扭，終究不妥。

「其實我去找世子也沒什麼重要的事情，世子不必放在心上。天色已晚，我要歇息了，你還是回去吧！」顧瑾瑜不想跟他討論他母妃的長短，索性吹熄蠟燭，脫鞋上床。

楚雲霆見屋裡熄了燈，只得訕訕道：「那妳早點歇息，我有空再來看妳。」

隱在不遠處的暗衛實在看不下去了，索性把頭轉向一邊。他懷疑顧家三姑娘是狐狸精轉世，要不然，怎麼會把他家世子迷得團團轉？跟了世子這麼多年，從來沒見世子對哪個女子如此用心呢！

南宮氏以香湯沐浴，命丫鬟替她精心梳頭，換上家常的衣裳，坐在臥房裡等著楚騰。初一、十五是她的日子，楚騰平日雖然再怎麼寵那幾個小狐狸精，也不曾破例。

徐嬤嬤匆匆走了進來。「王妃，世子來了。」

「快請。」見兒子這麼晚來看她，南宮氏心裡一喜。她原本裝扮得極其嫵媚，不好這樣見兒子，索性拿了件斗篷披在身上，端坐在貴妃椅上，面色沈靜地喝茶。兒子跟大長公主的喜好極其相似，不喜歡太過嫵媚的女子，更別說她身為長輩，再怎麼也不會在兒子面前失禮。

「母妃，顧三姑娘對我並無風月之意，所有的事情不過是我一廂情願罷了。」楚雲霆大步走進來，冷冷道：「您為什麼要如此對待她？」好不容易小姑娘主動找他，被他母妃這麼一攪和，人家都不搭理他了。

「昭哥兒，我這麼做，也是為了你好，你說你將來是要娶公主的，總是跟那個顧姑娘一味糾纏怎麼行？若是四公主知道此事，還不知道怎麼生氣呢！」南宮氏並不覺得她有什麼錯，反而惱火道：「那女子門楣低就算了，性情也不是個溫柔賢淑的，竟然用藥粉迷暈了咱們的人，這樣的姑娘，就是抬進來做個通房，母妃也不答應！以後你離她遠點，被她傷了總是不值。」別說她了，想必四公主也是容不下那個顧姑娘的，她可不想日後兒子被這些女人所煩心。

「不瞞母妃，顧家三姑娘我是要娶回來做正妃的。」楚雲霆鄭重地看著南宮氏，嚴肅道：「您若是同意，現在就開始幫我做好迎娶的準備，若是不同意也沒關係，回頭我會另開府邸，讓祖母幫我打點娶親的一切事宜；還有就是，若是您再為難她，那我以後不會再踏進楚王府半步，您好自為之。」說完，轉身揚長而去。

待楚雲霆走後，南宮氏才緩過神來，急急喚來徐嬤嬤。「徐嬤嬤，妳聽明白世子剛剛說的話了嗎？他說……他說他要娶顧三姑娘當正妃？」她懷疑她聽錯了，她堂堂楚王府怎麼可能迎娶建平伯府的女兒進門當主母！

「回稟王妃，世子的確是這樣說的。」徐嬤嬤期期艾艾地答道：「世子還說，若您同意，就幫他做好迎娶的準備，若是不同意的話，他、他就另開府邸，請大長公主幫忙打點。王妃，看來世子已經下定決心了啊！」

「不，我不同意，絕對不同意！」南宮氏倏地起身，在屋裡來回轉了幾圈，憤然道：「皇上之所以把素素賜婚給西裕大皇子，實際上是想把四公主嫁給世子，不過是礙於太子孝期，不便賜婚罷了；別說我了，就是皇上和大長公主他們也不可能答應世子娶那個顧三姑娘！」

楚騰走進來，見南宮氏氣呼呼的樣子，皺眉問道：「什麼事把妳氣成這樣？」

得知緣由後，楚騰卻不像南宮氏那般激動，鎮定道：「妳放心，昭哥兒的親事雖然由不得咱們做主，但也由不得他自己做主，回頭我跟皇上說一聲，早早定下昭哥兒跟四公主的親事便是。」顧家那個女子，娶回來當個側妃倒沒什麼，但若是立為正妃，他心裡也是不願意的。

難得跟自家夫君達成共識，南宮氏心情很是愉悅，忙道：「那你明日進宮跟皇上提一提此事，也顯得咱們家看重這門親事。昭哥兒的親事一日不定下來，我這心就一日不得安寧。」

「妳放心，等明日我就入宮請求皇上給昭哥兒賜婚。」楚騰當即拍板。

南宮氏心花怒放，腰身一軟，順勢倒在楚騰的懷裡。

聞到女人身上嬲嬲的香味，楚騰連打了兩個噴嚏。他其實並不喜歡這種濃烈的脂粉味，但今晚是她的日子，他不好拒絕，只得打起精神勉強應對，一個翻身把人壓倒在床上……

哪知沒多久，楚騰便狼狽地從她身上退了出來。一道菜再怎麼美味，吃久了也會讓人乏味，何況他對她原本就不怎麼喜歡。

南宮氏剛剛有點感覺，男人便已經丟盔棄甲，讓她上不來、下不去，頓覺異常懊惱。要不是那幾個小狐狸掏空了男人的身子，她也不會如此難堪，哼，看她明天怎麼收拾她們！

第二天一大早，楚騰前腳剛走，南宮氏後腳便把楚騰屋裡的三個姨娘、兩個侍妾、一個通房召到了跟前。

面對一屋子鶯鶯燕燕，南宮氏恨得牙癢癢的，立即下了命令——新納的通房太過青澀，不會侍奉男人，留在她身邊調教數日再說；兩個侍妾太過狐媚，成天迷惑王爺，害得王爺體力不支，面壁反省一個月；三個姨娘沒有管教好侍妾、通房，每日罰抄家規一百遍，抄不完不准吃飯！

姨娘、侍妾們暗暗叫苦，卻不敢吱聲，紛紛領命而去。

大梁是五日一朝，若有緊急事情，才會臨時加開朝會，自從孝慶帝病癒後，一直沒有上朝，只是在御書房處理一些比較緊急的事務，楚騰進來的時候，孝慶帝正在批閱奏摺，得知楚騰的來意，爽朗一笑。「還別說，你跟朕想到一處去了！朕也打算擇日開朝給他們賜婚，等太子孝期一過，就讓他們領旨完婚呢！」像楚王世子這樣的少年才俊，他很是中意。

「謝皇上恩典！」楚騰畢恭畢敬地上前施禮，又道：「只是，臣覺得擇日不如撞日，特意前來求旨，早早定下這門親事吧！」

俗話說，抬頭嫁女，低頭娶媳，即便是皇家賜婚，也不能免俗，這點，孝慶帝和楚騰心裡都明白。

「好，朕就依你。」孝慶帝笑笑，吩咐蘇公公去傳召楚雲霆。前些日子他龍體抱恙，楚王世子為了他的病忙前忙後，也算是操碎了心，他作為皇上，把自己心愛的女兒嫁給他，也算是對他的一種褒獎吧！

楚雲霆得知皇上傳召，腳步匆匆地進宮，看見蘇公公，忙問道：「不知道皇上今日召見，所為何事？」

「世子，楚王爺進宮求旨，讓世子迎娶四公主，今日召見世子，就是為了下旨賜婚呢！」蘇公公想到那日那個恬靜清麗的女子，忙上前囑咐道：「皇上和楚王爺已經商定了的事情，世子領命便是。」雖然駙馬們不能大張旗鼓地娶側妃、納通房，但規矩是死的，人是活的，公主們往往為了表現自己的通情達理，進門後，通常會為自家夫君討上一、兩房侍妾，故而在他眼裡，世子喜歡的那個姑娘，等公主進門後再開口討要便是。

楚雲霆會意，信步進了御書房，撩袍跪地，抱拳道：「臣有一事想請皇上做主，懇請皇上成全。」

「元昭，休得無禮！皇上召你來，是有事要跟你說。」楚騰忙打斷楚雲霆的話，輕斥道：「你有什麼事情，咱們回家再說。」看來是蘇公公那個老東西提前跟兒子透露了風聲，要不然，兒子也不會先發制人地來這麼一齣！

孝慶帝自然不知道父子倆心裡所想，他瞧著修長挺拔、風度翩翩的年輕人，越看越滿意，和顏悅色道：「元昭，你祖母是朕的親姑母，朕雖然是皇上，卻也是你的長輩，今兒這裡沒有外人，你有什麼話，但說無妨。」

「啟稟皇上，臣傾慕建平伯府的三姑娘已久，懇請皇上為臣賜婚。」楚雲霆畢恭畢敬地磕頭道：「臣此生只娶她一人，白首不相離，還望皇上成全。」

孝慶帝大驚。「什麼？你想迎娶建平伯府的三姑娘為楚王世子妃？」他一定是聽錯了，以建平伯府的門楣，讓顧三姑娘做楚王世子的側妃也是抬舉了啊！那顧三姑娘何德何能，竟然能讓楚王世子如此傾心？

「皇上，建平伯府的三姑娘就是清虛子的師姪，那日她還曾進宮替皇上懸掛福袋。」楚雲霆忙道：「之前她一直跟隨清虛子在大長公主府替我祖父醫病，臣傾慕她為人淡泊，醫術超群，還請皇上體諒臣一片癡心。」

孝慶帝臉一沈，意味深長地看了楚騰一眼。哼，這父子倆是在唱雙簧嗎？

楚騰頓覺尷尬，責怪道：「元昭，建平伯府家的姑娘怎麼能配得上你楚王世子的身分？今日為父跟皇上有更重要的事情要跟你說，你休要胡鬧！」

當著皇上的面，如此肆無忌憚地吐露對一個女子的傾慕，實在是太過分了。

他從來都沒想到，一向看似不解風情的兒子竟然如此膽大，他是過來人，自然知道男女之間的那點事，不過是圖個一時新鮮罷了，日子長了，也就那麼回事。

反正他對女人唯一的要求就是年輕好看，什麼情不情、愛不愛的，男人哪能一輩子拴在一個女人身上！可惜兒子太年輕，又沒經歷過什麼風月之事，所以才會渴望一生一世一雙人，唉。

楚雲霆依然腰板挺得直直地跪在地上，一字一頓道：「臣心意已決，還望皇上成全。」

他知道，只要皇上點頭，這事就成了，雖然艱難了些，但他還是有把握做成此事的，娶了她，此生就無憾了。

他的公主竟然還比不上小小建平伯府的女兒？要說不生氣，那是假的，但他身為一國之君，不好明著表露出來跟小輩計較，然而直截了當地拒絕又顯得太沒氣度。

於是，孝慶帝冷哼一聲，倏地起身，拂袖而去。

第七十四章　跪求

「你呀、你呀！」楚騰恨鐵不成鋼地看了一眼楚雲霆，而後跟著孝慶帝走了出去，陪著笑臉道：「皇上息怒！犬子不孝，等他醒悟過來，一定跟皇上賠不是，臣一定會讓他娶四公主為妻的！」不管怎麼說，此事總是由他而起，鬧成這樣，他覺得很沒臉。

「罷了、罷了！朕的女兒又不是嫁不出去，以後切莫再提此事！」孝慶帝臉更黑了，難道他的女兒還要逼著別人去娶嗎？

「那元昭他……」他兒子還在御書房裡跪著呢！

「哼，他要跪就讓他在那裡跪著吧！」孝慶帝沒好氣地看了一眼蘇公公，吩咐道：「擺駕昭陽宮！」他此生最恨的就是被人逼迫！難不成他不賜婚，楚王世子還能長跪不起？

「皇上……」楚騰還想說什麼，卻被蘇公公拖著長腔的聲音打斷。

「皇上起駕昭陽宮～～」

楚騰這才知趣地止步，一溜煙走回御書房，見楚雲霆還跪在地上，忙上前扶起。「走，跟我回家，以後切不可如此荒唐！」

「父親先回去吧！」楚雲霆起身，淡淡道：「我今日還有要事稟報皇上，就先在這裡等著吧！」

「元昭，你知道皇上最恨被人逼迫，你這樣做，豈不是讓皇上難堪！」楚騰素來知道兒子的性情，勸道：「凡事得學會循序漸進，切不可急功近利。」

「父親誤會了，我是有公事要跟皇上稟報，並非賜婚之事。」楚雲霆嚴肅道：「西北一帶的溝渠、河道已經疏通完畢，就等著皇上一聲令下，便能引水入境；還有，銅州那邊風傳皇上在京受太醫院脅迫，燕王近日頻頻招兵買馬，動機不言而喻，此事刻不容緩，絕對不能耽誤。」

「那你剛才為什麼不說？」楚騰哭笑不得。

「我若遲一步，等皇上開口賜婚，那豈不是更拂了皇上的面子？」楚雲霆不假思索道：「西北之事雖然緊急，想必皇上也略有耳聞，早就已經有了應對之策，等皇上從後宮出來，我再跟皇上稟報便是。」

「那我留下來陪你吧！」楚騰到底還是不放心。

孝慶帝在昭陽宮用了午膳，小憩了半個時辰才離開，剛出垂花門，就見慕容朔腳步生風地迎面走來，看見孝慶帝，單膝跪地道：「父皇，大事不好了！三哥他、他在銅州起兵，親率五萬兵馬直奔京城而來，現在已經過了錦州！」

「什麼？」孝慶帝無比震驚，恨恨道：「這個逆子，他用什麼理由起兵？」無緣無故地起兵造反，他不想活了嗎？

「三哥說，前些日子父皇病重，是、是兒臣跟太醫院合謀所致，他是打著清君側的旗號起兵的。」慕容朔皺眉道：「懇請父皇恩准兒臣率兵出京跟三哥解釋清楚，免得一家人大動干戈。」

「逆子！逆子！」孝慶帝氣得渾身發抖，鐵青臉道：「你們什麼時候脅迫朕了？就憑程院使要射殺清虛子一事嗎？我看他早就心存反意，才故意找這個藉口罷了！」

之前他已耳聞西北一帶的傳言，當時他便下了密詔，下令他立刻回京，原本以為這個逆子接到聖旨就會回來，哪知他竟敢大張旗鼓地起兵造反，分明是沒把他這個父皇的旨意放在眼裡！

「父皇，兒臣願領兵出京，去跟三哥解釋清楚，冰釋前嫌。」慕容朔主動請纓，他心裡其實很是竊喜，這麼一鬧，燕王算是徹底完了，東宮之位非他莫屬！

孝慶帝雖然震怒，卻很快冷靜下來，轉頭問蘇公公。「楚騰父子可在？」

慕容啟一旦起兵，便不可能有收手之意；再說兄弟倆積怨已久，若是讓慕容朔前去，那慕容啟絕對不會活著回來。

「回稟皇上，楚王爺和世子未曾離開，還在御書房候駕。」蘇公公忙道。

回到御書房，孝慶帝開門見山道：「燕王聽信讒言，已經在銅州起兵，你們怎麼看？」

「皇上放心，臣等務必全力守護京城，誓死保衛皇上。」楚騰率先抱拳，信誓旦旦道：「絕對不會讓燕王逼近京城半步！」他掌管禁軍，這是他應做的職責。

孝慶帝微微頷首，又意味深長地看著楚雲霆。

楚雲霆會意，當即表態。「臣願領兵出戰。」

楚騰心裡一驚，忙道：「皇上，您就讓臣領兵出戰吧，讓元昭統領禁軍護衛京城即可。」刀槍不長眼，若是兒子有什麼閃失，豈不是要了他的命嗎？再說大長公主也絕對不會同意的。

孝慶帝睞眼看了看楚騰，皺眉道：「朕也覺得元昭前去最適合。」楚王府向來不涉奪嫡之爭，即便是在戰場上，也不會徇私廢公，更不會對燕王大開殺戒，這一點，他還是相信楚雲霆的。

「父皇，兒臣願跟元昭一同出戰勸降三哥。」慕容朔乘機再次請纓，若是不乘機撈點戰績，日後怎麼能令文武百官臣服，令天下臣服？反正有楚王世子在，慕容啟肯定討不到半點便宜。

「齊王、楚王世子聽令，朕命你兩人即刻清點城外駐軍，領兵五萬迎戰燕王。」孝慶帝看了看楚雲霆，沈吟道：「燕王雖然可誅，但畢竟是皇家血脈，故而你們務必要把他給朕活捉回來，切不可傷他性命。」

兩人紛紛領命。

「元昭，待你凱旋歸來，朕便准你先前所求，恩准你跟建平伯府三姑娘的婚事。」孝慶帝似乎還是有些不放心，加重語氣道：「前提是，你們必須保證把燕王給朕毫髮無損地帶回來！」

慕容朔聞言，心裡暗暗驚訝，想不到楚雲霆如此膽大，竟然求到了皇上面前，看來他對那個顧瑾瑜是志在必得了。

嗯，暫且先不跟他計較這個，待日後自己登上那個位置，再收拾他也不遲！

「臣謹遵聖諭。」楚雲霆心情很是愉悅，為了他的小姑娘，他很願意蹚這渾水。

楚騰心裡卻很不是滋味，既要打敗燕王，還得在齊王的眼皮子底下毫髮無損地把燕王帶回來，這不是故意為難他兒子嗎？

燕王謀反，楚王世子和齊王帶兵出征的消息很快傳遍了整個京城。

大長公主很生氣，當即進宮面見孝慶帝。她就這麼一個寶貝孫子，這不是要她的命嗎？

孝慶帝似乎知道大長公主會來，好說歹說地勸解了一番，信誓旦旦地保證兵部會調遣岑大將軍做先鋒，楚雲霆和慕容朔只是督戰，絕對不會有事。

「謙燁，你如今貴為皇上，我這個姑母在你面前也不敢拿大。」大長公主依然氣憤難平，板著臉道：「昭哥兒貿然進宮求你賜婚，是他魯莽，但你因此要他身陷險境，格調也高不到哪裡去！何況戰場之上，刀槍不長眼，你卻要他把燕王毫髮無損地帶回來，明面上念及你的父子之情，實際上我卻明白你其實要利用燕王來制衡齊王和秦王，對不對？」太子故去這麼長時間遲遲不另立東宮，這其中的隱情，她多少猜到了幾分，只不過她離宮多年，不好過問這些事情罷了。

「姑母教訓得是，朕的確是這個意思。」孝慶帝雖然貴為一國之君，但在大長公主面前，到底還是小輩，汗顏道：「經太子一事，朕不敢再貿立東宮，只能盡力維持當前局勢，萬不可讓誰一人獨大。」前朝餘孽一日不除，他便一日不安，雖然他有心冊立齊王，但不能讓他過早成為眾矢之的。

「你護衛你兒子我自然沒意見，但我這孫子是我的命根子，若他傷了一根汗毛，我也是不答應的！」大長公主倏地起身，冷冷道：「我楚王府眼下還有一百多個侍衛，我一併打發過去，保證把你那寶貝兒子活捉回來便是！」

孝慶帝聞言，哭笑不得，卻也沒再吱聲。大長公主雖然是女流之輩，但性情一向剛硬，連先帝也敢頂撞，更別說他了。

顧瑾瑜得知楚雲霆和慕容朔要出征討伐燕王，也頗感意外，心裡暗忖，這兩人雖然不合，但楚雲霆已經知道了慕容朔的身分，肯定會對他處處設防，如此一來，楚雲霆倒沒什麼需要擔心的。

想著、想著，她又悄悄紅了臉。他愛怎麼樣就怎麼樣，跟她有什麼關係？

正想著，綠蘿匆匆掀簾走進來，神秘兮兮道：「姑娘、姑娘，聽說楚王世子這次出征討伐燕王，是為了姑娘呢！」

「妳瞎說什麼？他是奉旨出征，跟我有什麼關係？」顧瑾瑜嗔怪道：「妳都是聽誰說這些亂七八糟的事情？」

「楚九說的啊！」綠蘿眨眨眼睛，忙從懷裡掏出一封信遞給顧瑾瑜，嬉笑道：「這是楚九剛剛送過來的，說是楚王世子臨走前讓他交給姑娘的呢！」

顧瑾瑜微怔，順手接過信，打開看，只見一行蒼勁有力的字跡躍然紙上——

阿瑜，此行最多一月有餘，勿念。皇上已經答應等我凱旋歸來，便會即刻給妳我兩人賜婚，望自珍重，等我回來娶妳。

「姑娘，楚九說世子要回信……」綠蘿提醒道。

「妳跟他說，沒回信。」顧瑾瑜看得心如小鹿亂撞，忙收起信，緊緊握在手裡，吩咐道：「綠蘿，妳先出去，我想自己待一會兒。」她都不知道怎麼給他回信。

綠蘿道是，瞧著自家姑娘神色很不自然，不好再問，只得滿臉狐疑地退了下去。

顧瑾瑜再次展開信，再讀一遍，越看越覺得臉紅心跳。她明明已經拒絕他，也把話說得很清楚了，可他卻全然聽不進去，竟然還求到了皇上面前……

夜裡，顧瑾瑜再次失眠了。

時值二月底，夜風乍暖還寒，吹得窗紙咯咯作響，她望著被釘得結結實實的窗戶，想到那夜楚雲霆來的時候束手無策的樣子，嘴角悄悄浮起一絲淺笑。其實平心而論，她對他並不反感，只是她從沒考慮要嫁給他罷了。

若他真的求到了聖旨，那她豈不是不嫁也得嫁了？想到這裡，顧瑾瑜頓時嚇了一大跳。難不成等他回來，她就要嫁給他？可她實在是沒有做好嫁給他的準備啊！

別的不說，只怕他母妃和大長公主也不會答應啊！

越想越睡不著，一閉上眼睛，眼前竟然全是他的影子……

三月初六是顧瑾瑜的生辰，巧的是，這天恰恰也是程嘉寧的生辰。前來觀禮的只有舅母王氏。

原本寧武侯夫人楊氏也要來，但她懷胎月分日漸大了，寧武侯不放心讓她外出走動，楊氏便託人送來厚禮。他們準備的禮物很實用簡單，滿滿一箱子珠寶，差點亮瞎所有人的眼睛，這及笄禮，也太貴重了吧！

沈氏兒女雙全，又出身最高，府裡女子的及笄禮都是由她負責插笄的，顧瑾瑜還特別邀請了寧玉皎當及笄禮上的贊者，指名讓顧瑾霜做有司，過程雖然繁瑣了些，卻很順利。

前世程嘉寧的及笄禮比這次還要隆重，因此顧瑾瑜對所有流程自然是爛熟於心，看上去不慌不忙，從容自若，連一向跟她不和的顧瑾琍和顧瑾萱也心生佩服。不得不承認，她們眼前的這個姊妹的確比她們出色許多，舉手投足間，全然是大家閨秀的風範。

只是，讓所有人感到意外的是，程貴妃和大長公主府竟然先後派人送了及笄禮過來！程貴妃送的是一套金鑲玉的牡丹頭面，大長公主則送了一塊羊脂玉珮。

顧瑾瑜百感交集，頓時覺得這個及笄禮也算圓滿了。

眾人則暗暗驚訝不已，原來不知不覺中，建平伯府三姑娘早就已經攀上高枝啊！

禮畢後，太夫人和沈氏不約而同地拉著寧玉皎噓寒問暖一番，就差直接開口告訴她「我家世子對妳很是中意，妳一定要答應這樁親事」云云。

寧玉皎羞得不好意思抬頭，不時瞥向顧瑾瑜求救。

顧瑾瑜會意，索性拉著她回清風苑。

想到上次蕭盈盈來府裡做客的情景，兩人都唏噓不已，暗嘆造化弄人。

寧玉皎尷尬道：「要不是因為那個麗娘，妳大哥哥怕是早就跟蕭姊姊成親了，如今，他當初一句無心之言，卻是讓我為難。我爹爹之所以沒有拒絕你們家的求親，是要等著看春試的結果，只是如此一來，我跟妳大哥哥議親的事情，怕是早就傳遍了京城，若是蕭姊姊知道此事，我真的沒臉見她了。」

「妳放心，蕭姊姊知道此事的來龍去脈，定不會怪妳的。」顧瑾瑜看了她一眼，淡淡道：「我且問妳一句，妳對我大哥哥印象如何？」

「他……還好吧！」寧玉皎見顧瑾瑜這樣問，倏地紅了臉，嗔怪道：「妳幹麼這麼問？橫豎由不得我做主。」顧景柏雖然比不上她那些姊夫們魁梧，但也是個翩翩公子，若是能一舉中第，入了她爹爹的眼，那她自然會點頭應下這門親事。

「那就好。」顧瑾瑜心裡一陣輕鬆，只要寧玉皎中意顧景柏，這件事就成了八、九成了。

待送走寧玉皎，顧景柏腳步生風地趕過來，期期艾艾地問道：「三妹妹，寧五小姐跟妳說了些什麼，竟然待了這麼長時間？」

「寧姊姊說，大哥哥若是一舉中第，她就嫁給你。」顧瑾瑜坦然道：「所以接下來就看大哥哥的了。」

「好，我這就回去讀書，定會考出個名堂來給她看！」顧景柏神色一凜，轉身就走。

綠蘿和青桐捂嘴笑，世子也太著急了吧？

「姑娘、姑娘！楚九來了！」阿桃掀簾走進來，把手裡的盒子往顧瑾瑜手裡一放，眉眼彎彎道：「他說，這是世子送您的及笄禮。」

顧瑾瑜心情複雜地接過木匣子，是收還是不收呢？

「……阿桃，妳把這個還給楚九，就說世子的心意我領了。」顧瑾瑜推開木匣子，轉身回屋。心裡突然一團亂，還有些失落，不想看到跟他有關的任何東西。

青桐和綠蘿面面相覷，姑娘今兒收了這麼多禮物，獨獨拒絕楚王世子的？

阿桃倒沒想那麼多，拿起紅木匣子，匆匆往外走，她擔心楚九已經走了。

「顧三姑娘不喜歡？」楚九見阿桃拿了紅木匣子出來，驚訝道：「這是世子早早就準備好的，特意讓我今兒送過來的啊！」要不是世子領兵去了西北銅州，肯定會親自送過來的。

要是他連這點事情都辦不好，世子定會嫌棄他的！

「我家姑娘說了，世子的心意她領了。」阿桃說著，低頭端詳了一下手裡的紅木匣子，上面的鏤空圖案雕刻得異常精緻，邊邊角角還鑲著好多祖母綠寶石，光這匣子就價值不菲，她都有些捨不得還回去了，因此又補充道：「其實我家姑娘不是不喜歡，而是她根本沒打開看，就讓我還回來了。」

「阿桃，這匣子我是無論如何都不能拿回去的。」楚九撓撓頭，為難道：「妳幫幫忙，讓妳家姑娘把這禮物留下吧？」楚王世子的侍衛真的不好當啊！他要去南直隸！

「要不……我就說你已經走了？」阿桃眨眨眼睛看著楚九。

「對對對，我已經走了！」楚九翻身上馬，倉皇而逃。原本他以為，顧三姑娘收到禮物，會給世子回封信啥的，所以才耐心地在這裡等著，早知道是這樣，他早就跑了！

阿桃這才心安理得地回清風苑。

「既然走了，以後見了再還給他吧！」顧瑾瑜淡淡道。

她一點都不想嫁入楚王府，就算楚雲霆求到了聖旨，她也不願意。

「姑娘，您不打開看看嗎？」阿桃愛不釋手地瞧著那個紅木匣子，試探道：「楚九剛剛說，是世子早就準備好了的呢！」

顧瑾瑜轉頭看著窗戶，不再吱聲。

阿桃只得訕訕地閉嘴。

第七十五章　醫者父母心

沒幾天，便到了科考的日子。

春試有三場，每場三天，考完以後，三月底便會放榜。是騾子、是馬，一考便知。

早在前幾天，太夫人和沈氏就開始緊張起來，吃不好、睡不香，白日整天燒香唸佛，連夢裡也全是顧景柏考試的情景，弄得全府上下緊張兮兮，甚至走路也輕手輕腳的，唯恐驚動了正在埋頭苦讀的世子。

一大早，顧景柏便在顧廷東和顧廷南的陪同下提前出門，上了馬車，直奔考場。

考場在國子監，離顧家所在的滄瀾坊並不算遠，無奈趕考的人太多，顧家的馬車直接堵在路上，幸而楚九趕過來開道，才把顧景柏一路護送到國子監。

楚王世子臨走的時候交代過，讓楚九對顧家的事情多上點心，如今顧世子考試算是大事，身為楚王世子的得力護衛，他自然不能坐視不管。

時禮和時忠兩兄弟早就等在那裡了，見是楚王府的人送顧景柏來，兄弟倆暗暗吃驚，卻又不便多問。

很快地，顧景柏跟時忠便隨著人群進了考場。

時禮望著兩人翩翩的身影，心生羨慕，若是當年他用心讀書，說不定今日趕考的人也有他。想到時忠考中後，衣錦還鄉的場景，他心裡突然有點不是滋味，如此一來，他豈不是更被比下去了？

三天後，顧景柏腳步發軟地回家，倒頭就睡。

誰也不敢去問他考得如何，倒是沈氏很擔心，陪著笑臉對顧瑾瑜說道：「三姑娘，平日裡妳跟妳大哥哥走得最近，妳又懂醫術，麻煩妳給他開個醒腦的方子，可不要讓他在這個時候垮了身子。」

顧瑾瑜道是，她也希望顧景柏能考個好名次，早日抱得佳人歸。

兩天後，顧景柏再赴考場。

眼看入場的時間要到了，左等右等，卻不見時忠來。

不一會兒，才見一輛馬車急急地停在國子監門口，跟隨時忠的小廝匆匆跳下馬車，跑到顧景柏面前，苦著臉道：「世子，我家公子半路上突然鬧肚子，狂瀉不止，今天是第二場，如何是好？」

「時公子現在在哪裡？」顧景柏忙問道。這好端端的，怎麼會突然鬧肚子？

「我、我沒事，我要進考場……」時忠連跌帶爬地下了馬車，走得跌跌撞撞的。「我不能錯過考試啊……」說著，他臉上一陣扭曲，索性抱著肚子蹲在地上，表情很是痛苦。

顧景柏嚇了一跳，忙上前攙住他，急急吩咐小廝。「愣著幹什麼？還不趕緊去請大夫！」

小廝苦著臉，撒腿就跑。

「回來！」顧景柏又忙喚回他，大聲道：「去我府裡，請我三妹妹過來，要快！」

大部分人已經進了考場。

國子監門口的侍衛看了看沙漏，有些同情地看著顧景柏和時忠。這兩個倒楣蛋若是錯過這次考試，就只能再等三年了。

顧瑾瑜得知時忠得了急症，二話不說，立刻趕到國子監，用銀針迅速地封住了時忠的幾個穴道，暫時止住了他的腹瀉。兩個倒楣蛋終於在關門的最後一刻，跑了進去。

「神醫就是神醫，果然名不虛傳啊！」身後傳來男子的拍手聲。

顧瑾瑜循聲望去，就見趙晉正雙手抱胸地站在馬車前，笑盈盈地望著她。

「顧姑娘，別來無恙啊！」這麼長時間不見，小姑娘倒是長開許多。

嗯，果然是女大十八變，短短幾個月沒見，是越來越好看了。

「趙將軍？」顧瑾瑜很意外，她只知道趙晉去西北賑災，其他的，倒沒有再過問。他看上去風塵僕僕，像是趕了遠路一般。

「我剛進京城，就見到顧姑娘，咱們還真是有緣啊！」趙晉痞痞地笑道：「久別重逢，顧三姑娘不請我喝杯茶嗎？」其實他是專門趕過來看她的。

顧瑾瑜笑笑，指了指不遠處的聚福園茶樓。「趙將軍請。」

兩人上了二樓，臨窗而坐。

趙晉瞧著端坐在他面前的小姑娘，頗有些恍若隔世的感覺。這幾個月在西北那邊，每每想到她，他可是歸心似箭啊！如今總算是見到她了。

顧瑾瑜被他瞧得渾身不自在，忙問道：「趙將軍，眼下西北戰事如何了？」

「妳放心，燕王那個慫包蛋有勇無謀，無論如何是打不過楚雲霆的。」趙晉笑笑，不疾不徐道：「聽說燕王剛到錦州的時候，就因水土不服而病倒了，眼下他自顧不暇，哪有精力指揮打仗？現在也就他手下那幾個小嘍囉出來耀武揚威一番而已，根本成不了什麼氣候。」其實，他一直懷疑燕王的病實際上是慕容朔所為，畢竟，程庭的爪牙遍布朝野，若說燕王身邊沒有程庭的眼線，他是不信的。

「眼下軍中無主帥，這麼說戰事很快要結束了？」顧瑾瑜問道，想到之前楚雲霆說讓她等他回來娶她，她又情不自禁地紅了臉……

趙晉見顧瑾瑜對西北之事頗感興趣，索性對她娓娓道來。「楚雲霆這個人做事，向來是打蛇打七寸，從不做多餘之舉，他現在是一邊協助岑大將軍圍剿燕王手下的那些遊兵散將，一邊暗訪當地名醫前去給燕王看病，相信用不了一個月，他們就該凱旋歸來了。」說著，忙壓低聲音道：「顧姑娘，這些話妳聽聽便是，切不可再對他人提起。」

「趙將軍放心，我誰也不告訴。」顧瑾瑜莞爾，又問道：「那燕王的病情現在如何了？」不知為什麼，她總覺得燕王這病來得蹊蹺，十有八九像是被人暗算，而暗算他的人，除了慕容朔，她想不到第二個人。相較而言，她還是希望燕王能康復入京的。

「反正我回來的時候，他還是沒有任何起色。」趙晉坦然道：「總之，燕王這次算是徹底廢了，因為在楚雲霆面前，他沒有任何勝算，何況他還揹負著謀逆的罪名，那個位置，他是想也別想了。」

顧瑾瑜點點頭，再沒吱聲。既然秦王和燕王都沒有機會，那就只剩下慕容朔了，偏偏慕容朔又是最沒有資格坐上那個位置的……

「顧三姑娘……」趙晉意味深長地看著顧瑾瑜，欲言又止。窗外透進來的星星點點日光，在她粉白的衣裙染上了一層朦朧而又溫暖的光暈，她靜靜地浸潤在這抹光暈裡，恬靜、淡然，他甚至想就這樣一直跟她坐下去，直到天荒地老。

「嗯？」顧瑾瑜被打斷了思路，抬頭看著他，清澈的眸子裡帶著一絲困惑。「趙將軍有什麼事嗎？」

「沒事、沒事！」趙晉頓覺有些尷尬，隨口道：「我、我就是好奇剛剛時公子的病能撐過這三天嗎？」他擔心他跟她說出心意，會嚇著她，嗯，還是直接請官媒上門提親得好。

「能。」顧瑾瑜篤定道：「只不過，三天後他的體力會達到極限，少不了要大病一場，但他還有第三場考試要考，所以到時候我會想辦法，確保他再上考場。」

趙晉微微頷首，摸著下巴道：「聽起來顧姑娘很關心時公子？」若是她喜歡那個時忠，那他貿然上門提親，豈不是很尷尬？

「醫者父母心，何況三年寒窗苦讀不易，能幫一把還是幫一把得好。」顧瑾瑜從容道。

趙晉這才放心。他其實有好多話要跟她說，但如今看見她，卻是一句也說不出口。

兩人一時無話，氣氛稍稍有些尷尬。

稍坐了坐，顧瑾瑜便起身告辭。

趙晉一直目送她上了馬車，才騎馬回府。

大長公主的馬車遠遠路過，正好瞧見這一幕，許嬤嬤不禁皺眉道：「趙將軍剛剛回京，便來找顧姑娘喝茶，該不是對顧姑娘起了什麼心思吧？」

南宮氏雖然不願意讓顧三姑娘進門，但終究還是拗不過世子，已經在家著手操辦這門親事了，若這個時候，顧三姑娘再許了他人怎麼辦？

「待會兒妳命人拿我的帖子去請趙將軍到府裡來，就說我有要事找他。」大長公主不以為然道：「趙將軍是個聰明人，一點就通，何況他跟世子一向要好，想來也不會做出橫刀奪愛的事情。」有她在，昭哥兒的心上人是不會被人搶走的，這點自信她還是有的。

許嬤嬤道是。

半個時辰後，趙晉已經坐在大長公主府喝茶了。

大長公主問了問楚雲霆的近況，趙晉一一對答，這讓大長公主很是滿意，突然，她話鋒一轉，笑道：「等昭哥兒回來，我們就要準備操辦他的親事了。如今你差事做得好，皇上很是讚許，想來好事也近了，能看著你們這些小輩娶妻生子，我甚感欣慰。」

「世子要娶親？」趙晉大驚。「是打算迎娶四公主嗎？」

「趙將軍還不知道嗎？」大長公主故作驚訝，淺笑道：「說起來讓趙將軍見笑了，昭哥兒要娶的並不是四公主，而是建平伯府二房的三姑娘。」

「顧三姑娘？」趙晉頓時有一種被雷劈的感覺，他才離開京城短短幾個月，他的心上人就被人追走了？何況還是他最好的兄弟追走的？

「對，就是顧家的三姑娘。」大長公主平靜道。

趙晉當即決定，明天他就離京去西北，找楚雲霆問個明白！

三天後，第二場科考結束。

顧瑾瑜早早來到國子監門口等顧景柏和時忠，時忠的身體狀況她知道，容不得耽誤，她就是拚了全力，也要保他考完最後一場。

時禮也在，小眼睛滴溜溜地看著顧瑾瑜，上前笑道：「三姑娘來了。」

「時公子。」顧瑾瑜客套地還禮。

「嘿嘿，聽聞三天前是姑娘搭救了我家兄弟，時某不勝感激。」時禮像模像樣地抱拳施禮。「俗話說，滴水之恩，湧泉相報，我時家定不會忘了姑娘的大恩大德。」

「舉手之勞罷了，時公子不必多禮。」顧瑾瑜淡淡地看了他一眼，冷不丁問道：「時公子來京城也有些日子了，可是不習慣這邊的水土嗎？」

時忠之所以腹瀉，是被人下了回合草。

回合草並非毒藥，卻有潤腸通便的功效，京城氣候乾燥，一般外地人入京後，會買一些回合草泡茶喝，若是服用過量，則會腹瀉不止。

她已經讓綠蘿打聽過了，時禮的確去藥鋪買過回合草。

「顧三姑娘為何有此一問？」時禮警戒道。

「沒什麼，隨便問問。」顧瑾瑜淺笑。

正說著，國子監大門徐徐打開，面容憔悴、腳步發軟的莘莘學子們活像是餓了三天的難民，早就等在門口的隨從、親人們紛紛湧上前，攙住各自家丟了半條命的少爺、郎君們。

顧景柏出來後精神還好，時忠則是一頭倒在地上，不省人事。

顧瑾瑜早有準備，忙命人把他抬上馬車，直接將他帶回了建平伯府。

太夫人得知時忠昏厥，嚇了一大跳，又見自家孫子雖然無恙，卻也是面黃肌瘦的，很是心疼，忙吩咐沈氏多派幾個人前去蒼山院伺候。

時禮見顧瑾瑜把時忠接到了建平伯府，很是不情願。「如此倒是叨擾了府上，我們還是回程家慢慢調養得好。」

「時公子太客氣了，不過是兩、三天的時間，就在府裡養著便是。」顧瑾瑜自然不可能讓時禮把人帶回去，不容置疑道：「等考完第三場，再回程家等消息便是。」

顧景柏只當時禮客氣，也從善如流道：「若時大哥不放心，便一起住下，橫豎兩、三天，眨眼就過去了。」

「柏哥兒說得對，時公子身體虛弱，不用來回奔波了。」太夫人也挽留道：「就在這裡養著吧！」

時禮只好作罷。

在顧瑾瑜的悉心照料下，時忠很快生龍活虎起來。

到了第三場考試的日子，便精神抖擻地和顧景柏進考場。

顧瑾瑜這才鬆了口氣，打發阿桃去大長公主府問清虛子，什麼時候入宮侍疾。

清虛子冷哼。「她一直偷懶不來大長公主府給老太爺施針，敢情那個死丫頭就想入宮給皇上看病討賞？哼，讓她自己來，來了我告訴她！」

他其實知道顧瑾瑜不來大長公主府的原因，肯定是因為她害羞，不好意思在婆家人面前露面；但是呀，醜媳婦總得見公婆，老躲著有什麼用啊？

「神醫，求求您了，就告訴奴婢吧！」阿桃懇求道：「看在我家姑娘給您做鞋的分上，就不要讓姑娘再跑一趟了。」

「哼，沒得商量！她不來，我就是不告訴她！」清虛子一甩袖子進屋，任憑阿桃怎麼敲門就是不開。

阿桃暗罵了一聲老匹夫，哭喪著臉回建平伯府。「姑娘，那老頭死強，非要您親自去一趟大長公主府呢！」

顧瑾瑜無奈，只得換了衣裳，硬著頭皮去大長公主府。

哪知剛下馬車，便見南宮氏也在府門口下轎。顧瑾瑜很是尷尬，出於禮節，還是衝她微微屈膝施禮，然後快走幾步，率先進了門。

早知道會碰上她，顧瑾瑜寧願不來大長公主府。

南宮氏臉一沈，越發覺得這女子是在跟她示威，她都答應昭哥兒娶她了，難不成她還要蹬著鼻子上臉？看見未來婆母，難道不應該上前問安，再畢恭畢敬地施禮？

越想越生氣，索性也跟著進門，沒好氣地喊住她。「顧三姑娘請留步！」

「不知王妃有何吩咐？」顧瑾瑜只得停下腳步。

阿桃一臉警戒，若是王妃敢欺負她家姑娘，她是不答應的！

「妳不要以為我兒子娶妳進門，是真的喜歡妳。」南宮氏冷笑一聲，走到她面前，不屑地打量她一眼後，大言不慚道：「依我看來，妳不過是一個替身而已。」

知子莫若母，其實楚雲霆中意程嘉寧的事情，她是知道的；只是當初程嘉寧是慕容朔的心上人，她不好說什麼，更幫不上兒子什麼忙。

平心而論，她對程嘉寧印象還不錯，那女子雖然身子孱弱，但給人的感覺很沈穩淡泊，是真正的人淡如菊。

雖然她不明白兒子為什麼會突然喜歡上顧瑾瑜，但她也有所察覺，拋去身分不說，程嘉寧和顧瑾瑜還是有些相似之處的。

「替身？」顧瑾瑜微微皺眉。

她知道南宮氏不喜歡她，但她也不喜歡南宮氏，所以對南宮氏說的話，她並不在意。

「其實告訴妳也無妨，我家世子真正喜歡的人是程家二小姐程嘉寧！」南宮氏幸災樂禍地看著她，冷笑道：「只不過礙於她是齊王殿下的心上人，我們楚王府才沒有上門提親罷了，而妳，恰好跟程家二小姐有那麼一點點的神似，世子愛屋及烏，才對妳動了那麼一點點心思。我之所以告訴妳這些，只是想讓妳知道妳在世子心中的位置而已，不要以為妳有多麼了不起。」

細碎的陽光透過樹梢星星點點地灑在南宮氏白皙細嫩的臉上，顧瑾瑜看著她臉上那些晃動的斑點，頓時有種不真實的感覺，喃喃道：「您是說，世子喜歡過程二小姐？」

前世她雖然跟楚王世子見過數面，但並不曾說過話，更無任何交往，如今南宮氏說他喜歡她，倒讓她一頭霧水。

「不錯，世子曾在佛陀寺偶遇程二小姐，對她一見鍾情，從此念念不忘。」南宮氏說到這裡，目光隨之黯淡下來，嘆道：「也該是他們無緣，世子知曉她是齊王殿下的心上人，只能派人暗中保護她，就連去年七夕那日，他去護城河邊賽馬，其實也是為了見她一面罷了。可惜天不假年，程二小姐不幸溺亡，世子鬱鬱寡歡了好長時間，我這個當母親的，瞧著也是異常揪心，卻想不到他竟然癡心至此，瞧著妳跟她有些相似，便要娶進門，我們自然不好阻擋，索性由他。」

「他喜歡過程二小姐……」顧瑾瑜鼻子一酸，眼裡倏地有了濕意。她從來都不知道，在她黯淡無光的前世，還有個人默默地關注著她、喜歡著她；雖然她不想相信南宮氏說的話，可是這件事情南宮氏是絕對不會撒謊的。

前世她就去過佛陀寺一次，那日陽光淡淡，她見寺裡的合歡樹開得正好，便一時興起，拿著古箏，彈了一首《鳳求凰》，當時雖察覺有人路過，卻未見人影，便並未在意。

若說相遇，怕是就在那時。

七夕那日，她命喪護城河，卻不想他也在那裡，為的只是見她一面……

「所以我才說，妳不過是個替身罷了。」南宮氏見顧瑾瑜神色有些淒淒，心中得意起來，提著裙襬，嫋嫋娉娉地走到顧瑾瑜面前。「妳若心甘情願當程二小姐的替身，儘管嫁給他便是，反正於我們是沒半點損失的。」

南宮氏還說了些什麼，她一句也沒聽見，腦海裡只翻騰著一句話——

他喜歡的是程二小姐，一見鍾情，從此念念不忘……

第七十六章　給他的回信

直到坐在清虛子面前，顧瑾瑜還有些昏昏沈沈，突然好想見到他，好想、好想。

或許是見她失魂落魄的樣子，清虛子很生氣。「妳瞧瞧妳現在這個樣子，哪裡還有半點北清派弟子的樣子？那個臭小子才走了幾天，妳魂都丟了啊！」

阿桃撇撇嘴，才不是呢！

「師伯誤會了。」顧瑾瑜臉紅道：「我、我……」

「好了、好了，妳跟那個臭小子來日方長，我也不想多說什麼。」清虛子翻著白眼道：「昨天那個蘇公公說，讓我半個月進宮一次，給皇上把平安脈，我答應了，妳若想去可以，只是我有個條件，妳答應了，我就帶妳一起進宮。」

「師伯但說無妨，若是我能做到的，絕對不會推辭。」顧瑾瑜努力讓自己鎮靜下來。

「如今已經三月，楚老太爺的病到了最後的關鍵時刻，妳這個時候甩手不來了，實在是太不道地。」清虛子意味深長地看著顧瑾瑜。「妳跟楚王世子之間的長長短短，是你們之間的事情，但不要耽誤了楚老太爺的病情。」

顧瑾瑜見清虛子這樣說，很難為情，垂眸道：「師伯放心，我不會耽誤的。」

臨走的時候，又碰到了楚九。

楚九看見顧瑾瑜，訕訕問道：「顧三姑娘，明日屬下奉命要去西北，姑娘可有回信要交給世子嗎？」雖然知道沒什麼希望，但他還是忍不住多問了這一句。世子接二連三地給姑娘寫信、送禮物，卻始終得不到顧姑娘的隻字片語，連他都看不下去了。

顧瑾瑜微微紅了臉，思量片刻，像是下了很大的決心，異常堅定道：「有，你帶我去書房，我寫給你。」

楚九大喜，忙引著她進了不遠處的外書房。

這書房是楚雲霆在大長公主府小憩的所在，琳琅滿目的書架後面是一塵不染的居室。

顧瑾瑜走到書桌前，似乎能感受到他身上淡淡的氣息，思量再三，她提筆在宣紙上寫了兩個字：珍重。

楚九如獲珍寶。

夜裡，顧瑾瑜作了個夢，夢見她還是程嘉寧，坐在落英繽紛的合歡樹下彈琴，楚雲霆從背後走過來，擁住她，一臉深情地吻了她，她並沒有推辭，反而滿心歡喜地回應著他，吻著、吻著，她便醒了。

醒來只覺得耳根發燙，她不由自主地坐起來，掀開床帳，望著被她釘住的窗戶，想到他在窗外跟她說話的情景，忍不住嘴角微翹；若是他再來，她還能再把他關在窗外嗎？

綠蘿翻了個身，驚覺自家姑娘竟然坐在床上發呆，嚇了一跳，忙一骨碌地爬起來，問道：「姑娘，您怎麼了？」

「沒什麼，睡覺。」顧瑾瑜頓覺失態，忙放下床帳，躲進被窩裡，不敢再動。一閉上眼睛，腦海裡全是他的影子，竟揮之不去……

兩日後，顧瑾瑜如約去了大長公主府。

大長公主看顧瑾瑜的目光有些深沈，上上下下打量了她一番。這女子身材婀娜纖細，恬靜秀麗，雖說是六品主事的女兒，但舉止落落大方，從容自信，倒頗有些大家閨秀的氣質。雖然她的確配不上她的寶貝孫子，但招架不住孫子喜歡，她這個當祖母的，也只能默認了這門親事。不認不行啊！楚雲霆的性情她最是瞭解，他若認定了的事情，是絕對不會放棄的。

顧瑾瑜被大長公主瞧得面紅耳赤，忙上前盈盈一禮，輕聲道：「大長公主，這次施針是最後一次，時辰會稍微長些，大長公主放心等著就好。」

「去吧！」大長公主微微頷首，意味深長道：「之前老太爺作夢都想看到昭哥兒娶妻生子，若他真的能清醒，我和他此生便再無遺憾了。顧三姑娘，我們老倆口的這個心願，就看妳的了。」一語雙關。

顧瑾瑜會意，禁不住又紅了臉。

清虛子瞧著她羞澀的樣子，冷哼一聲，率先進了楚老太爺的寢室。

顧瑾瑜也提著裙襬，亦步亦趨地跟進去。

待兩人進去後，大長公主才喚來許嬤嬤，沈吟道：「一會兒留顧姑娘吃飯，妳去廚房說一聲，讓他們多準備一些滋補的藥膳，給顧姑娘好好補補，妳看她瘦成什麼樣了。」這麼瘦，進門怎麼生養啊？

「顧姑娘還沒進門，大長公主就心疼了！」許嬤嬤打趣道：「有您這樣的祖母護著，得是她幾輩子修來的福氣啊！」

「要不是世子喜歡，我才懶得管這些事情。她進門後，最重要的事情就是給我們楚家綿延子嗣，多生幾個孩子。」大長公主一本正經道：「可是剛剛我瞧她，細腰細臂的，實在不是個好生養的身量，才想提前給她補補，我可是著急抱重孫了。」她算了算，就是五月成婚，最快也得明年二月才能抱上重孫，滿打滿算，她還得再等一年左右，實在是讓人心焦。

「大長公主莫急，顧姑娘醫術超群，肯定知道怎麼保養自己的。」許嬤嬤笑道：「您放心，聽說醫家都有生子秘方，到時候，肯定能生出一群重孫！」

「再有秘方，也得有個好身子不是？」大長公主聽許嬤嬤說生一群重孫的時候，眼睛一亮，繼而嘆道：「我倒是聽說醫家看不好醫家的病，等老太爺的病好了，得繼續讓清虛子住在府裡，有他在，我也安心。」

許嬤嬤笑笑，腳步匆匆地去廚房安排藥膳。

寢室裡，清虛子蹺著二郎腿，心安理得地喝著茶。

顧瑾瑜則全神貫注地給沈沈睡去的老太爺施針，第一輪針施下來，她的額頭出了一層密密的汗。

阿桃笨拙地拿著軟巾替她擦汗，見自家姑娘如此辛苦，而那個神醫卻只顧悠閒地喝茶，忍不住給了他一個大大的白眼。哼，哪裡是什麼神醫，分明是騙吃騙喝的神棍罷了！

卻不想，被清虛子看了個正著，冷哼道：「妳個死丫鬟瞪我做甚？妳家姑娘以後是要嫁入楚王府的，楚老太爺怎麼說也是她的老公爹，此事也算是她的家事，難不成還要我這個外人插手？」

阿桃恍然大悟，笑道：「神醫所言甚是，如此一來，我家姑娘也算是提前在楚王府站穩腳跟了！等楚老太爺醒來，知道是姑娘拚盡一身醫術救他，他肯定會處處維護姑娘的！」

「阿桃啊！妳糊塗一生，總算聰明了一時。」清虛子點頭道：「老朽這樣做，也是用心良苦啊！」

阿桃眨眨眼睛，神醫……這是在誇她吧？

顧瑾瑜哭笑不得。

待施完針，大長公主便迫不及待地進來看老太爺，見他依然沈睡不醒，便問道：「他什麼時候才能醒來？」她以為他會立即恢復如常呢！

「大長公主，老太爺得睡到明天這個時候才能醒來，一切順利，您放心便是。」顧瑾瑜如實道：「這其間楚老太爺唯一的症狀便是會不停地出汗，您務必要及時給他清理，免得他受涼。等不再出汗的時候，他就會醒來。」

「好、好，我親自守著他！」大長公主很激動，緊緊握住他的大手，再也不想放開。

許嬤嬤畢恭畢敬地招待清虛子和顧瑾瑜用膳。

琳琅滿目的美味佳餚飄著淡淡的藥香，擺了滿滿當當的一桌子。

清虛子和顧瑾瑜怎麼說也是當世名醫，一看便知這桌飯菜價值不菲，且全是罕見的滋補藥材，重要的是，咳咳，幾乎全是滋陰的藥膳……

顧瑾瑜當然知道，這是為她準備的，聯想到某種可能，顧瑾瑜頓覺難以下箸，大長公主也太心急了吧？

好在清虛子沒說別的，一言不發地吃完飯後，齜著牙道：「十天後入宮侍疾，楚九說他會趕回來陪咱們一起去，到時候，他自會去接妳。」

顧瑾瑜點頭道是。

要想扳倒慕容朔，最重要的就是將他的身分抖出來，但此事一暴露，她便不能保證程貴妃能從中抽身，這也是她遲遲下不了決心的原因，她不想失去程貴妃。

但秦王、燕王相繼落馬，齊王便成了最有希望的那個，即使她不出手，楚雲霆也不會任由他上位的。

雖然很為難，但她還是想見一見程貴妃。

「這兩天我去一趟烏鎮，去看看妳二師伯。」清虛子道：「雖然那個臭小子信誓旦旦地說他沒事，但我還是放心不下，總覺得年輕人辦事很不牢靠。上次要不是我神勇無比地設計把他從程家救出來，就憑你們，哪能保他全身而退？」

阿桃有些聽不下去了。哼，分明是她家姑娘神勇無比地救了那個清谷子好吧？還有就是，楚王世子怎麼成了臭小子了？

「師伯是要在烏鎮住幾天嗎？」顧瑾瑜早就習慣清虛子的性情，不以為然地笑笑。「那我準備一些日常用物，您一併捎給我二師伯便是。」

「也好。」清虛子很痛快地答應下來，斜睨道：「要送妳今天就送過來，我明天動身去看他，儘量在進宮之前回來。」

顧瑾瑜點頭道是。

「還有，進宮以後，若是看見皇上，就規規矩矩地侍疾，切不可生出別的心思來。」清虛子摸著鬍鬚，慢條斯理道：「我記得以前我師父，也就是妳的師祖說過一句話，恨一個人，並不是立刻除掉他，而是要想辦法活得比他更好、更久。丫頭啊！人活一世不容易，得饒人處且饒人吧！」

「謹遵師伯指點，我知道了。」難得見清虛子如此一本正經，顧瑾瑜點頭道：「您放心，我知道我該怎麼做。」不知為什麼，她總覺得今天的清虛子有些怪怪的，至於哪裡奇怪，她又說不出。

回府後，她便把事先為清谷子準備的衣物、鞋襪一併包了起來，連同現用的碎銀和一疊銀票也塞了進去，吩咐阿桃送到大長公主府給清虛子。

楚九快馬加鞭地趕到駐紮在錦州城外的軍營。

楚雲霆不在，一問才知道，趙晉剛剛到，侍衛說，兩人去草場賽馬了。

懷裡揣著顧瑾瑜的信，楚九有些坐立難安，實在是等不了了，索性也騎馬去了草場。

遠遠地，便看到趙晉和楚雲霆在草地上赤手空拳地比劃，像是在打架，又像是在比武。

待看清兩人臉上的表情，楚九差點從馬背上摔下來。

天啊！趙將軍和楚王世子竟然是真的在打架啊！

「你明明知道是我先喜歡她的，為什麼還要橫刀奪愛？」趙晉黑著臉，揚拳朝楚雲霆揮去，咬牙切齒道：「你我相交這麼多年，我從來不知道楚王世子竟然是個在背後捅刀子的，我算是白認識你了！」他不過離京幾個月，他所謂的好兄弟竟然搶走了他的心上人，若說不生氣，那是假的；但除了打架，他想不出更好的辦法來解決此事。

「她又不是你的誰，憑什麼你能喜歡，我就不能？」楚雲霆閃身躲開他的拳頭，面無表情道：「就算我不喜歡她，你能確定她會喜歡你？你真能娶到她？」他並不覺得他有什麼錯，男未婚、女未嫁的，根本談不上橫刀奪愛。

況且，趙晉只不過是一廂情願罷了；當然，他也是。

楚九看看楚雲霆，又看看趙晉，不敢靠前。他自小跟著楚雲霆，頭一次見這兩個人翻臉，而且還是為了一名女子。

話說他家世子為了顧三姑娘，已經不止一次跟別人打架了，先是齊王殿下，現在又是趙將軍，嘖嘖，顧三姑娘真是好福氣啊！

「哼，你別以為我不知道，你是仗著楚王府的權勢，逼她嫁給你罷了！」趙晉氣憤難耐道：「她不喜歡我，難道還喜歡你不成？」

楚九聞言，眼珠子轉了轉，忙掏出顧瑾瑜的回信上前，大聲道：「世子，顧三姑娘擔心您的安危，特命屬下給您送信來，還說讓您早點回京呢！」

楚雲霆眼睛一亮，顧不得跟趙晉計較，忙上前接過信箋，展開看了看上面的字跡，嘴角揚起一絲笑意，翻身上馬，急急朝營帳馳去。

她說，讓他珍重。

雖然只有兩個字，但對他來說，已經是極大的滿足，甚至他都想立刻回京見她。

楚九亦步亦趨地跟著回了營帳。

頓時間只剩下趙晉一個人，難不成楚王世子跟顧三姑娘真的是兩情相悅？

「世子，燕王已經秘密護送到了烏鎮，您什麼時候回京城？」楚九見楚雲霆正準備紙筆寫回信，忙湊上前道：「大長公主說了，老太爺很快就會康復，讓您即刻回京呢！」

他其實挺佩服自家世子的，硬生生在齊王殿下的眼皮底下把燕王秘密捆送到烏鎮，甚至連皇上都瞞住；只是眼下這場戰役，明明世子已經大獲全勝，為何卻遲遲不回京，反而命令兵馬就地整頓？

「不急，從明天開始，西裕會開閘放水一直到月底，你告訴我祖母，說月底我就班師回朝。」楚雲霆寫好信，用火漆封好口，展顏道：「你即刻回京，務必保護好顧姑娘，切不可讓她再出什麼意外，否則我拿你是問。」

「是！」楚九神色一凜。

楚雲霆的回信雖然字不多，卻更讓顧瑾瑜心跳不已。

他說——會為妳珍重。

摸了摸發燙的臉，顧瑾瑜似乎想到了什麼，忙吩咐阿桃。「去把上次楚九送來的那個紅木匣子拿過來給我。」

阿桃見姑娘要看之前世子送她的及笄禮物，興沖沖地打開櫃子，把紅木匣子捧出來，放在顧瑾瑜面前，胖胖的臉上滿是笑容。「姑娘，光這盒子就價值不菲，裡面的什物想必更是昂貴，奴婢也想一飽眼福呢！」其實她很喜歡這個紅木匣子，上面全是綠寶石呢！

綠蘿和青桐聞言，也湊過來，想一飽眼福。

眾目睽睽之下，顧瑾瑜有些哭笑不得，卻也沒有屏退左右，伸手輕輕打開紅木匣子，只見裡面躺著一支粉白色的鳳頭玉簪，玉簪通體粉白，觸手清涼，上面明明沒有任何飾物，卻泛著淡淡的光芒，更讓人稱奇的是，這玉簪還散著一種若有若無的香味，似茶香，又似草木的香味。

顧瑾瑜拿在手裡，頓覺有千斤重。

這種玉她認得，是罕見的帝王玉，產自西裕雪山之下，通體粉白，可遇不可求。據說西裕王后的王冠上也僅僅鑲了一顆黃豆大小的帝王玉，如今他竟然用這帝王玉給她打造了這樣一支鳳頭簪……她何德何能啊！

「好漂亮的玉簪！」綠蘿驚呼道：「姑娘，奴婢出入柳記首飾鋪多年，還從未見過這樣的玉，這、這怕是價值連城吧？」

「我看光這盒子就價值連城了！」青桐見顧瑾瑜翻來覆去地看那簪子，愛不釋手的樣子，捂嘴笑道：「姑娘，世子竟然送了如此貴重的禮物，您是不是得回禮？」

世子的心意再清楚不過了，作為丫鬟，她也覺得與有榮焉。自家姑娘嫁過去，可就是楚王世子妃了呢！

「對啊！那咱們幫姑娘想想，回什麼禮物最適合！」阿桃眨眨眼睛，看了看青桐。「青桐手藝最巧，不如給世子做套衣裳？」

「對，這個主意不錯！只是選什麼料子啊？」綠蘿也來了興趣。

「自然是選最貴的了！」青桐得意道：「我記得上次宮裡賜的那些布料就不錯，我這就去抱過來，讓姑娘選吧！」

「不必了，等以後我慢慢還吧！」顧瑾瑜把玉簪放進匣子裡，淡淡道：「帝王玉價值連城，豈是一塊小小的衣料就能償還的？」

「難不成姑娘要以身相許？」阿桃冷不丁問道。

青桐和綠蘿愣了愣，而後不約而同地笑了起來。

顧瑾瑜倏地紅了臉，沈聲道：「阿桃，我罰妳今天一天不准說話、不准吃飯，妳這就去書房面壁！」這丫鬟還真是被她慣壞了，什麼話也敢說！

阿桃自知失言，捂嘴退了下去。

青桐和綠蘿又是一陣大笑。

第七十七章 失蹤

到了跟清虛子約定好入宮的日子，顧瑾瑜一大早便收拾妥當，耐心地等著楚九來接她。

不多時，楚九便趕著馬車來到建平伯府門口，看見顧瑾瑜，他倏地跳下馬車，神色慌亂道：「顧三姑娘，屬下剛剛從烏鎮回來，神醫和清谷子都不見了！」

「是什麼時候的事？」顧瑾瑜心裡咯噔一下。

「莊子上的管事說，前幾天神醫去烏鎮看望清谷子，並在莊上逗留了數日，沒承想，昨晚卻發現神醫迷暈了看顧的侍衛們，跟清谷子不告而別，至今不知去向。」楚九沮喪道：「顧三姑娘，世子嚴令莊上的護衛不得讓任何人接觸清谷子，如今如何是好……」

世子向來賞罰分明，弄丟了清谷子，莊子上的侍衛們要倒楣了，偏偏那些侍衛大都是他的手下……唉，為難啊！

「你先帶我去大長公主府，看看別院有沒有留下什麼線索再說。」顧瑾瑜迅速上了馬車。她不明白的是，清虛子為什麼要帶著清谷子不告而別？無論是楚王世子還是她，都對清谷子毫無惡意，她甚至覺得在這個世上沒有哪個地方能比烏鎮更為安全的了。

楚九一時沒了主意，對顧瑾瑜唯命是從，應聲跳上馬車，匆匆忙忙地去了大長公主府。

別院一切如舊。

除了上次顧瑾瑜給清谷子準備的那個裝著衣裳、鞋襪的包袱不在，其他的都在。

甚至櫃子裡還有上次剩下的榮養丸。

怎麼看都覺得清虛子並非是要離開的樣子。

「顧三姑娘，偏偏今天是入宮侍疾的日子。」楚九為難道：「神醫又不在，待屬下稟明蘇公公，就說神醫染上風寒，病倒了，不能去宮裡請平安脈了。」他可不敢讓顧瑾瑜一個人入宮請脈，世子特別囑咐過他，務必要照顧好顧姑娘的，若是有什麼差池，他沒法跟世子交代啊！

「不必了，我去便是。」顧瑾瑜嘆了一聲，又道：「上次我去宮中的時候，皇上見過我，如今師伯不在，我前去侍疾，最適合不過。」

「可是宮中有諸多禁忌，屬下不過是四品侍衛，擔心不能護姑娘周全。」楚九見顧瑾瑜一臉不容置疑的神色，知道她主意已定，苦著臉道：「若是姑娘有什麼閃失，屬下百身莫贖，不如您還是等世子回來再進宮吧？」滿打滿算，世子也快回來了，在這個節骨眼上，他得擔起保護好她的責任才是。

「你放心，無須你保護我。」顧瑾瑜不以為然地說道：「我不過是進宮替皇上請個平安脈，又不是去闖龍潭虎穴，能有什麼閃失？再說了，我也不是任人宰割的。」就算程庭想對她下手，也絕對不會在宮裡明目張膽地為難她。

楚九只得依從，心裡卻暗暗叫苦。世子跟顧三姑娘還真是般配，兩人都不是一般地倔啊！

「顧三姑娘，我跟妳一起進宮。」大長公主突然出現在兩人身後，面無表情道：「有我在，誰也不敢為難妳。」適才兩人的話，她都聽到了，覺得有必要幫這個丫頭一把，誰讓她的寶貝孫子喜歡呢！更何況，楚老太爺漸漸恢復神智，她功不可沒。

楚九眼睛一亮，大長公主果然威武。

「多謝大長公主。」顧瑾瑜實在是無法拒絕。

大長公主的馬車寬敞，卻不奢華。

軟榻旁邊放了一張小小的茶几，茶几上放了兩本書，僅此而已。

顧瑾瑜靜靜地坐在馬車裡，沈默不語。

「顧三姑娘，老太爺雖然已能記起之前的事情，但他一天當中，大部分的時間都在沈睡，如此沒關係吧？」雖然清虛子之前跟她說過這種症狀在意料之中，但她還是忍不住問顧瑾瑜。

「大長公主放心，最多半個月，老太爺便會恢復如初。」顧瑾瑜安慰道。

大長公主點點頭，又道：「清虛子失蹤一事，我已經派人去查了，妳不必擔心，待會兒看見皇上，也不要緊張，用心做妳的事便是。」

「多謝大長公主。」顧瑾瑜微微一笑。

大長公主見她神色淡然，舉止穩重，心裡很是滿意，當下悄悄打量她一番，突然覺得這女子越看越耐看，容貌、氣質並不遜於四公主和那個南宮素素；除去門楣不說，跟她的寶貝孫子還真是滿相配的。

感受到大長公主的目光，顧瑾瑜俏臉生紅，不好意思再抬頭看她。

上次她一時衝動給他回信，實際上已經默認了兩人的關係，等他回來，她怕是再也做不到對他無動於衷了；何況，若是他真的求到聖旨賜婚，她也是無法抗拒的。

兩個女人各懷心思，一路無言。

有大長公主在，顧瑾瑜一路暢通無阻地進了養心殿。

程庭也在，看見顧瑾瑜，心情複雜地問道：「神醫呢？」

雖然太醫院對於讓清虛子前來把脈的事情頗有微詞，但懼於皇威，最終程庭還是力排眾議，大義凜然地說醫家無尊卑，理應集眾家所長，共保皇上龍體安康。

上次他讓人射殺清虛子之舉，已經引得龍顏不悅，如今好不容易准他入宮行走，故而在清虛子的事情上，他不好再多說什麼。

「師伯染了風寒，抱恙休息，故而吩咐小女前來侍疾。」顧瑾瑜從容應對。

大長公主一記威嚴的目光看過來，程庭訕訕道：「皇上正在書房批閱奏摺，顧三姑娘裡面請。」大長公主天不怕、地不怕，他可不想觸這個霉頭。

蘇公公通傳以後，領著大長公主和顧瑾瑜進了書房。

看見大長公主，孝慶帝放下手裡的奏摺，從几案後迎出來，上前攙住她笑道：「姑母，您怎麼有空來了？」

「聽聞皇上召神醫兩人進宮請脈，便跟著過來看看。」大長公主行了君臣禮後，大大方方地坐下，指著顧瑾瑜道：「我府裡那個神醫抱恙，便讓顧姑娘前來侍疾，皇上還記得她吧？」

「民女見過皇上。」顧瑾瑜這才上前行禮問安。

孝慶帝上下打量了顧瑾瑜一番，認出了她。不錯，她正是上次進他寢室替他懸掛福袋的那個小丫頭。孝慶帝笑笑，坐下來，挽起袖口伸到顧瑾瑜面前。

顧瑾瑜也盈盈落坐，全神貫注地把脈。

大長公主則開口跟孝慶帝閒聊。「前些日子昭哥兒跟西裕借水澆灌西北九州的農田一事，不知道可還順利？」

「姑母放心，一切順利。」孝慶帝騰出另一隻手，翻出幾份摺子，推到大長公主面前，愉悅道：「您瞧瞧，這些全都是朝臣聯名請求褒獎妳家世子的奏摺，等他回來，朕一定得好好獎賞他！西裕那邊開了這個先例，以後西北一帶就再也不怕鬧旱災了。」

「褒獎就算了。」大長公主的目光在顧瑾瑜身上看了看，意味深長道：「只要皇上能完成昭哥兒的心願，就算是對他最大的褒獎了。」

「好好好，姑母放心，朕允了便是！」孝慶帝會意，哈哈一笑。「下個月太子就出孝期，姑母大可現在就準備世子大婚吧！」

「我當然是希望越快越好。」大長公主展顏道：「我都恨不得世子一回來就入洞房，我也好早點抱上重孫呢！」

顧瑾瑜聽得面紅耳赤。

好在大長公主看出她的尷尬，不動聲色地轉了話題。「燕王雖然魯莽，但他也是無心之舉，如今平安回來，你一定要善待他，切不可讓有心之人鑽了空子。等過幾天，讓他回府思過，此事也就過去了，一直把他圈禁在烏鎮算怎麼回事？」

「姑母所言極是。」孝慶帝點點頭，目光隨之黯淡下來。「並非朕有意讓他在烏鎮受罰，而是燕王的病一直未見好轉，元昭說烏鎮的溫泉適合他養病，朕才准他留在烏鎮。」

「那燕王得的是什麼病？」大長公主皺眉問道：「怎麼這麼多天了還未見好？」

「不瞞姑母，派去的太醫說燕王全身起了一層疹子，痛癢難忍，須每隔一個時辰泡一次藥浴才能止住。」孝慶帝劍眉微蹙，嘆道：「此症雖無性命之憂，卻會傳染他人。太醫說，若要痊癒，得半年以後，故而於公於私，我更不會讓他回來。」

「原來如此。」大長公主恍然大悟。

顧瑾瑜聽得暗暗吃驚，把完脈，便起身屈膝施禮道：「最近皇上晨起的時候，偶感頭暈是夜裡批閱奏摺所致，皇上只要早點休息，症狀便可消除，除此之外，龍體無恙，皇上盡可安心。」

孝慶帝微怔，繼而展顏讚許道：「不愧是神醫的師姪，這麼小的症狀也能看出來，著實讓朕驚訝，等妳師伯好了以後，一併封賞。」

「謝皇上。」顧瑾瑜淡淡道。

「皇上，剛剛昭陽宮那邊來人，說程貴妃肩頭有些不適，不便傳太醫，聽聞顧三姑娘進宮，便想請顧三姑娘前去瞧瞧。」蘇公公這才上前稟報。

「那就有勞顧三姑娘了。」孝慶帝自然恩准。

大長公主不便跟著去後宮，便叮囑顧瑾瑜。「早去早回，本宮就在這裡等妳。」說著，又吩咐蘇公公。「這丫頭人生地不熟的，你好生給咱照應著。」

「大長公主放心，保准一根頭髮也少不了！」蘇公公一臉笑容地應道。

昭陽宮依舊。

七彩引著顧瑾瑜進了花廳。

程貴妃正在澆花，看見顧瑾瑜，上前親暱地拉過她的手，坐在軟榻上笑道：「好久沒見顧三姑娘，本宮心裡竟甚是想念，便用這個理由把姑娘叫了過來，姑娘可別見怪。」

「民女也一直想念著貴妃娘娘，每每進宮便想著怎麼才能跟貴妃娘娘見上一面呢！」顧瑾瑜緊緊握住她的手，望著她略帶憔悴的臉，眼裡倏地有了濕意，黯然道：「前幾天作夢，民女夢見過程二小姐，她囑咐民女，說讓民女時常進宮替她多關照娘娘呢！」

「嘉寧是個好孩子……」程貴妃喃喃道，若是那個孩子一直留在她身邊長大，肯定不會出那樣的意外，是她害死了自己的孩子。

「娘娘，民女夢裡的程二小姐很真實，她還告訴了民女一個秘密，不知道當講不當講？」顧瑾瑜平靜地看著程貴妃，真相很殘忍，她有些於心不忍。

「這裡沒有外人，顧三姑娘但說無妨。」程貴妃見顧瑾瑜表情肅穆，心裡早已是千迴百轉，兜兜轉轉地想了一番。

顧瑾瑜壓低聲音道：「她說，她並非程家親生骨肉，而是娘娘所生。」

程貴妃待她一向親近，她想賭一賭，告訴程貴妃，她才是真正的程嘉寧。

程貴妃震驚無比地看著顧瑾瑜，上次她也作過一個無比真實的夢，夢見嘉寧來看她了，如今顧瑾瑜冷不丁提起此事，她不得不信，顫聲問道：「嘉寧還說了什麼嗎？」

「她說……她說是齊王殿下親手把她推下護城河的。」顧瑾瑜索性抓起程貴妃的手，嚴肅道：「娘娘，是齊王殿下害死了她啊！」

程貴妃頓時淚如泉湧。雖然程庭和慕容朔一直口口聲聲地告訴她，說程嘉寧的死是個意外，但她總懷疑是他們害死了嘉寧，只不過是沒有證據罷了。如今聽顧瑾瑜提起此事，她的心都碎了。

「娘娘節哀，其實……其實嘉寧並沒有死。」顧瑾瑜想著前世、今生，也忍不住掉下眼淚，淚眼朦朧地望著程貴妃，咬唇道：「她……她就在您的面前啊！」

「嘉寧？妳是嘉寧？」程貴妃難以置信地看著她。雖然初見她時，自己就有種說不出的熟悉感，打心眼裡願意跟她親近，這些日子又無時不刻地想念著她，但自己以為不過是緣分使然；如今，聽顧瑾瑜說她就是程嘉寧，自己不能不震撼，她不敢相信，老天爺會把女兒再還給她！

「娘娘，十歲那年，我跟沈表姊去餵馬，之後那馬死了，程家所有人都懷疑是我害死了那馬，只有您相信，不是我做的。我記得您聽說此事後，還把我叫到您的馬車裡抱了我，說您相信不是我做的……」顧瑾瑜把那些往事娓娓道來。「十二歲那年，您說您愛喝蓮子羹，我便開始每年都給您採蓮子做羹。當時我看醫書，說是七粒為藥，所以但凡是我給您熬製的蓮子羹，必定是七顆蓮子；十三歲那年夏天，我入宮在御花園玩耍，在假山邊睡著了，是您親自把我抱回昭陽宮，給我熬了酸梅湯解暑，我記得裡面還加了冰塊，清涼可口，我很是喜歡，後來我再進宮的時候，必定會有酸梅湯；十五歲那年及笄，您送了一套蝴蝶頭面還有一尊小巧的玉如意，上面還刻著我的名字……」

「嘉寧！」程貴妃緊緊抱住她，泣不成聲。這的確是她的嘉寧，她信了，真的信了！若她不是嘉寧，絕對不可能說得這麼詳細。

「母妃……」顧瑾瑜也是激動難耐。

待兩人心情稍稍平復，程貴妃才細細打量她，心酸道：「這到底是怎麼回事？妳說給母妃聽；還有，妳怎麼變成了顧家三姑娘？」

身後一陣腳步聲，七彩走進來道：「娘娘，蘇公公說，天色不早了，顧三姑娘該出宮了。」瞧著兩人眼睛紅紅的，她不禁心生疑惑。

「來日方長，待日後民女再慢慢說給娘娘聽。」顧瑾瑜忙擦了擦眼淚，待稍稍平復了情緒，才起身告辭，走了幾步，又道：「娘娘肩頭痠痛是風吹所致，只要夜裡注意保暖即可痊癒。」

程貴妃也迅速整理好妝容，掩飾所有的情緒，吩咐道：「七彩，送送顧三姑娘。」

「是。」七彩屈膝道是。

不一會兒，慕容朔大步進了昭陽宮，見程貴妃眼圈紅紅的，像是剛剛哭過，疑惑問道：

「母妃，您怎麼了？」

「沒什麼。」程貴妃忙擦擦眼睛，勉強笑道：「你什麼時候回來的？」

看著親手養大的孩子，程貴妃心裡很複雜。

這些年，她悉心呵護他長大，甚至為了他跟皇后爭寵，鬥智鬥勇，原本以為他會按照她的想法，把她的女兒娶回她身邊，喊她一聲母妃，卻不想，他竟然不擇手段地害死了嘉寧。估計，下一個就是她了吧？呵，這就是她的兒長，她自小養大的兒子。

「兒臣剛剛回京，已經見過父皇，特意趕來看望母妃。」慕容朔上前挽著程貴妃的胳膊。

程貴妃不著痕跡地閃身走了幾步，坐下來，面無表情地問道：「西北那邊怎樣了？」

「三哥染上了紅斑病，被楚王世子送到烏鎮養病，剩下的人馬大多都被勸降了。」慕容朔並未察覺到程貴妃的疏離，展顏道：「現在岑大將軍統領西北一帶的兵馬，母妃安心即可。」要不是楚雲霆詭計多端，瞞著他送走了燕王，他早就讓燕王身首異處了。哼，看來楚雲霆是打定主意要扶持他的好三哥了吧！

「好端端的，怎麼會染上紅斑病？」程貴妃很驚訝，她雖然不懂醫術，但她知道紅斑病是一種傳染病，雖暫無性命之憂，但染上以後痛癢難忍，生不如死，若是久病無醫，有人甚至選擇自我了斷來脫離這種痛苦。

「母妃，這其中的隱情，以後兒臣再慢慢告訴您，總之只要除掉燕王，我就有把握坐上那個位置，以後您再不用看皇后的臉色過日子了。」慕容朔動情道：「就是為了您，我也得拚一拚。」這些年程貴妃跟容皇后之間的恩恩怨怨，他都看在眼裡，甚至在程貴妃面前，他也知道怎麼開口。

「原來是你下的手。」程貴妃靜靜地看著他，像是在打量一個陌生人。她知道，他早就不是她所熟悉的那個孩子了。在宮中多年，她其實並不希望他奪嫡，去走那條危險的路，雖然她也算是宇文家的人，但她對故國並無絲毫的記憶，骨子裡對大梁也沒什麼仇恨，更不想去顛覆這個日益強盛的國家。

但面對程庭的所作所為，她也沒有勇氣去阻止、去揭穿，只能眼睜睜地看著程庭帶著慕容朔暗中謀劃，做盡陰險毒辣之事……

「哼，要不是楚雲霆從中作梗，我的計劃也不會一而再、再而三地落空！」慕容朔並不知道程貴妃心裡所想，憤憤道：「看在他自甘墮落的分上，我暫且不跟他計較，待日後再慢慢跟他算帳！」即便他看楚雲霆不順眼，卻也不能拿楚雲霆怎麼樣，若是他敢動楚雲霆一根毫毛，別說楚王爺了，大長公主第一個就饒不了他；更何況，聽說楚老太爺已經恢復神智，如此一來，楚王府就更沒人敢惹了。楚老太爺當年可是叱吒風雲的人物，聽說年輕的時候，可是十八般武藝樣樣精通，無人能敵，即便這些年他神志不清，卻依然有不少忠心耿耿的奇人異士仰慕他，暗中保護著他。

「你說楚王世子自甘墮落是什麼意思？」程貴妃不解地問道。自從她上次大病一場，身子便大不如前，也一直沒有侍寢，每日待在這昭陽宮熬日子，許多事情她都不知曉。

「母妃，難道您不知道楚王世子心儀顧家的三姑娘，想娶她為妻的事情？」慕容朔不以為然道：「堂堂楚王世子娶一個六品主事的女兒，不是自甘墮落是什麼？」

當初他心儀過顧瑾瑜不假，但他只是仰慕她的才情和醫術，想娶她為側妃罷了，在他眼裡，側妃都是對她極大的恩寵了。

「你是說，楚王世子想娶顧家三姑娘？」程貴妃頗感意外，須臾，心裡卻是又驚又喜，若是嘉寧能嫁給楚王世子，倒也是極好的歸宿。

楚王世子也算是她自小看大的孩子，穩重儒雅，的確是個可以託付終身的佳偶。想著、想著，她眼裡悄悄有了濕意，嘉寧這也算是苦盡甘來了吧？

「母妃，您怎麼了？」慕容朔總覺得今日的程貴妃有些怪怪的，見她低頭拭淚，又問道：「您到底是怎麼了？」

「沒什麼，如今你能獨當一面，母妃甚感欣慰。」程貴妃強顏歡笑，不動聲色地問道：「對了，你舅舅最近在做什麼？」如今秦王為了他的不舉之症，死心塌地地追隨程庭的事情，她早就有所耳聞，若是真的對付了燕王，那程庭下一步的計劃是什麼？

「不瞞母妃，兒臣剛剛回京，並未見過舅舅，故而這些日子，兒臣也不知道他在做什麼，估計還是晝夜不離地在父皇身邊侍疾吧！」慕容朔起身扶住她的肩頭，輕聲道：「這些事情就不勞母妃操心了，一切有我跟舅舅呢！」

「如此，倒是我多心了。」程貴妃淡淡笑道。

第七十八章 表白

有大長公主的護航，顧瑾瑜這次進宮之行，倒沒什麼意外。

太后聽說大長公主入宮，執意留她用膳，大長公主推辭不過，只好留了下來，吩咐楚九先送顧瑾瑜回府。

路上，楚九期期艾艾地對顧瑾瑜道：「顧三姑娘，既然齊王殿下回來了，世子肯定也回來了，烏鎮那邊的事情，還請姑娘在世子面前多多美言，畢竟兄弟們防範得再厲害，也抵不過神醫的迷藥啊！」兩次弄丟清谷子，他實在是沒有膽子替兄弟們向世子求情，眼下就只能指望顧姑娘了。

「你放心，我想世子會明辨是非的。」顧瑾瑜淡淡道：「若是我能說上話，我一定會跟世子解釋幾句。」

楚九聞言，心頭一喜。到了馬車前，他上前取下矮凳放在地上，畢恭畢敬道：「顧三姑娘請，屬下先送您回府，然後再回來接大長公主。」

「好。」顧瑾瑜盈盈上了馬車，哪知剛掀開車簾，便被人拽進了一個溫暖的懷裡，她來不及驚叫，男人微涼的唇隨即壓了上來，熟悉而又陌生的氣息瞬間將她層層包裹，待她反應過來，想點他的麻穴，卻不想他早有防備，眼疾手快地騰出一隻手捉住她的雙手握在掌心，另一隻手緊緊環住她的後背，熾熱的吻肆無忌憚地在她唇齒間輾轉掠奪，吻得她幾近窒息。

天知道他有多想念她、渴望她，若是可以，此時此刻，他都想把她揉進他的身子裡，再不和她分離。

楚九聽見車廂裡有異樣的聲音，剛想察看，一顆小石頭突地丟了過來，他循聲望去，只見莫風衝他迅速地點了點頭，隨後便悄悄飛上屋簷，瞬間消失得無影無蹤。

楚九會意，緩緩揚鞭前行。咳咳，世子還真是有情調，一回來便躲在馬車上，想必是想給人家姑娘一個驚喜吧！想著、想著，他又有些後怕，幸好剛才沒多說什麼，要不然，他真的要死了。

纏綿熾熱的吻過後，楚雲霆才意猶未盡地放開她，啞聲道：「阿瑜，我在西北想妳想得徹夜難眠，妳可曾想過我？」她的一句珍重讓他欣喜若狂，既然她有了回應，兩情已相悅，他只會更加珍惜她。

「……想過。」顧瑾瑜呼吸依然有些不暢。

自從知道他愛慕過前世的自己，她堅硬冰涼的心便軟熱了，之前築起的層層防線似乎在一瞬間崩潰瓦解，她再也做不到對他無動於衷。

她終於明白，她欠他的，不是幾株冰凌草，也不是那支帝王玉釵，而是他對她的兩世情緣。

若她對他無意，或許她只能默默記在心裡；可偏偏這些日子，每每想到他的時候，她總是會心生嚮往，竟然希望他能早點回來，早點見到他，她這才知道，原來她也是喜歡他的。

雖然她對他的熱情有點不適應，但她卻不想隱瞞她的心思。

楚雲霆心花怒放，長臂一伸，又把她擁進懷裡，低頭吻了吻她的額頭，眼帶笑意地望著她清澈如水的眸子，動情道：「阿瑜，妳心裡真的有我？」

「你愛慕過程家二小姐？」顧瑾瑜迎上他的目光，反問道。

「是的。」楚雲霆伸手撫摸著她白皙細嫩的俏臉，認真道：「我喜歡程嘉寧，也喜歡顧瑾瑜，妳說，我是不是太花心？」

「你的確花心。」顧瑾瑜從善如流地答道。原來他早就知道她的身分，否則，他絕對不可能如此坦然地當著她的面，說他愛慕過程嘉寧。

「阿瑜，我喜歡的不是一個、一個的名字，而是妳。」楚雲霆把她緊緊攬在胸前，讓她感受著他的心跳，喃喃道：「謝天謝地，上天又把妳送到了我面前，讓我也重獲新生。」

若沒有她，從此以後他的生活也會是一潭死水。

他或許依然是那個高高在上的楚王世子，是那個冷酷無情的天子衛指揮使，卻唯獨不會是眼前這個對未來充滿期許和希冀的他。

「世子……」顧瑾瑜情不自禁地伸手環住他，嬌嗔道：「之前我雖知你心意，卻自覺並未動心，可如今我才知道，我心裡也是有你的。」

重活一世，好多事情她也想明白了，人生苦短，凡事不必太複雜。

「阿瑜，我會高興得發瘋的。」楚雲霆聞言，呼吸一陣急促，又要吻她。

她含羞帶怯地推開他，垂眸道：「世子，你我雖然心意相通，但終究男未婚、女未嫁，還望世子發乎情、止乎禮，免得惹人閒話……」

不知不覺，馬車緩緩地停了下來。

「顧三姑娘，建平伯府到、到了。」楚九依稀聽到車廂裡的聲音，不免耳根泛紅。作為楚王世子身邊最得力的助手，回建平伯府的路，他都繞了好幾個路口了，只是他還得回去接大長公主，覺得不能再耽誤下去了，因此只能硬著頭皮提醒兩人。

「我該回家了。」顧瑾瑜嬌羞地看了他一眼，手忙腳亂地理了理頭髮，鬢間的白玉簪也被他弄得滑下來，掉到了車廂地板上。

楚雲霆眉眼含笑地撿起玉簪，悄聲道：「別動，我給妳戴上。」

待他替她戴好髮簪，顧瑾瑜這才整理了一下衣衫，直到確認無異樣，才起身下馬車。

楚九早就在馬車下擺好矮凳。

顧瑾玥恰好從門口出來，見楚王府的馬車把顧瑾瑜送了回來，心裡很是不屑。楚王府再怎麼看重她，也不過是娶回去當個側妃罷了，有什麼了不起的！

又見顧瑾瑜雙頰通紅地進門，忍不住開口冷諷道：「三妹妹總算回來了，我們還以為妳被留在了宮裡呢！」其實她覺得給楚王世子當側妃，還不如給齊王殿下當側妃呢！抑或是，給當今皇上當妃子。

顧瑾瑜淡淡地看了她一眼，並不生氣，難得一次好心情，她犯不著跟不相干的人較真。

「姑娘、姑娘，您總算回來了！太夫人已經派人問了好幾遍呢！」綠蘿早就在門口等著了，看見顧瑾瑜，飛快地奔出來，眉飛色舞道：「咱家世子這次榜上有名，聽說中了個二甲中呢！太夫人正歡喜著，想著明天再去寧武侯府提親，好早點把寧五小姐娶回來呢！」

顧瑾瑜這才想起今兒是放榜的日子，忙問道：「時公子呢？」

綠蘿的神色隨即黯淡下來，噘嘴道：「時公子倒是考得比咱家世子還要好一些，聽說是二甲五十八名呢！」

「大哥哥之前動不動就出遠門遊歷，原本就沒有時公子準備得充分。」顧瑾瑜笑道：「反正中了就是喜事一樁，名次什麼的，不必太在意。」

綠蘿笑著道是。

走著、走著，顧瑾瑜突然後知後覺地想起，她居然忘記把清虛子失蹤的事情告訴楚雲霆了，人家楚九還眼巴巴地指望她替烏鎮的侍衛們求情呢！

想到這裡，她便停下腳步，吩咐綠蘿。「快去找焦四備車，我要出門一趟。」

綠蘿撒腿就跑。

焦四很快趕著馬車停在門口。

哪知，剛拐個彎，便見楚王府的馬車穩穩地停在她的馬車前面。

楚雲霆跳下馬車，走到她面前，眉眼彎彎道：「阿瑜，妳這麼急著追我，可是想起了什麼重要的事情？」

楚九眼睛一亮，他剛剛跟世子稟報了清虛子一事，世子看上去很是不悅，他心裡正忐忑著，正巧暗衛來報，說顧姑娘正準備來找世子，世子才命他調頭往回走的。嘖嘖，顧三姑娘還真是他的大貴人啊！

「世子，我師伯失蹤的事情你可曾聽說了？」顧瑾瑜抬頭看著他，四目相對，目光很快纏綿在一起。

他一臉寵溺地抬手理了理她的頭髮，輕聲道：「知道了，此事交給我就好，妳無須擔心，這些日子妳哪裡也不要去，安心待在家裡好好休息。」

楚九見兩人卿卿我我的，知趣地背過身去。咳咳，非禮勿聽，非禮勿視。

綠蘿則暗暗驚訝，她家姑娘什麼時候跟楚王世子如此親密了？

顧瑾瑜莞爾，繼而神色黯淡道：「師伯別院裡的什物原封不動，我瞧著他不像是有意跟咱們不告而別，倒像是被人劫持了，不知道世子想從何查起？」

「明天我就親自去一趟烏鎮，等有了消息，會盡快通知妳的。」楚雲霆低頭望著她清澈如水的眸子，含笑道：「妳放心，一切有我。」

「我信世子。」顧瑾瑜淺笑，又道：「這些日子烏鎮那邊的侍衛照顧我二師伯，沒有功勞也有苦勞，此次師伯他們意外失蹤，也是個意外，還望世子網開一面，原諒他們這一回吧？」

「妳替他們求情，我若應允，那我有什麼好處？」楚雲霆意味深長地看著她，去西北一個多月，他的臉黑了些，也瘦了些，原本溫文儒雅的翩翩公子多了些滄桑幹練的氣息，明明是很嚴肅的話題，他卻說出了曖昧的話語。

「……那世子早去早回，我回家了！」顧瑾瑜會意，嬌羞地看了他一眼，轉身上了馬車，吩咐焦四回府。

馬車很快拐彎，不見了蹤影。

見楚雲霆依然站在原地眺望，楚九這才上前提醒道：「世子，顧三姑娘已經走了，咱們還是趕緊去接大長公主吧！」完了、完了，世子的魂都讓顧姑娘勾走了！

楚雲霆面無表情地看了看楚九，這才一言不發地上了馬車。

慈寧堂其樂融融，歡聲笑語。

太夫人親熱地拉著顧瑾瑜，喜上眉梢道：「我這麼著急地叫妳過來，是因妳跟寧五小姐私交甚好，知道她的喜好，咱們好多挑點放進箱籠裡，略表心意才是。」

「三姑娘，妳快把五小姐的喜好寫下來，我好早點去置辦。」沈氏和顏悅色道：「妳大哥哥總算爭氣，中了二甲六十七名，咱們家喜事近了呢！」有寧家這麼好的親家幫襯，她似乎看到了兒子的錦繡前程，將來建平伯府肯定會日益昌盛的。

「其實五小姐的喜好我知道得也不多。」顧瑾瑜見太夫人和沈氏如此看重寧玉皎，淺笑道：「那我就知道多少、寫多少吧！」

寧武侯府門楣比建平伯府高，寧玉皎嫁給顧景柏，算是下嫁，建平伯府如此慎重不是沒有道理的。

池嬤嬤笑容滿面地準備好紙筆。

顧瑾瑜寫好後，沈氏立刻起身，風風火火地走了。

「祖母打算什麼時候迎娶皎姊姊進門？」顧瑾瑜又坐到太夫人身邊，挽著她的胳膊，笑著問道：「我猜祖母已經看好日子了吧？」

「咱們家不是天子近臣，不用顧忌太子孝期，但聽說寧武侯府很是在意，所以四月肯定是不行的，妳大哥哥的婚事就定在五月，等寧家遞過來庚帖，合了八字，再定具體的日子便是。」太夫人樂得合不上嘴，笑道：「我算過了，五月成親，明年這個時候就可以看到重孫子。」她的確是老了，最喜歡看到的自然是府裡人丁興旺，其樂融融，等抱了重孫子，她這輩子也算是圓滿了。

「那就提前恭喜祖母了！」顧瑾瑜笑笑，之前大長公主也說過類似的話，她既然答應了他，就會依旨跟他成親，綿延子嗣，想到這裡，她情不自禁地紅了臉。

太夫人沈浸在抱重孫的喜悅裡，並未察覺顧瑾瑜的異樣，拍著她的手，語重心長道：「妳們姊妹年紀挨得近，一個也耽誤不得，這兩天我翻來覆去地想，越想越覺得妳舅舅家的則表哥實屬良配，以妳舅舅家的家境，妳將來嫁過去是絕對不會受委屈的。」

「祖母，瞧您又來了。」顧瑾瑜嬌嗔道：「我的事情等大哥哥、二姊姊成親後再做打算便是，您幹麼如此著急地想把我嫁出去？」

太夫人爽朗地笑。

待顧瑾瑜走後，池嬤嬤上前問道：「太夫人今天突然提起柳家公子的事情來試探三姑娘，可是瞧出了什麼？」

「這丫頭之前口口聲聲說不嫁人，今日可沒這麼說呢！」太夫人臉上笑意漸濃。「待會兒妳把阿桃叫過來，我問問她，三姑娘跟楚王世子到底怎麼樣了。」

「太夫人為什麼不直接問三姑娘？」池嬤嬤不解。

「問她還不如問阿桃呢！」太夫人笑笑。「姑娘大了，有些事情問不得。」池嬤嬤會意。「阿桃每日傍晚都會去園子裡練拳腳，到時候奴婢把她叫過來問問。」

阿桃聽見太夫人的問話，眨眨眼睛道：「太夫人，自從楚王世子從西北回來以後，姑娘就見過他一面，故而奴婢實在不知他倆如何了。」

「我是問妳之前。」太夫人提醒道：「是不是姑娘每次出門，都去見楚王世子？還有，楚王世子待姑娘如何？這妳總知道吧？」

「之前？」阿桃撓撓頭，努力回憶道：「之前姑娘去大長公主府給楚老太爺看病的時候，倒是經常見到楚王世子，不過每次都有好多人跟著，姑娘除了在馬車上，倒沒跟楚王世子在一起待過。還有就是，楚王世子對姑娘挺好的，別的不說，送的那個紅木匣子上就鑲著好多綠寶石呢！奴婢長這麼大，還從來沒見過那麼好看的匣子！」

太夫人和池嬤嬤對視一眼，繼續問道：「匣子裡是什麼？」

「是一根粉白色的鳳頭玉釵。」阿桃如實道：「姑娘說是帝王玉打造的，是世子送姑娘的及笄禮。」

太夫人點點頭，再沒吱聲。帝王玉價值連城，楚王世子還真是有心啊！看來，三姑娘的親事的確是不用她操心了。

第七十九章　謀算

顧景柏和寧玉皎的親事很快定了下來。

正如太夫人所料，寧武侯說四月太匆促，建議把婚期定在五月。合了八字後，太夫人鄭重地查了日子，最終定在五月初六，宜嫁娶、宜出行的好日子。

思量再三，顧瑾瑜還是決定把此事告訴遠在銅州的蕭盈盈。

自從蕭盈盈走後，兩人一直有書信來往，顧瑾瑜知道蕭盈盈在她姨母家其實過得並不開心，她姨母曾替她相看過幾門親事，卻不想總是這事、那事地沒成。

或許是因為經歷過這些，蕭盈盈其實對顧景柏和寧玉皎的親事沒有太多的忌諱，她說顧景柏對她心存芥蒂，她若是嫁過來，才是真正的不幸。

顧瑾瑜覺得也是，之前她不信緣分，現在信了，人跟人之間的確得講究緣分。

「姑娘，時公子來了。」阿桃掀簾走進來道：「他說他來答謝姑娘救場、救命之情。」

「請他進來吧！」顧瑾瑜收起信，起身迎了出去。前世她見時忠的時候，他就一直在讀書準備考試，如今他總算如願以償了。

看見顧瑾瑜，時忠連連作揖道：「姑娘大恩，在下時刻銘記在心，實不敢忘；若姑娘有什麼要在下幫忙的，赴湯蹈火，在所不辭！區區薄禮，不成敬意，還望姑娘笑納。」

身後的小廝忙把手裡的大包、小包放在桌上。

顧瑾瑜看了看那些禮物，大都是銅州那邊產的稀有藥材，暗道時忠倒是會投其所好。阿桃這才把東西都收了起來。

青桐上前奉茶。

「公子高中，真是可喜可賀。」顧瑾瑜笑笑，若有所思道：「想必程院使必定會給公子謀一個好差事吧？」孝慶帝雖然對程庭頗有微詞，但卻允許他侍奉左右，就等於他還有機會東山再起，加上整個太醫院幾乎全都是他的人，他其實勢力猶在。

「不瞞姑娘，程大人為我在戶部清吏司謀了一職。」時忠端起茶杯，輕抿了一口，又道：「明日我便啟程回銅州稟明父母，半個月後就回京走馬上任了。」

「那就恭喜時公子了。」顧瑾瑜眉眼彎彎地看著時忠，想了想，又從懷裡掏出那封信，推到他面前道：「我剛好有封給蕭家大小姐蕭盈盈的信，麻煩公子幫我捎去吧？」

時忠欣然答應。

「對了，其實上次時公子考試時得的急症，並非天災，而是人禍。」顧瑾瑜雖然無意插手時家兄弟之間的是是非非，但想來想去還是決定把實情告訴他，索性直言道：「據我所知，是有人給時公子的飯菜裡加了回合草的緣故，當時我打聽到時大公子去藥鋪買過回合草。回合草雖然不是毒藥，但若是吃的分量過多，便會導致腹瀉。」

「我說我好端端地怎麼可能突然腹瀉不止，竟然是我大哥加害於我，還真是用心歹毒！」時忠恍然大悟，憤憤道：「我真是不明白，我若名落孫山，對他有什麼好處？」

「時公子息怒，我之所以告訴你實情，並非有意讓你們兄弟倆心生嫌隙。」顧瑾瑜淡淡道：「只是想提醒時公子，明槍易躲，暗箭難防。時公子是讀書人，自然知道害人之心不可有，防人之心不可無的道理。」

「在下明白，多謝姑娘提醒。」時忠會意，俗話說家醜不可外揚，就算是要跟時禮算帳，也得關起門來解決，不必鬧得人盡皆知。

兩人又閒聊了幾句，顧瑾瑜端茶送客，時忠才知趣地起身告辭。

剛出清風苑，就見顧瑾萱提著裙襬，含羞帶怯地走過來。

顧瑾萱屈膝見禮道：「時公子。」

「顧四姑娘。」時忠皺眉。

大哥時禮雖然喪偶，但其實他爹一直在替他物色合適的姑娘，得知他跟顧瑾萱的事情，並不是很贊同，希望能在銅州找個門當戶對的姑娘進門。

在銅州人心目中，京城女子都是嬌滴滴的，中看不中用，時家庶務繁多，沒個能幹的女人幫襯怎麼能行？過來人有過來人的打算。

可是時禮並不是這樣想的，顧瑾萱怎麼說也是京城女子，若是能娶個京城女子帶回銅州，他覺得很有面子。

如此一來，父子倆便起了爭執。

時老爺一氣之下打了時禮一巴掌，命人把他關了起來。

「時大公子怎麼沒一起來京城？」顧瑾萱有些懊惱地問道，撩撥了她這麼長時間，就這樣把她扔下，太不道地了吧？

「家裡庶務繁多，大哥實在抽不開身。」時忠委婉道：「他以後怕是再也不會來京城了，顧四姑娘是有什麼事情嗎？」

「你跟他說，他一日不來，我等他一日，一年不來我就等他一年！」顧瑾萱賭氣般扔下這句話後，掩面離開。

「……」時忠竟沒看出，原來顧家四姑娘如此執拗。

時值晌午。

昭陽宮的牡丹剛剛綻放，裊裊清香纏綿繾綣，裹著四月裡的微風，在四下裡緩緩飄散。

「月娘，妳知道我這輩子不曾輕易開口求人，唯有此事，妳務必要答應我。」程貴妃目光懇切地看著身邊的麗色女子，凝重道：「以後不管發生什麼事情，請妳一定、一定要對她好。」

「娘娘，妳知道我家裡並無適齡男子配顧三姑娘的。」江月娘很是為難。

江月娘是岑大將軍的嫡妻，也是程貴妃的手帕交。

這些年她一直跟隨岑大將軍定居在南直隸，兩人鮮少見面，卻時有書信往來，在旁人眼裡，程貴妃跟江月娘來往，不過是孝慶帝籠絡岑大將軍的手腕罷了。

但實際上，江月娘跟程貴妃的交情早在未出閣之前已經親如姊妹了，甚至，比親姊妹還要親，就連忠義侯夫人程氏也自愧弗如。

「月娘妳誤會了，我並不是要妳把她娶回家當兒媳婦。」程貴妃望著江月娘精緻如畫的眉眼和寧靜溫婉的氣質，不禁心生羨慕，淺笑道：「我是想讓妳收她為義女而已。」

幼年時，兩人一起偷偷請過路的遊方姑子算命，那姑子看見江月娘，便連呼了三聲貴人，說她三甲護身，日後無論嫁了誰，誰便會飛黃騰達，還說她是安家旺夫旺子之命。

現在想想，還真是如此。

江月娘成婚後，連生三子，個個孝順爭氣，娶的也都是南直隸那邊的名門望族之女。岑大將軍雖是武將，常年征戰在外，殺戮四方，卻獨獨喜愛嫡妻，這麼多年，身邊也只有一個通房隨身伺候，而那通房隨侍多年，卻並無所出。這也是岑大將軍對江月娘的承諾，說他的孩子只能由她一個人生養，因此岑府上下都是嫡出，並無庶子、庶女。

程貴妃希望她的嘉寧也能像江月娘這般，過著寧靜而又滿足的日子，不要像她一樣……唉。

「能讓娘娘如此放在心尖上疼著的姑娘，肯定不是一般的姑娘。」江月娘笑道：「我有三子，唯獨沒有女兒，兒媳雖然孝順，但畢竟沒有女兒來得貼心，妳放心，我定會把顧三姑娘視如己出的。再說，此番皇上召我入京，我想沒個三年五載，也不會讓我回南直隸，妳這皇宮我又不能時常來，正好跟顧三姑娘做個伴吧！」

燕王叛亂，皇上急調岑大將軍連夜趕往西北平叛，卻借程貴妃跟她的交情，宣她入京小住，不用猜就知道，皇上這是擔心岑大將軍步了燕王的後塵，拿她當人質呢！

為了讓皇上安心，她依旨回了京城。

「那就好。」程貴妃眉眼彎彎道：「妳剛回京城，想必許多事情不知曉。實不相瞞，楚王世子中意顧三姑娘，前些日子進宮請旨賜婚，剛剛賜婚的旨意已經送出去，楚王府很快就會上門迎娶了。」

雖然京城有岑大將軍剋扣軍餉的傳言，但在程貴妃看來，這恰恰是岑大將軍的高明之處，他不過是用此污點來打消朝廷對他的忌憚罷了，畢竟貪財有失德行，卻危及不到性命。故而朝中提及岑大將軍，只會彈劾他貪財無度，卻無人說他擁兵自固。

「原來娘娘也是為我岑家考慮啊！」江月娘聽說是楚王府，便生出許多感慨來。

楚王府向來不涉奪嫡之爭，在京城聲望最高，若是岑家在京城有這麼個強大的助力，自然是求之不得。

說起來，她跟南宮氏也算是手帕交，只不過長大後看不慣南宮氏驕縱的性子，彼此間才漸漸疏遠。

楚王府雖好，但作為楚王府的兒媳婦，有南宮氏這麼個婆婆，讓她替她這個未曾謀面的義女暗暗擔憂。

「月娘，妳認顧三姑娘為義女，對外切不可說是我的意思。」程貴妃捏了捏額頭，鄭重道：「顧三姑娘醫術超群，妳入冬便會腿疼的頑疾，不如找她給妳瞧瞧，我想，不出三個月，她定會讓妳痊癒的。」楚王府跟岑家結交，百利而無一害，這也是她能為未來親家所做的最後一件事情。

江月娘自然不知程貴妃心中所想，欣然地應下。

前來宣讀賜婚聖旨的太監早就已經走了，太夫人卻依然帶著顧家三兄弟跪在原地，久久沒有動。她懷疑她聽錯了，楚王世子是要迎娶三姑娘為正妃？

原本她還想著，楚王世子念著那點情意，會在迎娶四公主進門後，討她做個側妃呢！

顧廷東也懵了。話說楚王世子跟三姑娘是什麼時候的事情？除了私定終身，他想不出第二種可能。

顧廷南則喃喃道：「正妃好、正妃好！」咳，其實楚王世子對三姑娘的情意，他早就知道了，他就說，三姑娘怎麼可能給人家當側妃、小妾嘛！

最終還是顧廷西先反應過來，他爬起來，欣喜若狂地攙起太夫人，喜形於色。「母親，咱們家竟然出了個楚王世子妃，是楚王世子妃啊母親！我早就看出來了，三丫頭平日裡不顯山、不露水，是個有大智慧的，哈哈，不愧是我的女兒啊！」竟然能讓楚王世子進宮求來賜婚聖旨，真是……真是讓他太意外了！

太夫人嘴角撇了撇，他還好意思說三丫頭是他的女兒？是誰動不動就嚷嚷著要把三丫頭送到家廟裡當姑子之類的話？

一時間，府裡全都炸了鍋。

清風苑更是歡呼雀躍。

青桐、綠蘿連同阿桃，紛紛上前向主子討喜錢。是皇上親自下旨賜婚呢！普天之下，有幾個女子能得到這樣的殊榮？

顧瑾瑜被三人打趣得俏臉通紅，但也不含糊，鄭重其事地賞了銀子。自從那日兩人分別後，便再沒見過面，聽楚九說，他去了南直隸。她知道這聖旨是他之前求下的，君無戲言，皇上才依言賜婚。

「姑娘，眼下天已經熱了，咱們還是把窗戶打開吧？」阿桃喜孜孜地說道：「昨天奴婢碰見楚九了，他說世子去南直隸，估算著也快回來了，等世子一回來，肯定會來找姑娘的！」反正已經賜婚了，世子來的時候也方便啊！要不然，還得站在窗外說話。

顧瑾瑜望了望被釘住的窗戶，若有所思道：「不必了，過些日子再說吧！」

因為一切都在意料之中，南宮氏接到旨意後，並無歡喜之心。原本她就不同意這門親事，如今生米徹底煮成熟飯，只讓她更加煩心。聖旨一下，天下皆知，以後她真的不用出門了，因為丟不起那個臉！

相比而言，楚老太爺跟大長公主反而很是興奮，恨不得現在就把人娶回來。

楚老太爺穿著一身嶄新的靛藍色家居長袍，整個人顯得神采奕奕，滿臉笑容地看著大長公主。「迎娶的日子妳選好了嗎？是哪一天？」

他渾渾噩噩多年，一朝清醒竟然正好趕上他的寶貝孫子娶妻，實在是讓他太興奮了，以至於他好幾天都不敢睡覺。他擔心一睡覺，醒來會發現這是一場夢，弄得大長公主哭笑不得。

「五月十六這天，是五月最好的日子。」大長公主興奮道：「高僧說了，這個日子成婚宜得子，等明年這個時候，咱們就能抱上重孫子了！咱們明天就去顧家下聘，順便把日子定下來。」

「那好、那好！」楚老太爺笑得眼睛瞇成了一條線，情不自禁地抓起大長公主的手，激動道：「等昭哥兒有了兒子，咱們就再抱回來撫養，我親自教他練武，就像昭哥兒小時候一樣！」

「好好好，就這樣說定了！」大長公主被楚老太爺的情緒感染得熱淚盈眶，連連點頭道：「等孫媳婦進門後，我就跟她說，讓她給昭哥兒多生幾個孩子！」楚王府什麼都不缺，就是缺子嗣。

南宮氏見大長公主這麼著急地要去顧家下聘，心裡很是不悅，上前道：「母親，皇上剛剛賜婚，咱們就急著去顧家下聘，是不是倉促了些？」

「倉促什麼？」大長公主反問：「妳不會到現在還沒準備好聘禮吧？」

早在楚雲霆去西北的時候，她就讓南宮氏籌備聘禮了，而且南宮氏也著實一直在忙著打點這場婚事，如今聽南宮氏這樣說，難不成到現在還沒有準備好？

「準備是準備好了，只是兒媳覺得聖旨剛下就去下聘，顯得咱們多麼迫切一樣。」南宮氏振振有辭道：「若是顧家三姑娘因此恃寵而驕，豈不是辜負了世子待她一片赤誠？」要她說，拖個三、五個月再下聘也不遲，正好打壓打壓顧三姑娘的氣勢！

「哼，妳怎麼知道人家姑娘會恃寵而驕？倒是妳，趁早收起妳那些想拿捏媳婦的小心思。」大長公主冷笑，提醒道：「妳是過來人，也應該體諒媳婦初到婆家的不易，得饒人處且饒人吧！」

「既然準備好了，那就早點上門提親，定下日子，早點把媳婦娶回來便是。」楚老太爺畢竟是男人，沒有女人那麼多想法，他一心只想抱重孫。「俗話說，抬頭嫁女，低頭娶媳，咱們家迫切點算什麼？妳去把聘禮單子拿來我們看看，明天就去提親、下聘！」

凡是御賜姻緣，沒有像民間嫁娶一樣的繁瑣，聖旨一下，便可成婚了。

南宮氏這才知趣地閉上嘴，命徐嬤嬤去拿聘禮的單子給楚老太爺和大長公主過目。

大長公主看了看一長串的聘禮單子，臉上這才有了笑意，不得不說，南宮氏的確是用了心的，準備的這些聘禮很是周全，並無不妥之處。

南宮氏見大長公主的臉色緩和許多，心裡冷哼道：就算我再怎麼不待見顧家三姑娘，這總是我兒子大婚，是全府上下的大喜事，我豈能不用心？若是聘禮少了，打的還不是我楚王府的臉？

第八十章　聘禮

後晌，繾綣在天邊的晚霞旖旎絢爛，像是一片怒放的花海，燃燒在視野的盡頭。清風苑的牡丹花開得正豔，芳香四溢，四下裡成群的彩蝶蹁躚在花叢間，別有一番情趣。

顧瑾瑜坐在花間的秋千架上，晚風徐徐，吹拂著她的裙襬。

青桐站在她身後，輕輕地推著她，笑道：「阿桃跟焦四搭這個秋千還真是費了心思，聽說兩人先後試了好多次，唯恐摔著姑娘呢！」

「難為你們有心了。」顧瑾瑜莞爾。「其實我早就想在這院子裡搭個秋千，可惜不是這事就是那事地耽擱了，卻不想你們竟然給我搭起來了。」

「可惜這個秋千姑娘怕是盪不了多久了，皇上已經下旨賜婚。」青桐感慨道：「到現在奴婢依然暈陶陶的，這一整天都在想，楚王府是不是很快就會上門迎娶姑娘啊？」若是姑娘一嫁，她們也是要跟著去楚王府的，感覺像是腳踩在棉花上般，很不真實。

「說什麼呢！大哥哥和二姊姊尚未成親，哪裡能輪到我？」雖然跟楚雲霆的婚事已成定局，但若說起要嫁給他，她還是覺得來日方長，畢竟皇上賜婚，只是恩准了兩人的親事，至於什麼時候成親，則完全由著兩家定，甚至有賜婚兩年再成婚的先例。再說了，她也不想早早嫁過去，大仇未報，總覺得揣著一塊心病。

顧瑾瑜靜靜地坐在秋千上出神許久，忽覺秋千動了動，以為是剛剛離開的青桐回來了，便吩咐道：「青桐，莫要推了，我要下去了。」

哪知身下的秋千卻隨之動了起來，且大有越飛越高之勢。

顧瑾瑜嚇了一跳，慌忙抓住繩子，一回頭，見是楚雲霆，嬌嗔道：「你快放我下來！」

「怎麼，害怕了？」見小姑娘臉色都嚇白了，楚雲霆這才一把抓住繩子，上前扶她下來，悄聲道：「這些日子，可想我？」溫香軟玉在懷，他心情甚是愉悅。

如今聖旨已下，她是他名正言順的未婚妻，他想要見她，不必再像之前那樣偷偷摸摸地爬窗戶了，就這樣大大方方地翻牆進來就好。

若是大張旗鼓地遞帖子入府，身邊定會有一堆人陪著，不能像現在跟她獨處，所以，他還是翻牆進來得好。

綠蘿和青桐一前一後地走回來，冷不丁見兩人卿卿我我地站在院子裡，忙急急地退了回去。

「想了。」顧瑾瑜老老實實地承認，問道：「聽說你這些日子去了南直隸，可是打聽到我師伯的消息了？」

「嗯，我知道妳惦記神醫，得知他在南直隸的消息，我便親自趕了過去。」楚雲霆轉頭望著她清澈如水的眸子和嬌豔欲滴的唇瓣，瞬間有種一親芳澤的衝動，但想到接下來要對她說的話，便硬生生壓下心頭的旖旎，伸手摸了摸她的頭髮，繼續說道：「他說他在京城的事情已了，不會再回來了。」他們並非被人劫持，而是有意跟所有人不告而別。

「可是他之前還說要跟我一起入宮侍疾，想不到他竟杳無聲息地走了。」顧瑾瑜只覺得心裡空盪盪的。她已經習慣有清虛子的日子，也習慣以神醫的師姪示人，可如今，當一切再回到原點的時候，她卻覺得異常失落。想到之前清虛子說的那些話，她這才恍然大悟，原來他早就想離開京城了，只不過對她來說，他走得太過突然罷了。

「神醫是性情中人，半年前他之所以入京給我祖父看病，實際上是在償還祖父多年前的一餐之恩。」楚雲霆淡淡道：「總之，妳知道神醫無恙便好。」

顧瑾瑜點頭道是，眼下也只能如此了。

「阿瑜，如今皇上賜婚，我會盡快迎妳進門。」楚雲霆握住她的手，信誓旦旦道：「妳放心，我不會讓妳再受委屈。」他早就在她身邊安插了暗衛，知道她的一舉一動，也知道她所有的喜怒哀樂，便想把她早早娶到自己的羽翼下相護左右，讓她早點成為他的人。

「世子，咱們來日方長，不著急的。」顧瑾瑜輕輕推開他，鄭重道：「如今大事未了，我無心婚嫁。」

「待妳我成婚後，咱們再聯手扳倒齊王和程庭。」楚雲霆低頭望著她，不容置疑道：「齊王暗地裡蠢蠢欲動，我早就做好了應對之策，只待他先發制人，我便會將他一舉成擒；這其間會生出多少變故，我並不知曉，若妳不能在我身邊，我會分心的。」此役難免會傷及無辜，若再有什麼意外，那他跟她的婚期就只能一拖再拖了。

「你放心，我自會保護自己。」顧瑾瑜見他一臉急切，嬌嗔道：「我又不是親自上陣跟他們廝殺，你有什麼可分心的？」

「可我就是會分心。」楚雲霆向前傾了傾身子，在她耳邊耳語道：「只有妳跟我日夜相伴，讓我時時能看到妳，我才會安心。等我回去跟我祖父、祖母商量一下日子，下個月便來迎娶。」

「下個月？」顧瑾瑜大驚，忙道：「世子，這也太過倉促了！下個月是我大哥哥娶親，咱們哪能也在下個月？萬萬不可啊！」哪有剛下聖旨，就立刻迎娶的？她、她什麼都沒準備啊！

「有什麼不可的？」楚雲霆見她一臉驚慌失措，只當她羞澀，淺笑道：「妳跟世子又不是同一房的兄妹，他娶他的，妳嫁妳的；再說了，就算是同一個房的，各自嫁娶，也並無不妥。妳放心，這些事情，交給我來處理便是。」反正他們家早就在準備了，他絲毫不覺得倉促，反而還覺得日子過得太慢。

「大哥哥娶親後還有二姊姊，我總得等二姊姊出嫁以後再做打算。」顧瑾瑜極力勸說道：「自古長幼有序，我哪能嫁到二姊姊前面去？」

「那咱們還是聽從長輩的吧！」楚雲霆的嘴角依然噙著笑意。建平伯府二姑娘嫁不嫁的，他一點都不想知道，他只管日子到了前來娶親便是！

看來，這事還是得跟祖母商量才是。

池嬤嬤拿著紅帖，掀簾進屋。「太夫人，是岑大將軍府的管家親自送來的請帖，說是岑夫人特意命他過來請三姑娘去府裡喝茶呢！」

「岑大將軍？」太夫人頗感意外。「就是前些日子去西北平叛的那個岑大將軍？」

奇怪，建平伯府跟岑家一向並無往來，怎麼會突然想到要請三姑娘去府裡喝茶？難不成是因為楚王府？

「正是。」池嬤嬤點頭道：「據他們管家說，岑夫人從南直隸帶回好多奇花異草，有許多她都不認識，聽說三姑娘醫術了得，還是北清派的弟子，便想請三姑娘去府裡幫她認一認。」

太夫人這才恍然大悟，道：「雖然不是什麼大事，但此事終究還得三姑娘願意才行。這樣，妳把帖子送到清風苑，去不去，讓三姑娘定奪好了。」

池嬤嬤欣然從命。

楚雲霆老遠就聽到了腳步聲靠近，這才依依不捨地翻牆離去。不行，得早點把她娶回去才行，這樣偷偷摸摸的日子他真的是受夠了！

顧瑾瑜接到帖子也頗覺意外，難不成是楚雲霆在西北的時候跟岑大將軍提到了她，岑夫人投其所好，才請她上門喝茶？想想又覺得不是，楚雲霆是不會跟外人說這些的。

輾轉思慮一番，突然想到前世的時候程貴妃曾經讓人把西裕國進貢的蠶絲緞捎給當時在南直隸的岑夫人，兩人私交很是不錯，如今岑夫人主動向她示好，難道是因為程貴妃跟她說了什麼嗎？

「好，我去。」顧瑾瑜思量再三後，答應下來。

第二天一大早，顧瑾瑜便帶著阿桃如約去了岑大將軍府。

江月娘很熱情地拿出她從南直隸帶回來的各種藥材，擺在桌上，讓顧瑾瑜幫忙辨認。

這些藥材雖然在京城不常見，實際上卻並非稀有之物，對顧瑾瑜來說，並非難事。

顧瑾瑜便把這些藥材的藥用以及禁忌一一說給她聽。

江月娘很認真地命人取出紙筆記了下來，讓人覺得她的確很在意這些藥材。

不知不覺到了晌午，江月娘硬是留她用午膳，挽留道：「我跟姑娘一見如故，倍感親切，只恨自己沒能生一個像姑娘這樣的女兒，若不嫌棄，就陪我吃一頓飯，聊表心意。」

顧瑾瑜推辭不過，只得應允。

用完膳，江月娘又拉著她的手，說了許多她跟程貴妃未出閣前的一些趣事。「……當年我跟貴妃娘娘常常結伴外出遊玩，有次還偶遇一個遊方姑子給我們算命，那姑子說我是三甲護身，是安家旺夫旺子之命，今日看來，也算靈應。只是給貴妃娘娘算的時候，卻沒有算準，那姑子說她命中有女，方可大富大貴，妳說，這哪裡能信？如今貴妃娘娘膝下的六皇子，文武雙全、孝順至極，貴妃娘娘一樣大富大貴啊！」

顧瑾瑜笑笑。「但夫人終究還是安家旺夫旺子之命，娘娘也是大富大貴，只是算錯了一個孩子罷了。」她多麼希望當年程庭沒有將她抱到程家，她也沒有被慕容朔害死。

可惜，一切都已發生，再也回不去了。

建平伯府門口圍了好多人，大家三五成群地站在一處，竊竊私語。

焦四費了半天勁，才趕著馬車靠前。

顧瑾瑜和阿桃先後下了馬車。

「哇，這就是顧三姑娘啊！果然是傾國傾城，怪不得啊！」

「傾國傾城算什麼？顧三姑娘還是神醫的師姪，也是當世名醫呢！」

「要不然楚王府怎麼會出手如此大方，送了二十車聘禮過來？嘖嘖，還真是財大氣粗呢！」

「怕是建平伯府都要裝不下了。」

「聽說是下月迎娶，他們家是真正的雙喜臨門啊！」

顧瑾瑜只覺得腦袋嗡地一聲響。楚王府送來聘禮？而且還是下個月迎娶？

「太夫人，三姑娘那些聘禮，庫房都放不下了！」池嬤嬤腳步生風地進來稟報道：「剩下的那些，奴婢命人送到清風苑去了。」嘖嘖，整整二十車聘禮，楚王府出手就是不一樣啊！

「那就先放在清風苑便是。」太夫人心情甚是愉悅。「反正下個月三姑娘出嫁，也是要帶走大半的。妳再跑一趟，去看看三姑娘回來沒有，就說我有話跟她說。」

婆家的聘禮越多，嫁妝越少不了，否則，會讓婆家人笑話的。

話音未落，顧瑾瑜便掀簾走了進來，淡淡道：「祖母，您找我？」

事已至此，橫豎不是她能改變得了，畢竟這樣的事情，向來都是由長輩做主的。

「瑜丫頭，來，到祖母面前來。」太夫人拉過她的手，感慨道：「楚王府定的婚期是下個月十六，滿打滿算的，也不過一個月的日子，祖母想不到妳這麼快就要嫁人了。」自從去年七夕這丫頭跌倒在楚王世子馬下壞了名聲後，她本以為這丫頭嫁不出去了呢！想不到竟然入了楚王世子的眼，許的還是正妃之位，說起來，這丫頭是個有福的。

「祖母既然捨不得我，怎麼不多留我幾個月？」顧瑾瑜依偎在太夫人身邊，嗔怪道：「您若是不同意，我哪會這麼快嫁？」想到這裡，她眼前又情不自禁地浮現出南宮氏那張滿是譏諷的臉，心裡不禁哀嘆一聲，她並非矯情，而是真的、真的不想這麼快就嫁過去！

「傻孩子，大長公主千挑萬選的好日子，我豈能不答應？」太夫人笑笑，拍拍她的手，叮囑道：「妳下個月成婚已是板上釘釘的事實，從今以後，切不可再往外跑了，老老實實地待在家裡繡嫁衣。時間雖然倉促了些，但妳屋裡那幾個丫鬟也不是吃閒飯的，讓她們多費點心，剩下的事情，有祖母幫妳打理，妳放心便是。」沈氏忙著操辦柏哥兒的婚事，她又不放心喬氏，何氏也是個靠不住的，所以三姑娘的親事，只能她親自上陣操辦了。

顧瑾瑜只得點頭道是。

「太夫人，楚王府剛剛送了兩個人過來。」池嬤嬤一頭霧水地走進來。「她們說是奉大長公主之命，過來伺候三姑娘的。」

太夫人和顧瑾瑜面面相覷。

大長公主送來的是兩個婦人，一個是廚娘，一個是繡娘。

廚娘四十多歲，慈眉善目，紅光滿面，未語先笑。「奴婢娘家姓陳，是大長公主府的廚娘，最擅長熬製藥膳，大長公主特命奴婢前來伺候三姑娘，直到姑娘出閣。奴婢奉命而來，還望太夫人和三姑娘多多擔待。」

顧瑾瑜想到之前在大長公主府吃的那些藥膳，頓覺羞愧難當。大長公主現在就要給她調理身子？他們家就這麼著急子嗣啊！

但她終究是醫者，她若不想懷上，有的是辦法，任他們送來多少廚娘怕是也無濟於事吧？

越想越臉紅，顧瑾瑜垂眸道：「大長公主的好意我們心領了，只是我吃不慣那些藥膳，還是覺得我們伯府的飯菜更美味一些，陳嬷嬷還是回去吧！」她的身體她知道，比前世康健得多，若是她想要子嗣，根本無須調理。

陳嬷嬷似乎早就有心理準備，畢恭畢敬地磕頭道：「奴婢若是哪句話說得不好，還請姑娘擔待，若是奴婢現在回去，大長公主定會責罰奴婢的。奴婢上有老、下有小，姑娘就留下奴婢吧！」

太夫人多少也猜到了幾分，意味深長道：「如此，那就委屈陳嬷嬷了。」

繡娘是個二十多歲的年輕婦人，頭髮梳得一絲不苟，咬字很是清晰。「大長公主說，姑娘嫁期有些倉促，特命奴婢前來幫姑娘繡嫁衣，還望太夫人和姑娘擔待。」

太夫人自然也不會拒絕她，便命顧瑾瑜領回去好生安置。

兩人又各自帶了兩個小丫鬟使喚。

清風苑冷不丁添了六個人，顯得越加擁擠。

好在這廚娘和繡娘到底是大長公主調教出來的，兩人各司其職，不多說一句話，每天只是規規矩矩地做事，沒讓顧瑾瑜煩心。

五日後，江月娘登門拜見太夫人，說跟顧瑾瑜一見如故，相談甚歡，想要認顧瑾瑜為義女。

太夫人欣然答應，她知道江氏是衝著楚王府去的，並非他們建平伯府。

這下顧廷東坐不住了。「母親，岑夫人要認三丫頭為義女，這到底是什麼意思？」究竟是想拉他們建平伯府下水？還是拉楚王府下水？

「你想多了。」太夫人知道顧廷東的心思，不以為然道：「三丫頭已經是楚王府的人了，齊王殿下是不會在意這些小事的。若照你們的說法，楚王世子還打過齊王殿下呢！如今來迎娶咱們三丫頭，那咱們家豈不是更得罪了齊王殿下？」

「這不一樣，楚王世子跟三丫頭終究是皇上賜婚嘛！」顧廷東皺眉道：「就算齊王殿下心裡不悅，也不敢跟皇上作對不是？可是岑夫人不一樣，岑大將軍若是不能為齊王所用，按齊王的性子，是不會留他的。」燕王經過西北一役，已經徹底垮臺，只剩下齊王了，現在看來，建平伯府倒沒有站錯隊。

「這些都是後話，三丫頭下個月就嫁了，就算齊王對岑大將軍出手，也是楚王府應該考慮的事情，而不是咱們。」太夫人若有所思道：「你以為是我自己做主答應岑夫人的嗎？三丫頭自己也願意呢！」

顧廷東一時語塞。

黃昏時分。

慕容朔在程府門前下馬，熟門熟路地進了書房。

蘇氏去了以後，程庭屋裡又添了兩個美妾，左擁右抱的，很是愜意。

慕容朔卻覺得很刺眼，蘇氏畢竟是他的生母，他甚至從來沒有當面喊她一聲母親，她就離他而去，他心裡總覺得愧疚。

程庭看出他的心思，揮手讓美妾退下，不動聲色地問道：「岑夫人認顧三姑娘為義女的事情，你可聽說了？」

「聽說了。」慕容朔面無表情道：「我懷疑是母妃授意的，因為之前岑夫人曾經進宮見過我母妃，雖然我不知道她們說了什麼，但岑夫人為人謹慎，不會無緣無故地跟別人攀親。」

「難道是你母妃發現了什麼？」程庭狐疑道：「要不然，她怎麼會無緣無故地給岑夫人和顧三姑娘牽線？」貴妃向來冰雪聰明，這麼做，定有深意。

「顧三姑娘在母妃面前，向來以嘉寧的手帕交自居。」慕容朔雖然心裡懷疑，卻也想不出個所以然來，遂猜測道：「或許是母妃思念嘉寧心切，愛屋及烏地對顧三姑娘比較有好感，而岑夫人想走楚王府的路子，求到了母妃面前，母妃向來重情，才牽了線吧？」岑大將軍執而不化，面對他的百般拉攏也絲毫不為所動，起兵之日，拿岑大將軍祭旗便是！

「最近朝局異常平靜，楚王世子也按兵不動，的確讓人匪夷所思啊！」程庭摩挲著茶碗，嚴肅道：「不過，我猜他是在等他下個月大婚之後，再對咱們出手吧？」除了這一點，他想不出第二條理由。

「那咱們就不讓他得償所願！」慕容朔咬牙切齒道：「奪妻之恨，不共戴天，此生我跟楚雲霆勢不兩立，不是他死就是我亡！」想到之前跟楚雲霆的種種衝突，他就恨得牙癢癢。等他登上那個位置，勢必鏟平楚王府，以洩心頭之恨！

程庭正要說什麼，卻見窗外閃過一個黑影，倏地起身厲聲道：「誰？」

慕容朔已經率先衝了出去，一個躍身跳到那人面前，待看清那人的臉，表情複雜道：「莫婆婆？」

莫婆婆看見慕容朔，臉上露出一絲詭異的笑容，悄聲道：「噓，別說話，我告訴你個秘密，嘉寧回來了，她真的回來了！」

「來人，快把老夫人送回去！」程庭在身後喝道。

立刻有侍衛上前，架起她就走。

「嘉寧回來了！嘉寧真的回來了！」莫婆婆回頭喊道：「你們都會遭報應的！」

「把看管老夫人的丫鬟、婆子，每人打二十大板！若再有下次，就再加二十大板！」程庭臉一沈，轉身回了書房。看來，家裡沒有主事的女主人，真的不行啊！

待緩了緩情緒，程庭又繼續問道：「殿下，咱們什麼時候動手？」

「明天我便動身去西北，十日後，咱們來個裡應外合，殺他個措手不及！」慕容朔冷笑道：「到時候，我看楚王世子還怎麼入洞房。」

「十日後，四月二十七日？」程庭並不驚訝，這一天，他等了好久。

「正是。」慕容朔斬釘截鐵道：「你我謀劃多年，不正是為了這一天嗎？」

他生來就是皇子，雖說奪嫡是他應有的命數，但他又是宇文族的後裔，天生就要比別人多一層磨難，所以，他只能成功，不能失敗，失敗就是死。

「是啊！」程庭感慨萬千道：「咱們父子倆韜光養晦多年，也是時候出手了。」

第八十一章　我聽你的

細碎的陽光從淺藍色床帳裡星星點點地灑進來，若有若無的草木香緩緩飄散在這個幽暗的天地裡，楚雲霆俯身靜靜地看著她，伸手慢慢描著她如畫的眉眼，低低道：「答應我，不要再想著報仇的事情，我要妳安心地做顧瑾瑜。妳已經做了妳該做的，剩下的事情交給我便好，我保證不會讓慕容朔登上那個位置的。」他不想讓他的小姑娘活在仇恨裡，只想讓她這輩子過得舒心愜意。

顧瑾瑜順從地躺在他身邊，從善如流道：「好，我聽你的。」

其實事到如今，慕容朔的結局已成死局，無須她動手，他也是必死無疑，就算不是因為程嘉寧，楚王府也不會讓前朝餘孽的後人登上那個位置的。

「陪我睡一覺吧！」楚雲霆緊緊握住她的手，似乎感覺到她的尷尬，閉上眼睛幽幽道：「放心，我不碰妳。」

「你若不安分，我便拿針扎你！」顧瑾瑜嬌嗔道。

「我聽娘子的。」他在她耳邊低語道：「娘子只要別在洞房花燭夜拿針扎我便好……」

「還說？再說就真的扎你了！」顧瑾瑜倏地紅了臉，揚拳捶打他。

「不敢了，這次真的不敢了。」楚雲霆展顏一笑，伸手捉住她的手，順勢把她攬在懷裡，下巴抵在她的鬢間，極力壓抑道：「乖乖不要動，我自制力很差的，我就想抱著妳睡一會兒。」

感受到他懷裡的熾熱和他腰腹的堅硬，顧瑾瑜真的不敢亂動，任由他抱著，享受著兩人難得相聚的時光。窗外風吹得窗戶咯咯作響，她心裡卻異常踏實……

有侍衛在醉風樓門前下馬，直奔三樓，說是有要事要稟報世子。

楚九撓撓頭，很是為難。那個，世子跟顧三姑娘正在那個啥，他怎麼進去稟報？

唉，貼身侍衛真的不好當啊！

楚九在門口等了許久，不見兩人出來，亦不見屋裡有說話聲，腦海裡便有了些旖旎的想法，又耐著性子等了約莫一盞茶的工夫，這才壯著膽子走進去。

嗯，就算兩人那個啥，也應該結束了吧？

雖然大白天的有些不妥，但世子跟顧三姑娘畢竟是未婚夫婦，且下個月就要大婚了，就算提前那啥，也沒關係吧？

想到這裡，他躡手躡腳地走到房門口，一眼瞥見床前擺放著兩雙鞋，心裡一哆嗦，嚇得撒腿就往回跑。天啊！世子也太神武了吧？竟然、竟然還沒有結束！

哪知剛一轉身，就跟身後尾隨而來的侍衛撞了個滿懷，氣得楚九低聲訓斥道：「誰讓你進來的？還不趕緊出去！」世子的房豈是隨便人能進的？真是豈有此理！

再說了，這等私密之事，怎麼能讓外人知曉？他一個人知道就算了。

送信的侍衛嚇得抱頭鼠竄，跑到門口才停下來，懇求道：「九爺，十萬火急啊！」那個，他什麼也沒看見啊！

楚雲霆向來警覺，聽到兩人說話，倏地坐起身來，下床穿鞋，滿臉不悅地走了出去，冷冷問道：「楚九，出了什麼事？」真是越來越不像話了，身為貼身侍衛，竟連主子半個時辰的安寧都守不住。

「世子，烈風說有重要的事情要跟世子稟報……」楚九迅速瞥了一眼世子的臉色，扶著門框，期期艾艾道：「他說是、是十萬火急。」

「對對對！世子，十萬火急啊！」烈風從楚九身後探出頭來，飛快道：「一個時辰前，齊王殿下帶著兩個心腹出了京城，走到半路還去了一趟西山糧營，在那邊待了一盞茶的工夫，走的時候帶走了寧武侯。」

「知道了，再探再報。」楚雲霆淡淡道：「你順便把趙將軍叫過來，說我有要事找他商量。」

「是！」烈風撒腿就跑。

沒走幾步，便聽見一聲巨響，像是有人摔倒的聲音，楚九立刻捂嘴笑，看到楚雲霆看過來的冷冽目光，他嚇得一個激靈，趕緊退了下去。

顧瑾瑜這才從臥房裡盈盈走出來。「世子，是出了什麼事情嗎？」剛剛她聽說是十萬火急。

「沒什麼大事，剛剛齊王殿下帶人去了西北。」楚雲霆展顏道：「妳放心，程庭還在京城隨侍，不會有什麼事情的。」

「好，世子珍重，我該回去了。」顧瑾瑜莞爾。

「我讓楚九送妳回去。」楚雲霆笑笑，抬手理了理她的頭髮，低聲道：「雖說成婚前一個月咱們不能見面，但若是想我了，就讓人捎話給我，咱們不見面，就是隔窗說說話也好。」

「……」顧瑾瑜無言。以前怎麼從來沒發現，楚王世子竟如此自信和厚臉皮呢？

顧瑾瑜剛走，趙晉翩然來到，沒好氣地問道：「找我什麼事？」他現在一點也不想見到他楚王世子好嗎？

「齊王殿下在這個時候離京，必有蹊蹺，你帶幾個人跟去看看。」楚雲霆站在窗前，負手而立，嚴肅道：「看樣子，他是想動手了。」

「又讓我去？又讓我去？」趙晉一聽，氣不打一處來，指著楚雲霆道：「你一讓我出去，準沒好事！你怎麼不自己去？」

「我下個月大婚，怎麼能在這個時候去西北？」楚雲霆振振有辭道：「除了你，別人我信不過。」

「我無須你信得過！」趙晉一聽他說成親，頓時炸毛，鐵青著臉，氣呼呼道：「滿朝文武那麼多人，都是你的敵人嗎？再說了，若無聖旨，我是不會離京的！」

上次要不是楚雲霆派他去西北，說不定小姑娘就不會被他搶走。

現在又要趕他去西北吹風，而他楚王世子卻留下等著入洞房？哼，天底下的好事敢情全讓他一個人占了啊！

「這是命令。」楚雲霆一字一頓道。

「我不聽！」趙晉氣死人不償命地看著他，摸著下巴道：「有本事你罰我啊！」

話音剛落，外面傳來一陣腳步聲，接著傳來侍衛的聲音——

「南宮大小姐，世子有令，任何人不能進去！」

「放肆！你瞎眼了，連我也敢攔著？」南宮素素訓斥道：「趕緊給我滾開！」

趙晉聞言，壞笑道：「楚王大世子，你把人家南宮大小姐的聘禮全都變成了水，澆灌了西北九州的農田，你算是賺足了名聲，但人家可是虧了的，現在人家找上門來，我看你怎麼辦，失陪了！」

南宮素素瞬間到了眼前，咬牙切齒道：「我自認跟霆表哥並無深仇大恨，霆表哥為何對我如此狠心？」她根本不想嫁到西裕那個蠻荒之地，死也不願意！

「妳的聘禮，皇上早就說了，既然是拿來為百姓做好事，宮裡會補給妳的。」楚雲霆淡淡道：「這些事情妳無須操心。」

「難道表哥以為我是來要聘禮的？」南宮素素冷笑道：「我南宮府自認家境還算富足，雖然比不得你們楚王府，但區區聘禮，還是不會放在心上的！」

「那妳來是？」楚雲霆面無表情地問道。

「我要跟西裕退婚，我不想嫁過去！」南宮素素跺腳道：「表哥，我知道你是因為元宵節那天的事情恨我，我知道錯了，我再也不敢去招惹顧姑娘了，你饒了我吧！我是真的不能嫁到西裕去，我會死的霆表哥！」

「那是妳的事情。」楚雲霆冷冷看了她一眼，絲毫不為所動。「妳若真的不想嫁，應該去求妳父親、求皇上，過來求我做甚？此事板上釘釘，我能有什麼辦法？」

「可是你跟西裕大皇子交情最好，我不求你求誰？」南宮素素見楚雲霆對她冷淡，並無半點憐憫之情，索性伸手扯著他的衣角，可憐兮兮道：「只要你寫一封信給大皇子，跟他說一聲，這門親事便能退了。」

「愛莫能助。」楚雲霆拂袖而去。

「霆表哥，你欺人太甚！」南宮素素氣得掉了眼淚。

「小姐，咱們回去吧！若是讓老爺知道您私自出門，會怪罪的。」巧杏勸道，眼珠子轉了轉，又道：「要不然，咱們先回去，讓夫人想辦法進宮去求求程貴妃？」

「求她幹麼？」南宮素素一頭霧水。

「小姐，解鈴還須繫鈴人啊！」巧杏提醒道：「咱們直接找顧三姑娘，顧三姑娘肯定不會答應，但是如果讓夫人進宮去找程貴妃求情，若是程貴妃肯幫忙，定能幫小姐解決此事的。」

南宮素素聞言，很是沮喪，繞了一大圈，還是得求楚雲霆解決啊！可眼下也只能如此了。

得知南宮夫人的來意，程貴妃有些為難。

兩國交好的聯姻，豈是她一個後宮婦人所能改變的？

「娘娘，臣婦知道此事皇恩浩蕩，不應該有此奢望才是。」南宮夫人見程貴妃皺起了眉頭，忙掏出手帕拭了拭眼淚，哽咽道：「可臣婦膝下只有這一個女兒，以後遠嫁到西裕，這千里迢迢的，此生若想再相見怕是難了。」此事事發得太過突然，又是御賜姻緣，她根本毫無招架之力。

「夫人既然知道是皇恩浩蕩，就不應該有此念頭。」程貴妃思量一番後，和顏悅色道：「自古君無戲言，豈能隨便反悔？此事到本宮這裡就此打住，若是傳揚出去，反倒是辜負了皇上的美意。」她跟南宮夫人並不親近，不過是礙於南宮府是楚王府的表親，也是嘉寧以後會見到的人，她才答應見一見她們罷了。

「娘娘所言極是。」南宮夫人見程貴妃並不想插手此事，只得心一橫，硬著頭皮道：「好在楚王世子跟西裕大皇子相交甚好，我們才有此念頭……」說到這裡，她越發慚愧。楚王世子還是南宮府的外甥呢！怎麼說也是沾親帶故的，如今想請自己的外甥幫忙，反而求到了外人面前，別說程貴妃了，就連她自己也覺得奇怪。

果然，程貴妃一頭霧水。

「不敢瞞娘娘，之前小女去求過楚王世子，卻不想楚王世子他並不肯賣這個面子給我們……」說不下去了，但想到女兒後半生的幸福，她只得鼓起勇氣，繼續說道：「顧三姑娘是楚王世子的未婚妻，又跟娘娘相交甚好，故而我們才想到娘娘面前求個情，希望顧三姑娘能出面幫忙周旋此事，日後我們給三姑娘做牛做馬也在所不辭。」

程貴妃恍然大悟。「夫人誤會了，本宮跟三姑娘不過是因為上次她入宮侍疾，才有了些許印象，並非妳們所想的那樣熟悉。妳們若是想求三姑娘，大可直接求到建平伯府去，而不是來求本宮。此事再怎麼說也是皇上親賜，若是本宮出面周旋退親一事，妳們覺得合適嗎？」

「多謝娘娘指點，臣婦慚愧！」南宮夫人無言以對。

待母女倆走後，程貴妃喚來七彩，問道：「齊王殿下今兒來過了嗎？」

「回稟娘娘，殿下已經出城去了西北，聽說跟殿下一起去的，還有寧武侯。」七彩答道。

寧武侯主管京城一帶的糧庫，這個時候他帶走寧武侯幹麼？

程貴妃心裡頓時有一種不祥的預感，忙問道：「皇上最近如何？」

孝慶帝自從上次病好以後，便不怎麼來後宮，反而召了好多道士入宮煉製丹藥，甚至連上朝的次數也少了，誰也不敢勸。這說起來，都怪那個清虛子，上次他在宮裡設壇驅鬼，讓孝慶帝真的相信這個世上有因果輪迴，只要潛心修道，便能跳出輪迴，長生不老，偏偏清虛子逃得無影無蹤，又不能把他怎麼樣。

「皇上近來又召了二十個道士進宮，正在養心殿煉製丹藥呢！」七彩如實道：「聽說蘇公公昨天勸了皇上，還被皇上罰了禁足，眼下皇上誰也不想見。」

「七彩，妳這就出宮去找楚王世子，讓他盡快來一趟昭陽宮，就說本宮有急事找他。」程貴妃絞著帕子吩咐道：「記住，讓他從昭陽宮後巷進來，不要讓人知道他來過昭陽宮。」

「是。」七彩匆匆領命而去。

一個時辰後，楚雲霆便悄悄進了昭陽宮。

程貴妃把事先準備好的一個木匣子推到他面前，意味深長地看著他。「程庭跟齊王這些年在京城安置的人脈和眼線都在這裡，只要你拿下這些人，便可保京城安寧。」

眼下她唯一能指望的，便只有楚雲霆了。

想到眼前這個年輕俊朗的男子是她的女婿，她心裡倍感欣慰，女兒得此佳婿，此生也算圓滿了。

「多謝娘娘！」楚雲霆眼睛一亮。

十天很快過去了。

四月二十七日這天，程庭沒有進宮，反而異常興奮地坐在頌風殿擦拭他的長劍，院子裡的侍衛已經集合完畢，整齊地站在原地待命。

他早已經準備就緒，只要慕容朔在西北起兵的消息傳來，他就能立刻回應，來個裡外夾擊，到時候他多年的夙願就能實現了。

他無愧於先祖，無愧於他的父親！

門，無聲地開了。

「放肆！不知道敲門嗎？」程庭很是不悅，抬頭一看到來人，不禁愣住了。一個盛裝打扮的老夫人毫無聲息地走了進來，她穿著一襲暗紅色的長裙，頭上戴著一對黃燦燦的鳳頭步搖，正隨著她的走動來回搖曳，細細一看，竟然是莫婆婆。「妳……怎麼是妳？」程庭正待喊人，便聽見莫婆婆開口。

「庭兒，可知道你的名字是怎麼來的嗎？」

她刻意打扮過了，之前那個瘋瘋癲癲的老婆子不見了，取而代之的，是一個慈祥和藹的老太太，眉眼間有許多他所不熟悉的精緻，依稀還能看出當年的好模樣。

「妳、妳要做什麼？」程庭聞言，很是驚訝。

這麼多年以來，她的身分一直是他心頭的刺，他不想，不想有這麼個瘋癲粗俗的生母，卻又不得不遵循父命，把她養在府裡。他一向以父親為榮，卻也不得不接受這樣的生母。

「我生你的時候，你父親不在，還沒來得及進屋，你就出生了。」莫清影關上門，盈盈走到他身邊，在他面前坐定，細細打量著他，一字一頓道：「你出生在院子裡，我便給你取了這個名字，你父親也很喜歡這個名字，他一向寵我，也寵你。」

那年那月，身穿白袍的男子深情款款地對她說：清影，我要娶妳，此生此世，咱們永遠在一起。

那個時候，她覺得她此生無憾了。

後來，宇文家沒落了。

傾巢之下再無完卵，宇文衍雖然僥倖逃脫，卻從此隱姓埋名，浪跡天涯。

為了那句承諾，她死心塌地地追隨他，哪怕他後來為了前程，娶了裴氏為妻……

他娶了裴氏以後，她還是義無反顧地委身於他，給他生了兒子，做了他的妾。

之前她以為她會是他的妻子，這是他曾經許諾她的。

「可妳終究是個妾。」程庭別過目光，不看她。此生他只認裴老太太為母，裴老太太身分高貴，跟父親最是般配。

「是的，我只是個妾。」莫清影冷笑幾聲，淚眼朦朧地看著他。「可你卻是我這個妾辛辛苦苦懷胎十月生下來的，你是妾生的兒子，這是你永遠改變不了的事實。」

「妳裝瘋賣傻了這麼多年，到底想幹什麼？」程庭臉一沈，不耐煩地說道：「我答應父親，養妳一輩子，有妳吃，有妳喝，還有人伺候妳，我自認無愧於天地，無愧於父親！」

「自從你來到程家，就從未喊我一聲娘。」莫清影滿是期待地看著他，小心翼翼地說道：「庭兒，你喊我一聲娘，好不好？」她欣喜地看著他從襁褓中的小嬰兒，長成風華正茂的翩翩郎君，看著他娶妻生子，她作夢都希望兒子能帶著他媳婦喊她一聲娘……哪怕是悄悄地喊。

「我母親是裴氏。」程庭冷冷道：「我是裴氏的兒子。」

「好、好，你是裴氏的兒子。」莫清影眸光暗了暗，喃喃道：「裴氏果然教你教得好，她教你謀逆，教你弒君，教你殺女，你果然是她的兒子。」

「放肆！妳怎麼敢對我說這樣的話！」程庭想也不想地把手裡的長劍抵在她胸口，厲聲道：「妳到底想幹什麼？是誰讓妳來的？」

話音剛落，他便覺得手腕一麻，手裡的長劍咯噹一聲掉在了地上。

第八十二章　大火

「妳、妳對我做了什麼？」

「庭兒，你別忘了，我是無為神醫的女兒，小的時候雖然學藝不精，但防身的招數還是學過的。」莫清影幽幽道：「縱然你不認我這個娘，娘也不能不認你，你告訴娘，你今日是要做什麼？」

「來人！來人！」程庭這才驚恐地發現他被點了穴道，竟然絲毫動彈不得！

沒有人應答。

「妳、妳對我做了什麼？快放開我！」程庭懊惱道。千算萬算，沒算到他會折在她手裡。

早知道會有今天，他當時就不該留她到今日！

「庭兒，你答應娘，放手吧！」莫清影在他面前坐下，嚴肅道：「宇文氣數已盡，你切不可再挑起戰爭，濫殺無辜，再造殺戮。你此時收手還來得及，你依然是太醫院的院使，只要你讓齊王殿下放棄奪嫡，說不定他也能留住性命。」

「不可能！」程庭一臉不屑地看著她，振振有辭道：「天下是我宇文族的天下，淪落在慕容氏手裡已經整整三十年，我身為宇文族的後裔，是一定要奪回來的！」

他苦心經營了這麼多年，豈是她一句說放棄就能放棄的？不可能，絕對不可能！

他堅信，用不了多久，齊王便會登上那個位置，君臨天下！

「可是如今百姓安居樂業，天下太平，是難得的盛世景象！」莫清影見他一副執而不化的態度，氣得揚手給了他一個耳光。「這些年，你也是高官厚祿，盡享尊貴，你還想怎麼樣？」

「妳、妳……」程庭白白挨了一個耳光，卻動彈不了，咬牙切齒道：「我還有要事在身，妳快放開我，否則，一會兒來人，連我也保不了妳！」

「庭兒，娘無須你保護。」莫清影深深地看了他一眼，起身走到偏殿，拖了一個酒罈出來，取出舀子，把裡面的酒舀了出來，灑在地上，喃喃道：「你父親最喜歡喝這種龍蟠醉，每飲必醉，今天，就讓他喝個夠吧……」

「妳放開我！放開我！」程庭咆哮道。

轉眼間，罈子裡的酒已經被莫清影全都灑在了地上，殿裡，全是濃濃的酒味。

莫清影灑完一罈，又拖出一罈，邊灑邊道：「衍哥哥，你寂寞了多年，多喝點，我們很快就去找你了……」

「妳、妳要做什麼？」程庭這才領悟她的意思，驚慌道：「來人，來人啊！」

外面依然無人應答，死一般的寧靜。

程庭立刻嚇出了一身冷汗，忙喊道：「娘！娘我錯了，您快放開我！」

莫清影聞言，手裡的動作一僵。

顧瑾瑜總覺得心神不寧，繡花的時候扎了手，喝水差點嗆到。

一向寡言的陳嬤嬤不聲不響地取來一枚銅錢，鄭重其事地放在桌面上轉著圈，最後才慢慢停下來。

綠蘿上前好奇道：「姑娘、姑娘，是正面朝上呢！」

「正面朝上有什麼說法嗎？」青桐不解地看著陳嬤嬤。

陳嬤嬤細細端詳了一番，皺眉道：「姑娘，奴婢只能推算出，會應在一個火字上。最近院裡、院外，還是要小心火燭，廚房那邊，奴婢會照看著點的。」

「好，那就聽陳嬤嬤的，大家都小心點便是。」顧瑾瑜淡淡道。陳嬤嬤來了有些日子了，平日不多言、不多語的，如今她這麼說，終究是有她的道理。

眾人點頭道是。

阿桃匆匆掀簾走進來，急急道：「姑娘、姑娘！程家起火了，是程家！」

「程家起火了？」顧瑾瑜倏地起身問道：「什麼時候的事情？」

「奴婢剛剛看到半空騰起的黑煙，問了問焦四，焦四出去打聽後，說是程家起火了呢！」阿桃比劃道：「好大的黑煙，咱們離這麼遠都能看見呢！」

顧瑾瑜臉色一沈，提著裙襬跑了出去。

「姑娘、姑娘！」眾人也跟著往外跑。

果然，程家上空黑煙翻滾，迅速在半空四散開來，似乎要把整個天空遮住。顧瑾瑜心裡慌慌的，忙吩咐道：「阿桃，備車，我要去程家！」

「可是姑娘……」阿桃驚訝道：「他們家起火了，咱們還去幹麼？」

「快去！」顧瑾瑜提著裙襬，一路小跑著往外走。

阿桃撒腿就跑。

焦四見顧瑾瑜神色焦慮，也不敢再問，跳上馬車，揚鞭朝程家駛去。

街上人來人往，三五成群地聚集在一起，議論紛紛，都說程家這場大火來得蹊蹺。

顧瑾瑜趕到程家的時候，大火已經撲滅了，濕漉漉的地上流淌著污水，四處濃煙密布，半空瀰漫著燒焦的味道，原本繁花錦簇、雕梁畫棟的程家已經變得面目全非，府裡的下人都蜷縮在一起，瑟瑟發抖，他們眼睜睜地看著程家燒成了一片火海，卻無能為力……

楚九正在大呼小叫地指揮五城兵馬司的人收拾什物，準備打道回府，看見顧瑾瑜，眼睛一亮，忙上前問安。「顧三姑娘，您怎麼來了？」嘖嘖，世子前腳剛走，顧姑娘後腳就來了，早知道就應該讓世子等一等！

「莫婆婆呢？你看見莫婆婆了沒有？」顧瑾瑜自然顧不上跟楚九閒聊，踩著地上的泥濘，提著裙襬進了院子。

火雖然已經滅了，卻時不時有瓦礫從屋頂上掉下來，慌得楚九忙跟在顧瑾瑜身後護衛，勸道：「顧三姑娘，這裡還很危險，您還是留步吧！您有什麼吩咐，屬下效勞便是。」眼看就要大婚了，若是未來世子妃有個碰傷，世子非得殺了他不可！

「楚九，快讓人幫忙找找莫婆婆，快去啊！」顧瑾瑜哪裡還顧得上別的，快步走到那些下人面前，問道：「你們有沒有看到府裡那個瘋瘋癲癲的老婆婆？你們誰看到她了？」

眾人搖搖頭，其中有個身材粗壯的婆子，雙手抱胸，帶著哭腔道：「不敢瞞姑娘，今兒老夫人一起床就讓奴婢給她梳洗打扮，說是、說是要去頌風殿看老爺，然後、然後奴婢就什麼也不知道了，醒來才發現府裡起了火……」一睜眼，便是漫天的黑煙。

雖然沒有燒到她所在的院落，但熊熊燃燒的火苗還是讓她驚恐萬分，她從來沒見過燒得如此慘烈的大火！

頌風殿已經成了一片廢墟。

顧瑾瑜跌跌撞撞地走到昔日威嚴壯麗的頌風殿前面，忍不住淚流滿面，她知道，她的莫婆婆已經不在了。

楚九領著人衝進頌風殿，不一會兒，走到顧瑾瑜面前，搖搖頭。「姑娘，什麼都沒有了，起火前殿裡被人潑了酒，所以火勢才這麼大，就算有人，也都燒成灰燼了。」

「知道了，你忙你的去吧！」顧瑾瑜神色黯然道：「你不用管我，我只是想在這裡待一會兒。」

「顧姑娘，除了程院使和莫婆婆，其他人並無傷亡。」楚九稟報道：「早在半個月前，程公子便陪著裴老夫人去南直隸省親，程府的人口並不複雜。」

顧瑾瑜面無表情地點點頭。

程貴妃很快知道了程家的大火，她什麼也沒說，把自己關在屋裡一整天，不吃也不喝，臉色蒼白得嚇人。孝慶帝知道她心裡哀傷，破天荒地收起丹藥，想去昭陽宮看她。

哪知，剛剛走出養心殿，便有天子衛密使來報。

「齊王殿下在西北砍傷岑大將軍，起兵了！」

「孽障！」孝慶帝氣得摔了茶碗，咬牙切齒道：「一個一個的，這是都造反了啊！」

「父皇，兒臣願率軍迎戰！」秦王立刻上前進奏。

孝慶帝轉頭仔細端詳了他一番，長嘆一聲，吩咐蘇公公道：「速傳楚騰父子覲見。」

此事他誰都信不過，還得指望楚家才是。

楚騰和楚雲霆很快進了宮。

「元昭，還是你去吧！」孝慶帝斟酌再三，捏著眉頭道：「跟上次一樣，務必把他給我活捉回來。」

「皇上，京城有齊王殿下的內應，眼下臣正在緝拿當中，此時不宜離開京城。」楚雲霆如實道：「若無程家的這一場大火，想必京城早就風聲鶴唳了。」

「皇上，還是臣去吧！」楚騰抱拳道：「臣將禁軍一併交給他，有他護衛京城，皇上大可安心。」來的時候，大長公主早就交代了，此次萬萬不能讓元昭再去冒險了，就是天塌下來，他下個月也要如期完婚的！

「如此也好。」孝慶帝倒沒考慮這些，反正他們是父子，誰去都是一樣的。想了想，又道：「元昭啊！聽說顧三姑娘跟貴妃相交甚好，不如這樣，你讓她進宮陪貴妃住幾天吧！」

楚騰跟楚雲霆面面相覷。皇上這是什麼意思？難不成是不放心他們父子，要讓顧瑾瑜進宮當人質？

大戰在即。

京城人心惶惶，好多人家悄悄收拾了家私投奔外鄉的親戚。

這些年齊王深得人心，跟好色荒淫的燕王不一樣，加上孝慶帝近來終日修煉丹藥，不理朝政，群臣早有怨言，甚至，他們希望齊王能一舉破城，登上那個位置。

顧廷東雖然每日照常上下朝，但一回家便跟依然閒賦在家的顧廷西聚在一起，嘀嘀咕咕地談論著當前局勢，程家雖然遭受了意外之災，但齊王的勢力依然不容小覷。

顧瑾瑜依旨進宮。

建平伯府並無掀起多少巨浪，在眾人眼裡，她早就已經是楚王府的人，既然楚王府都沒有異議，他們自然不能阻攔。

就連太夫人也沒說什麼，只是囑咐她在宮裡謹言慎行，早點回來待嫁。她心裡其實很不願意，只是皇上已經開口，她不敢有所怨言。

就像黎明前的黑夜，有人期盼，也有人不安。

忠義侯府則乾脆關門謝客，誰也不見。

自古勝者為王，敗者為寇。

要麼上天，要麼入地，成敗在此一舉。

沈亦晴異常慌亂，她是齊王沒過門的妻子，若是齊王失敗，那她也就跟著完了！

一個被破了身子、未婚夫又謀逆的女人，還能有什麼好？真是悔不當初！

程氏安慰道：「不要擔心，先前燕王謀逆，皇上不是也沒有連坐燕王府裡的人？不過是減了他們王府的開支俸祿罷了；再說妳又沒有進門，就算齊王有什麼閃失，皇上也不會對咱們怎麼樣的。」

沈亦晴只是嚶嚶地哭。

「算了，回頭我跟妳爹商量一下，我陪妳去佛陀寺住一陣子，就說咱們去替妳舅舅誦經超度，先避避這個風頭吧！」想到程家的大火，程氏心煩意亂道：「眼下貴妃娘娘也是身分尷尬，自身難保，咱們唯一要做的就是靜觀其變。」

到時候，就算齊王凱旋歸來，也說不出他們家的不是。

顧瑾瑜住進昭陽宮後，一直未見到程貴妃。

七彩說，娘娘在佛堂抄經，不見任何人。

再問，七彩卻是不肯說了。

顧瑾瑜每天帶著陳嬷嬷和繡娘坐在大殿裡做繡活，眼睜睜地看著太陽昇起又落下，卻得不到外面丁點兒消息，心裡倍感煎熬。不知道西北戰事如何，也不知道楚雲霆在京城怎麼樣了，這是真正的如坐牢籠。

十日後，昭陽宮才傳來久違的腳步聲。

蘇公公面無表情地抱拳施禮道：「顧三姑娘，您可以回家了。」

「蘇公公，世子可好？」顧瑾瑜眼睛一亮，忙起身問道：「西北那邊怎麼樣了？」

「都結束了。」蘇公公淡淡地看了看她，不動聲色道：「姑娘很快就會知道真相，馬車早已經等在柳茶巷，您還是先回去吧！」

「多謝蘇公公。」顧瑾瑜不好再問。

楚九果然等在那裡，看見顧瑾瑜，神色愉悅道：「顧姑娘，世子讓屬下護送姑娘回家。」

顧瑾瑜順從地上了馬車，掀開車簾問道：「楚九，西北那邊如何了？」

「姑娘放心，一切都在掌控當中。」楚九如實道：「寧武侯燒了西北糧營，齊王殿下被生擒回京，已經關進了天牢；楚王爺正在帶兵清算剩下的殘兵敗將，用不了幾天便會回來。」

顧瑾瑜這才放心。

建平伯府張燈結綵，一派喜氣洋洋。

顧景柏已經成婚三日，今日剛剛回門去了寧武侯府。

再回到清風苑，顧瑾瑜頓時有一種恍如隔世的感覺，連陳嬤嬤和繡娘也感嘆，之前在宮裡的日子還真是悶，每天靜悄悄的，連個人影也看不到。

第二天請安的時候，顧瑾瑜才算如願看見寧玉皎。

她穿著一身大紅色的衣裙，梳著婦人頭，正在太夫人和沈氏身邊端茶倒水地伺候，全然一副小媳婦的姿態，時不時地跟新婚夫君對視一眼，眉眼間全是初為人婦的羞澀和嫵媚。看樣子，小倆口這幾日過得甚是融洽。

待眾人離開後，顧瑾瑜才拉著寧玉皎去清風苑。

寧玉皎這才放下新娘子的矜持，一把拉過顧瑾瑜的手，心有餘悸道：「我當時在家裡的時候，聽說皇上召妳入宮，差點沒把我嚇死，我以為皇上召妳入宮為妃呢！」

「哎呀，妳真能瞎想。」顧瑾瑜哭笑不得道：「我跟世子成婚在即，皇上怎麼可能召我為妃？妳別賣關子，快說說，到底是怎麼回事啊？」

「唉，此事說來話長，齊王殿下帶我爹去西北，是想讓他打開西北那邊的糧倉，說這些糧食是要救濟災民的。」寧玉皎娓娓道來。「妳想，我爹是誰啊！豈是那麼好糊弄的？當時假意跟齊王周旋，待齊王完全相信他以後，他才一不做、二不休地放火燒了糧營，九死一生才回到京城的。當他回來的時候，楚王世子以為他是奸細，還差點誤傷他呢！」

「聽說齊王殿下被打進了天牢？」顧瑾瑜問道：「是誰送他回來的？」

「是趙將軍親自押他回來的。」寧玉皎嘆道：「齊王也是糊塗了，有燕王的前車之鑑還不夠，偏偏還要飛蛾撲火，也不知道他是怎麼想的。」

「也許他覺得他的勝算要多一些吧！」顧瑾瑜幽幽道。

慕容朔之所以這麼快就慘敗，是因為莫婆婆提前放了一把大火，帶走了程庭，要不然，他們父子裡外夾擊，現在京城早就亂了。

第八十三章 成親

五月十六日，大吉，宜嫁娶、納采、訂盟、出行、求嗣。

的確是個好日子。

一大早，江月娘便趕了過來，親自替顧瑾瑜梳妝打扮，妝成後便被蒙上紅蓋頭坐在紅帳床上，寧玉皎則帶著顧家姊妹們依次坐在房裡等著。王府娶親跟民間不同，講究的是吉時迎娶，顧家也是依禮而行。

大婚之日，任務最艱鉅的依然是新郎。

趙晉和沈元皓也趕來助陣，跟顧景柏設了三道關卡來考驗楚雲霆，琴棋書畫，十八般武藝下來，才能過關。

陣勢龐大，竟引得好多公子前來圍觀。他們很想知道，四大才俊之首是如何闖過層層關卡抱得美人歸的？王府結婚儀式是新郎親自去閨房牽新娘上花轎，跟民間不同，民間習俗新娘是由長兄揹上花轎的。

阿桃和綠蘿是急性子，兩人不時地跑去外面打探消息。

阿桃率先跑回來，氣喘吁吁地稟報。「姑娘、姑娘，趙將軍在大門口攔住了世子，兩人正在比試武藝，圍了好多人看熱鬧呢！」

「趙將軍不會真的大打出手吧？」青桐有些擔心。她知道趙晉對姑娘的心思，如今姑娘嫁給世子，他肯定會乘機為難世子的！大婚之日，若是再有個閃失，可如何是好？

「妳放心，趙將軍並非魯莽之人，做做樣子罷了，哪裡會動真格的？」江月娘忍俊不禁道：「再說，世子的身手並不輸給趙將軍，世子肯定會贏的。」

「那我再出去看看！」阿桃又匆匆忙忙地跑了出去。

蓋頭下，顧瑾瑜很是哭笑不得。

不得不說，今兒楚雲霆是真的不容易，聽說沈元皓和孟文謙準備了好多對子及謎語在二門處等著，不僅如此，還得即興譜一首樂曲才能過關。

顧景柏則守在清風苑門口，早就精心準備了一局棋等著，對此，他的解釋是，楚雲霆是京城四大才俊之首，他娶親的關卡自然應該是要有難度的，如此，才能配上他的身分嘛！

太夫人擔心他們鬧過了頭，再三囑咐顧景柏，稍微鬧鬧就行了，切莫耽誤了吉時。

「姑娘，世子不到三個回合，就打敗了趙將軍，現在已經到二門了！」綠蘿興奮地跑進來，比劃道：「那些對子根本難不倒世子，我來的時候，世子就剩下最後一個呢！」

「那是，楚王世子可是京城四大才俊之首呢！」寧玉皎悄悄拍拍顧瑾瑜的手，耳語道：「莫急，世子很快就來接妳了。」她是過來人，最是知道這個時候新娘的心情，有忐忑、有期盼，還有一絲擔心。

顧瑾瑜倏地紅了臉。

很快，清風苑門口便響起陣陣歡呼聲，阿桃大步走進來，笑道：「來了、來了，世子來了！世子僅走了五步，便贏了整盤棋！」

「妳大哥哥真是個臭棋簍子。」寧玉皎笑罵道：「就他那樣的，還揚言要跟世子大戰三百回合才放行呢！」

一陣輕揚的樂曲中，楚雲霆已經挑簾進了閨房，見他的新娘子一襲盛裝坐在床上，心裡激動不已。在司儀女官的簇擁下，他上前牽起她的手，並肩走出了閨房。

望著修長挺拔的楚王世子，顧瑾翊和顧瑾萱不約而同地想，千算萬算也算不到，府裡嫁得最好的竟然是顧瑾瑜。一年前，她明明是名聲最差的那一個，真是造化弄人啊！

蓋頭下，顧瑾瑜只能看到腳下的三尺紅毯，雖然看不到他，但是被他有力地握在手中，心裡卻感到異常踏實。任由他牽著，去了慈寧堂跪別太夫人，受了父母訓誡和祝詞，一道一道過了異常繁瑣的禮節後，她才被人攙上了花轎。

紅毯從顧家門口一直鋪到楚王府，繞了大半個京城。

為了維持秩序，五城兵馬司和天子衛幾乎全員出動。

楚九更是忙得腳不沾地，這可是世子大婚，若是出半點差錯，那他真的要死了。

顧瑾瑜坐在花轎裡，聽著鞭炮齊鳴，喜樂悠揚，心裡自是感慨萬分。想不到這輩子她竟然嫁人了，嫁給了楚王世子，一個喜歡她也被她喜歡的男子。上天雖然有時不公，但對她算是眷顧的，兜兜轉轉兩世，她也算圓滿了。

漫長的繞城過後，花轎徐徐停了下來。

楚雲霆率先下馬，從禮儀官手裡接過弓箭，空射了一下轎簾，跟隨左右的女官才高喊了一聲落轎。

待花轎放下，早有等在楚王府大門口的嬤嬤迎上來，扶著新娘下花轎，把紅綢的一角遞到新郎和新娘手裡。

一對新人齊齊邁過火盆。

進了門，蘇公公站在臺階上，宣讀了孝慶帝冊立楚王世子妃的聖旨。

三跪九叩之後，才進了正堂。

顧瑾瑜任由喜娘攙扶著，行了天地、高堂、夫妻之禮，才被眾人簇擁著送入洞房。

司儀女官笑咪咪地上前奉上喜秤。「請新郎用喜秤挑起蓋頭，從此稱心如意，和和美美。」

楚雲霆拿起喜秤，輕輕挑起紅蓋頭，盛裝之下的新娘子自然是極美的，他的心猛地跳了兩下，這麼長時間的忍耐和等待，對一個身心健全的年輕男子來說，簡直是一種煎熬。

顧瑾瑜這才頓覺眼前一片明亮，清亮烏黑的眸子在黃燦燦的鳳冠下流光四溢，一抬頭看著眼前這張年輕俊朗的臉，感受著熾熱的目光，她只覺得耳根泛熱，忙低下頭，不敢再抬頭看他。正羞澀著，一杯清冽的果酒遞到了她面前。

「新郎、新娘飲交杯酒！」

在眾人的哄笑中，兩人飲了交杯酒。

片刻，一碗熱氣騰騰的餃子又端到了面前。

太夫人事先囑咐過這個禮儀，顧瑾瑜接過筷子，吃了兩個，果然是半生不熟的餃子，味道還不錯。

「生不生？」喜娘問道。

「生。」顧瑾瑜從善如流道。

楚雲霆見她答得乾脆，忍不住嘴角微翹。看來顧家婚前教導得不錯，他的新娘子果然落落大方，竟然沒有絲毫的猶豫和忸怩。

屋裡的女官、喜娘見世子眉眼含笑的樣子，齊齊吃了一驚。這些日子，為了籌備大婚，她們進進出出楚王府，沒少見世子的面，這還是頭一次見世子如此開懷，看來世子果然是心悅世子妃的。

有心思靈活的喜娘滿臉笑容地開口討賞。「奴婢們祝世子和世子妃早生貴子、百年好合！」

楚雲霆展顏一笑，吩咐眾人下去領賞。

眾人這才嬉笑著出了新房。

新房頓時安靜下來。

「阿瑜，現在就咱們兩個人，妳不必拘束，把頭上的鳳冠拿下來吧！」楚雲霆說著，動手幫她把鳳冠取下來，低頭吻了吻她的唇，依依不捨道：「我先出去敬酒，讓青桐、綠蘿進來服侍妳休息一會兒，我很快就回來陪妳了。」

顧瑾瑜嬌羞地看了他一眼，點點頭。「好。」

片刻後，綠蘿和青桐提著食盒進來。

青桐笑道：「姑娘，世子擔心您餓著，讓您先吃點，等他回來再陪您一起吃。」

按風俗，新娘子的晚膳是要等新郎敬酒回來一起吃的。

「姑娘，世子還真是體貼呢！」綠蘿捂嘴笑。

「貧嘴！」顧瑾瑜的確餓了，拿起筷子就吃。她只在早上吃了一頓飯而已，午飯也沒吃，成親還真是個體力活兒，不停地跪拜、磕頭，還不讓吃飯。

吃完飯，卸妝洗漱了。

此時楚雲霆才大步地走了進來。

青桐和綠蘿低頭退了出去。

十餘名廚娘井然有序地跟著走進來，在桌子上滿滿當當地擺滿了各色美味佳餚。

顧瑾瑜剛才吃得很飽，實在吃不下了。

待眾人退下後，她嬌嗔道：「你幹麼又讓人準備飯菜？我剛剛已經吃飽了。」

她在家的時候，晚膳一向很簡單，通常一碗白粥便能了事。

再說之前剛剛吃過，這個時候是絕對不能再吃了。

楚雲霆又命人把飯菜端了出去，自己繞到了浴房洗漱。

門外的青桐和綠蘿則有些不知所措，按理說，這個時候應該有楚王府這邊的下人進去伺候男主人沐浴的，可是世子一個人進去後，便再沒人跟著進去侍奉。

那她們怎麼辦？是視若無睹，還是也跟著進去？

「青桐，是咱們多想了，世子自家人都不去伺候，咱們幹麼要多事？」綠蘿眨眨眼睛道：「我娘說了，咱們的主要任務是伺候姑娘，其他的，倒不是很重要。」

「妳說得也是。」青桐這才釋然，悄聲道：「那咱們先去耳房準備熱水，待姑娘要水的時候，再進去伺候便是。」

綠蘿會意，捂著嘴笑。

桌子上的大紅蠟燭啪啪作響，成對的燭光倒影在大紅色的百子床帳上輕輕搖曳，牆上鑲著金邊的巨大囍字在燭光下散著幽幽的光芒。

顧瑾瑜聽見隔壁有水聲傳來，知道楚雲霆是在沐浴，悄悄往裡挪了挪身子，突然驚覺被子下面有好多圓滾滾的東西，床上竟然鋪了好多紅棗、桂圓！正收拾著，楚雲霆一身清爽地走進來。

楚雲霆笑道：「妳在做什麼？」

「你看，這麼多棗子。」顧瑾瑜指了指床上。

楚雲霆一把抱住她，耳語道：「這是早生貴子的意思。」

顧瑾瑜聽得面紅耳赤。

收拾好那些紅棗、桂圓，重新整理了床鋪後，一對新人才雙雙上床。

楚雲霆順手扯下床帳，一個翻身便把他的新娘子壓在了身下，肆無忌憚地擁吻著，大手滑向她的腰間，扯開她的腰帶，白皙細滑的肌膚出現在他面前。

顧瑾瑜下意識地伸手推他，她雖然對洞房花燭夜早有準備，但像他這樣急切，她還是很羞澀的。

感受到她的抗拒，他停下動作，喘息道：「阿瑜，今晚是洞房花燭夜，妳是我的人。」

春宵一刻值千金，他實在是一刻也不想耽誤了。

「你我不過數日未見，世子為何這般急切……」顧瑾瑜嬌羞無比地望著身上的男人，心如小鹿亂撞。

楚雲霆眼神變深，低頭吻了吻她，啞聲道：「雖說只有數日，我卻夜夜失眠，心裡只想著早點把妳娶進門，如今妳已是我的妻，我哪裡還能多等半刻？」

窗外，許嬤嬤聽到屋裡傳來異樣的聲音，禁不住老臉微紅，稍稍聽了一會兒，才心滿意足地回去覆命。她就說，世子跟世子妃情投意合，肯定會圓房的，可是大長公主放心不下，才讓她過來聽牆根。

記得之前楚王爺和楚王妃，也是她聽牆根的，她就是聽牆根的命。

大長公主得知兩人已經圓房，興奮地在屋裡來回轉圈，忙吩咐楚老太爺。「快查查，要是昭哥兒媳婦今晚有了，明年幾月生？」

「之前不是查的二月嗎？」楚老太爺又仔細看了看黃曆，哭笑不得道：「妳自己看看，就是二月。」

「哎呀，我知道是二月，我是問你月初還是月中？」大長公主索性自己拿起黃曆看。

許嬤嬤笑道：「大長公主莫急，世子妃就是大夫，看黃曆不如問世子妃。」

「也是，我明天就問昭哥兒媳婦好了！」大長公主越想越高興。

南宮氏得知徐嬤嬤帶回來的消息，很是不悅，臉一沈。「竟然要了兩次水？小門小戶的女子就是不懂規矩，就算新婚情熱，也不應該這樣纏著自家夫君吧？這樣下去，昭哥兒的身子怎麼受得了？」

「王妃不必擔心，世子這些年屋裡沒個通房、侍妾，終究是年輕，無礙的。」徐嬤嬤安慰道。

南宮氏聞言，心裡只覺得堵得慌，但又不好為了這事發脾氣，心裡暗忖，等以後找機會提點提點媳婦便是！

第二天，顧瑾瑜醒來的時候，天已經大亮了，身上像是被車輪輾過般地疼痛，想到昨晚兩人的瘋狂，她又情不自禁地把自己埋首在被褥裡。

楚雲霆一把把她從被窩裡抱出來，眉眼含笑道：「還疼嗎？」

「剛開始疼，後來就不疼了……」顧瑾瑜俏臉通紅，垂眸道：「夫君很是體貼。」

「阿瑜，既然妳身子無礙，那就再陪陪我好嗎？」看到她光滑如玉的身子，楚雲霆眼神變深，體內的慾望再一次洶湧而出，想也不想地把她再次壓倒在身下。

顧瑾瑜紅著臉掙扎道：「世子，今兒還得去敬茶……」原來他問她疼不疼的目的，竟然是想那個……虧她還誇他體貼！只是若第一天遲了，她的臉往哪裡擱？

「讓他們等等便是。」男人已經衝鋒上陣，豈能容得了女人逃脫？

屋裡一片旖旎。

一家人早就等在正廳，等著新人敬茶，哪知左等右等，卻不見人影。

大長公主和楚老太爺倒不覺得有什麼，雖然有些不像話，但畢竟新婚情熱，情有可原吧！

南宮氏則是很不悅，吩咐道：「徐嬤嬤，去新房那邊看看，怎麼回事？」

徐嬤嬤應聲退下。

「站住！看什麼看？」楚騰不耐煩道：「不過是遲了些時辰，等等便是，父親、母親還沒著急呢！妳是在急什麼？」

「王爺是嫌我多事嗎？」南宮氏憤憤道：「俗話說，沒有規矩不成方圓，哪有進門第一天起這麼遲的？我當婆婆的催催怎麼了？」

「誰也不許去，就在這裡給我等著！」大長公主白了一眼南宮氏，不容置疑道：「若是誰覺得等不了，就先回去，反正這杯媳婦茶，我就是等到後晌也無所謂的。」其實之前南宮氏為難顧瑾瑜的事情，她是知道的，也曾明裡、暗裡地提點過，但是現在看來，南宮氏壓根兒就沒有聽進去。

「母親，咱們等到後晌的確無所謂，可是一會兒他們還要去宮裡謝恩呢！」南宮氏早就習慣大長公主的冷言冷語，坦然道：「難不成也要讓皇上、皇后等著嗎？」

「妳的意思是我不懂規矩了？」大長公主反問。

「好了、好了，都少說兩句吧！」楚老太爺見婆媳倆又要開吵的架勢，不耐煩道：「昭哥兒大喜的日子，何必為了一點小事吵？是自家的孩子，多等一會兒就是了，不過是起得晚些，又不是什麼大的過錯。」

南宮氏這才不悅地閉嘴。新婚第一天敬茶遲到，別說是堂堂楚王府了，就是放在小門小戶的家裡，也是不合規矩的！她並不覺得這是在為難媳婦。

許嬷嬷見主子們為了這事，都快吵起來了，便不聲不響地退了出去。

剛到門口，便見楚雲霆和顧瑾瑜相偕而至，心裡暗暗鬆了口氣，忙笑著迎上前道：「世子、世子妃總算來了，大長公主和老太爺他們都在裡面等著呢！」

新婚情熱，水乳交融。

楚雲霆心情很是愉悅，眉眼含笑地點點頭，緊緊握著顧瑾瑜的手，牽著她進門。

顧瑾瑜低垂著頭，亦步亦趨地跟在楚雲霆身後，她覺得她都沒臉見人了！第一天敬茶竟然遲到，就算是在顧家，也是要引人非議的！當人家媳婦真的不容易啊！

昨晚洞房就不必說了，她幾乎半夜沒睡覺，一大早他又纏得緊，到現在她只覺得渾身軟綿綿的，一點力氣也沒有，恨不得找個被窩鑽進去，好好睡一覺，可偏偏還得出來敬茶，聽說等等還得進宮謝恩。想到這些繁瑣的禮儀，顧瑾瑜心裡暗暗嘆氣。

第八十四章　敬茶

眾人長舒了口氣，小倆口總算是來了。

茶水是早就準備好的，見兩人進來，立刻有小丫鬟端著茶送到顧瑾瑜面前。

許嬤嬤很貼心地把大紅色的跪墊放在楚老太爺面前。

顧瑾瑜端起茶水，畢恭畢敬道：「孫媳請祖父喝茶。」

楚老太爺滿面春風地接過茶杯，一飲而盡，把早就準備好的見面禮遞給她——楚老太爺的見面禮很闊綽，是十間商鋪。他滿意地看著顧瑾瑜，笑咪咪道：「我們就昭哥兒這一個孫子，將來兩府所有的財產都是你們的，這十間鋪子都是我跟你們祖母一手創辦的，所有掌櫃的都是自己人，妳只管每個月核對一下帳目，收錢就行了。」前些日子他混沌的時候，顧瑾瑜出入大長公主府給他看病，他對她並不陌生，打心眼裡喜歡這個孫媳婦。

「多謝祖父。」顧瑾瑜乖巧地磕頭謝禮。

大長公主出手也很闊綽，把烏鎮的那處莊子賞給顧瑾瑜，和顏悅色道：「這處莊子雖然離京城遠一些，但那裡的瓜果卻是最甜的，以後妳想吃什麼，儘管吩咐下人去採摘。我跟妳祖父年紀大了，也算享盡了大半輩子的清福，如今我們唯一的期盼就是希望妳能早點給我們楚家生下個一男半女，讓我們享受含飴弄孫之樂。」

「孫媳謹遵祖母教誨。」顧瑾瑜再次跪地磕頭謝禮。

剛剛進門便催孩子，大長公主還真是急性子。

南宮氏心裡很不是滋味，她知道，楚老太爺和大長公主這是把舉家之產都賞給了顧瑾瑜，雖然她不好跟自己兒媳婦吃醋，但也覺得楚老太爺跟大長公主過分了些，明擺著是在抬高顧瑾瑜的身價嘛！

雖然顧家陪送過來的嫁妝還算豐厚，但顧瑾瑜有了這十間鋪子和莊子，以後就更加有恃無恐了，這下，就連她的私產也壓不過顧瑾瑜了。

正想著，顧瑾瑜已經敬完了楚騰，端著茶來到了南宮氏面前。

「兒媳請婆婆喝茶。」

她雖然不喜歡南宮氏，但南宮氏畢竟是楚雲霆的生母，她名正言順的婆婆，雖然之前兩人鬧得不愉快，但一碼歸一碼，表面上的禮數還是要有的。

南宮氏靜靜地看著顧瑾瑜，見她身穿一襲大紅色衣裙，顯得越加嫵媚動人，雖然她穿著高領的衣衫，但脖子上的吻痕依然隱約可見，心裡頓覺堵得慌。她是過來人，自然知道今早兩人來得這樣遲，肯定是貪歡的緣故，便慢條斯理地接過茶，象徵性地喝了一小口，清清嗓子道：「妳如今成了我們楚王府的世子妃，身分今非昔比，言行自然要更加謹慎，免得惹人非議。世子掌管五城兵馬司和天子衛，平日裡很是辛苦，妳要以他的身體為重，幫我照顧好他才是。」

「是。」顧瑾瑜低眉屈膝地答道。

楚雲霆皺皺眉，忙上前扶起她坐下，不冷不熱道：「難得母親體諒，我平日裡忙，顧不上家裡，還請母親幫我多照顧一下阿瑜。」

「都是一家人，說得這麼生分幹麼？」南宮氏看著兒子，目光瞬間柔和起來。「她是我的兒媳婦，我自然會照顧她。」

這時，許嬤嬤捧了個小木匣子過來，打開讓大長公主看了看，大長公主臉上笑容更甚，看顧瑾瑜的目光越發柔和起來。

顧瑾瑜會意，羞愧難當地低下頭。新婚次日，婆家人是要看帕子的，而且還是當著這麼多人的面看……

待南宮氏也看過帕子，才示意徐嬤嬤擺飯。

席間，楚雲霆不停地給顧瑾瑜挾菜添湯、挑魚刺，體貼至極，顧瑾瑜碗裡很快挾了滿滿一碗菜。

看到眾人表情不一的目光，顧瑾瑜忙攔住楚雲霆，低聲道：「我自己來就好。」

「這魚味道很鮮美，只是刺有些多，我給妳挑刺，妳放心吃就好。」楚雲霆含情脈脈地看著她，把挑好的魚肉挾到她碗裡。

顧瑾瑜只得硬著頭皮，一一吃下去。

在一邊布菜的丫鬟、僕婦驚得大眼瞪小眼，世子還會挑魚刺啊？

南宮氏越看越惱火，兒子長這麼大，吃的魚都是她挑的，如今，他卻挑給他媳婦吃！礙於大長公主和楚老太爺在，她又不好說什麼，硬是嚥下了這口氣。這筆帳現在記著，以後再提點一下顧氏，讓她知道為人妻、為人媳的本分才是。

大長公主和楚老太爺則是心花怒放，顧氏雖然門楣低了些，但好在昭哥兒喜歡，兩人感情這麼好，他們抱重孫子的日子就真的近在眼前了！

一家人表情不一地吃完飯，楚雲霆才帶著顧瑾瑜出門，進宮謝恩。

楚騰的見面禮是一處農莊，南宮氏則賞了一間鋪子。

雖然相比大長公主和楚老太爺顯得單薄了些，但也是價值不菲了。

顧瑾瑜想著這些沈甸甸的私產，很是汗顏，待上了馬車，她悄悄問楚雲霆。「世子，祖父和祖母是不是賞得太多了些？」

「妳是楚王世子妃，再多妳也受得起，不要多想，反正以後這些遲早都是咱們的。」楚雲霆笑笑，目光炯炯地看著她，一字一頓道：「妳若覺得過意不去，就給我多生幾個孩子，越多越好。」

「討厭，我成什麼了啊！」顧瑾瑜嗔怪道：「以後不准說這些了！」

看到妻子臉上似嗔似喜的神色，想到昨夜的銷魂，楚雲霆眼神變深，忍不住長臂一伸，把人又攬到懷裡，順勢把她壓倒在馬車裡，肆無忌憚地吻住了她。

顧瑾瑜心裡一驚，想也不想地抬手點住了他的麻穴！這是要進宮面聖，豈能由著他胡來？這個人，真是越來越不像話了！

楚雲霆瞬間動彈不得，只得低聲哀求道：「阿瑜，妳快放開我，我只是想抱抱妳而已。」

「等到了宮裡，我自會放開你。」顧瑾瑜絲毫不為所動，才不信他呢！

孝慶帝知道楚雲霆和顧瑾瑜要進宮謝恩，難得脫下道袍，換好衣裳跟容皇后一起在養心殿等著。

所幸楚雲霆和顧瑾瑜在路上沒耽誤時間，進宮的時間剛剛好，帝后剛寒暄了兩句，小倆口便攜手走了進來。

磕頭，謝恩，領賞。

或許是因為大長公主的緣故，容皇后拉起顧瑾瑜的手，笑道：「皇上，妾身跟世子妃一見如故，想領著她去御花園逛逛，讓她看看咱們皇家的園子，還望皇上恩准。」

「去吧！」孝慶帝大手一揮。

楚雲霆則有些意外，起身道：「多謝皇后娘娘抬愛，臣陪妳們一起去。」

「世子放心，妾身保證很快就把她送回來。」容皇后揶揄道：「難不成你還信不過我嗎？」

「臣不敢。」楚雲霆不卑不亢道：「只是世子妃身子有些不適，臣擔心她乏困，在皇后面前失禮罷了。」養心殿離御花園還有一大段路要走，他很是捨不得。

「如此便是本宮失禮了。」容皇后蛾眉微蹙，改換地方道：「那咱們去院子裡走走吧？」

顧瑾瑜不好再推辭，只得點頭應道：「是。」

兩人並肩出了養心殿。

養心殿裡的花草幾乎全都被移除，花園裡用木樁擺了一個大大的八卦圖，四周插滿了八卦旗，來來往往的，也全都是穿著道袍的道士。

像個道觀。

顧瑾瑜瞧著很是揪心。

她作夢也想不到孝慶帝會因為清虛子那次掩人耳目的設壇而變成如今這樣不理朝政、一心問道，殊不知，這世上哪有長生不老的藥啊！

走到僻靜處，容皇后才悄悄從袖子裡掏出兩粒藥丸，遞給顧瑾瑜，低聲道：「皇上每天就吃這個，煩請世子妃幫忙看看，這些藥丸對身體到底有沒有害處？」程庭雖然死了，但慕容朔在太醫院的勢力猶在，她信不過太醫院的人。

顧瑾瑜把藥丸捏碎，細細地察看了一番，凝神道：「娘娘，這些藥丸久服對身體無益，還是得勸皇上戒掉才好。」孝慶帝雖然是她的生父，但這輩子卻無法相認，她唯一能做的，就是儘量照顧好他的身體。

「可是皇上並不聽勸，他相信只要找到秘方，便會長生不老。」容皇后停下腳步，嘆道：「他說，如果他長生不老，皇子們也不用爭他這個位置。如今齊王殿下雖然被關在大牢裡，卻時常有道士替他說話，說齊王殿下是被妖孽附身才會做出如此荒唐之事，並非有意為之，皇上嘴上雖然沒說什麼，我卻相信他心裡是信了的。這些日子，皇上就跟齊王見了兩次面，齊王巧舌如簧，信誓旦旦地說他是身不由己……」容皇后找顧瑾瑜說這些，當然是有私心的。

這些年，她跟程貴妃一直不睦，若是齊王東山再起，她是絕對不會有好下場的。她的嫡長子去年遇刺身亡，嫡次子還是個孩子，現在她唯一能做的，就是盼望孝慶帝能多活幾年，讓她的嫡次子安然無恙地長大成人。

原本她覺得顧瑾瑜跟程貴妃來往密切，會是程貴妃的人，可是上次顧瑾瑜住進昭陽宮，程貴妃卻硬是沒露面，她才知道，那次顧瑾瑜不過是當了一次人質。

當然，更重要的是，楚雲霆跟齊王向來不睦。

她覺得楚王府是最不希望看到齊王登上那個位置的。

「娘娘，臣婦願意幫皇上解了這藥丸的毒。」顧瑾瑜會意，沈思片刻，淡淡道：「臣婦回去後做些解藥過來，娘娘只要想辦法讓皇上服下即可。」她跟容皇后不熟，不想跟她說別的。

「有妳這句話，本宮就放心了。」容皇后勉強笑道：「以後若是有什麼難事，儘管進宮來找本宮，本宮很喜歡跟妳這樣的聰明人說話。」

「多謝娘娘抬愛。」顧瑾瑜不卑不亢道。

回府的路上，楚雲霆見顧瑾瑜心事重重的樣子，忍不住問道：「怎麼了？」

顧瑾瑜便把容皇后的話一五一十地說給他聽，嘆道：「齊王殿下打著妖孽附身的幌子，極力洗白自己的罪名，眼下皇上又一心修道，說不定真會把他放出來；若是他東山再起，日後再想扳倒他就難了。」

「妳放心，他出不來的。」楚雲霆長臂一伸，把她擁入懷裡，下巴抵在她鬢間，平靜道：「先前我沒有動他，是因為我不想在咱們大婚前節外生枝罷了，等過些日子，我是不會放過他的。」

「可是眼下皇上一心修道，成天吃那些對身體有害無益的藥丸，如何是好？」顧瑾瑜神色越加黯然。「還有貴妃娘娘，她一直不見我，我也不知道是為什麼。」

她原本以為母女相認，會更加親密無間，就算不能時常在一起，也會比常人來往密切一些才是，哪知程貴妃竟然一反常態地不見她，這讓她很不解。

「貴妃這麼做，大概是知道齊王和程庭會倒臺，她擔心跟咱們走得過近，日後會牽連到咱們吧！」楚雲霆安慰道：「總之，貴妃這麼做，總有她的苦衷，妳不要多想。」

顧瑾瑜點頭道是。

三日回門。

建平伯府張燈結綵，鞭炮齊鳴。

眾人眾星拱月般把世子和世子妃迎進了府裡。

尤其是顧廷西，上躥下跳的，唯恐招待不周。他已經官復原職，依然做他的吏部主事，雖然還是小小的六品官，但他有了這麼個女婿，日後在衙門裡，誰也不敢給他臉色看，別的不說，這兩天，就有好多人請他喝酒，求他照拂一二呢！這讓他很是受用，活了這麼大年紀，他還從來沒有這樣揚眉吐氣過呢！

顧瑾瑜被簇擁著去了慈寧堂。

太夫人拉著顧瑾瑜的手，上上下下地看了一番，笑著對池嬤嬤道：「瑜丫頭氣色不錯，看來在婆家過得滋潤得很啊！」

顧瑾瑜低頭淺笑。「祖母就知道打趣孫女。」

沈氏和喬氏、何氏只是陪著笑，唯恐說錯話。如今的三姑娘可是楚王世子妃，未來的楚王妃，她們是再也惹不起了。

直到太夫人問得再沒話可問的時候，寧玉皎才拉著顧瑾瑜去暖閣說悄悄話。

沒有外人在，顧瑾瑜索性在炕上躺下來，短短兩日，她感覺像是度過了兩年一樣地疲憊。

「看來楚王世子沒少寵愛妳呢！」寧玉皎到底是過來人，見顧瑾瑜疲憊不堪的樣子，捂嘴笑道：「妳適才那股精神哪裡去了？怎麼跟我在一起就原形畢露呢？」

「好嫂子，讓我睡會兒吧，我是真的累了。」顧瑾瑜拉來被子蓋在身上，閉著眼睛道：「妳還好意思說我，妳敢說這幾日我大哥哥沒有纏妳？我才不信呢！」昨晚原本跟楚雲霆說好了好好讓她睡一覺的，可是到了半夜還是被他折騰醒了，可見男人在床上說的話，是真的不能算數的。

寧玉皎見她是真的睏了，便不再打趣她，悄悄喚來青桐問了問楚王府的一些事情。

青桐知道寧玉皎跟自家姑娘一向交好，便如實道：「其他人都好，就是楚王妃有點不喜歡姑娘，幸而世子護著，這兩日倒也沒什麼煩心事。」

「那妳們就多幫姑娘照應著，不要讓旁人欺負了去。」寧玉皎囑咐道。
青桐道是。「少奶奶放心，世子待姑娘情深義重，有他在，姑娘不會被欺負的。」

吃完飯，小倆口坐了坐，便起身告辭。
楚雲霆沒有騎馬，也跟著坐進馬車裡，頓時一股酒味襲來。
「你怎麼喝這麼多酒？」顧瑾瑜嗔怪道：「是不是大哥哥灌你了？」
顧景柏號稱千杯不倒，楚雲霆哪裡是他的對手。
「妳家裡人那麼熱情，我怎麼好推辭？」楚雲霆伸手把她攬進懷裡，藉著酒勁，大手便探進了她的衣衫裡。
顧瑾瑜羞愧難當地推開他。「你真的喝多了。」之前那個穩重儒雅的楚王世子哪裡去了？
「哪裡喝多了？才幾杯而已。」楚雲霆長臂一身，翻身把她壓在身下，低頭吻住了她。
顧瑾瑜被他吻得幾近窒息，剛抬手就被他一把握住雙手，他索性欺身而上，扯開了她的衣衫。
顧瑾瑜會意，低聲哀求道：「別鬧了，這是在馬車上……」
「無妨，沒人知道的。」
看到她白皙如玉的肩頭，楚雲霆興致一下子上來，越加用力地把她壓在身下，肆無忌憚地吻住了她。

顧瑾瑜掙脫不得，只能耳紅面赤地由他折騰。

趕車的楚九哭笑不得，敢情他在世子眼裡，不是個人啊！話說，他是快點趕著馬車回府呢！還是多繞幾圈再回去呢？

唉，貼身侍衛真的不好當呢！

第八十五章　洗手做羹湯

繞了幾圈後，馬車在楚王府門口徐徐停下，半晌都沒人下來。

正狐疑著，便聽見楚雲霆慵懶的聲音從馬車裡傳來——

「從後門進府，去關洲院停下。」

楚九應了一聲，調轉馬頭從後門進府。

一進屋，顧瑾瑜便率先衝進了淨室，只喚了青桐一個人進去伺候。

青桐瞧著自家姑娘身上斑斑點點的痕跡，忍不住紅了臉。話說自從姑娘進門那晚起，身上便莫名有了好多紅色印記……

待洗漱完畢，顧瑾瑜也沒有回屋，換了衣裳坐在梳妝間的臨窗大炕上，讓青銅給她擦拭頭髮。他不管不顧地痛快了，卻讓她如此難堪，當時她衣衫不整，鬢髮凌亂，的確沒法見人，如今馬車從後門進府，別的不說，就這一反常舉動，肯定會傳到南宮氏面前。

怎麼說南宮氏也是她正經婆婆，她一進門就狀況不斷，這不是明擺著跟婆婆挑釁嗎？

越想心裡越沮喪，早知道如此，她還不如當初隨清虛子去浪跡天涯呢！

楚雲霆沐浴過後，酒醒了大半，信步進了梳妝間。

顧瑾瑜不看他，索性把身子轉到一邊。

楚雲霆見她生氣，也知道是自己過分了，便笑著上前接過青桐手裡的布巾，替她擦拭著頭髮，待青桐退下，他才俯身在她耳邊低語道：「阿瑜，別氣了，是我錯了，我跟妳賠不是，我保證以後不會在馬車上亂來了。」的確是他急色了，現在她是他的妻，只要他想，都可以在床上的嘛！

顧瑾瑜不搭理他。新婚情熱她當然理解，但像這樣過分的事情，她是不能接受的，虧她還以為他是個翩翩君子呢！

楚雲霆還想說什麼，卻見窗外閃過一個身影。

「世子，王妃來了。」

顧瑾瑜皺皺眉，來得還真是快啊！

「妳先在這裡休息一下，我出去看看。」楚雲霆放下布巾，大步迎了出去。

「元昭，到底怎麼回事？」南宮氏環視一周，不見顧瑾瑜，冷著臉問道：「你們今天回來的時候，怎麼從後門入府呢？」不用猜，肯定是媳婦矯情不肯下車，兒子心疼她才這樣做的！

「母親，這點小事值得您興師動眾地過來問嗎？」楚雲霆皺眉道：「是我多喝了幾杯，回來的路上在馬車上小憩了一會兒，到了門口還有些犯困，才讓楚九把馬車趕進府裡的，母親若是見怪，我跟您賠不是。」

「瞧你說的話，我怎麼會怪你呢！」見兒子這樣說，南宮氏臉上才算有了笑容。見顧瑾瑜依然沒有露面，她忍不住問道：「世子妃呢？」婆婆來了，也不知道出來迎接，果然是小門小戶人家的女兒！

「她在淨室沐浴。」楚雲霆淡淡道：「若母親沒別的事情就先回去吧，我有些累了，想進屋瞇一會兒。」

南宮氏見兒子下了逐客令，猶如一拳搗在棉花般地無奈，但她偏偏不能繼續在關洲院待下去，只得悻悻地起身離開。

楚九這才探頭探腦地進屋，支支吾吾道：「世子，屬下也不知道是誰走漏了消息，王妃問的時候，屬下什麼也沒說。」

「知道了。」楚雲霆不動聲色地看了看楚九，沈思片刻後，緩緩道：「吩咐下去，讓莫風帶人今晚動手，一切都按計劃行事，若有什麼狀況，隨時來報。」

「是。」楚九神色一凜，大步地退了下去。

夜裡。

楚雲霆破天荒地沒有回屋跟妻子溫存，而是一個人去了書房翻閱這三天積下來的公文。他的假期雖然是五天，但好多事情卻等不到他休完假回去處理。

翻了翻几案上成堆的卷宗，他捏了捏眉頭，很是無奈。

趙晉這廝還跟他賭氣，竟然在他大婚這幾日撂挑子，去了南直隸，說是執行什麼秘密任務。他這一走，五城兵馬司和天子衛的大事、小事全都湧到他這裡來了。

才批閱了七、八本，他就有些坐不住了。

眼前總是情不自禁地浮現出嬌妻的一顰一笑，她光滑如玉的肌膚不停地在他面前晃，最後他索性扔下手裡的筆，大步出了書房，回了臥房。

顧瑾瑜知道楚雲霆去書房批閱公文，便早早上床歇息，正睡得迷迷糊糊，突然覺得身上一沈，似乎有人在脫她的衣裳，異樣的感覺襲來，她忍不住掙扎了一下，一個低沈的聲音驀地在她耳畔響起——

「阿瑜，是我。」

「世子？你不是去書房了嗎？」顧瑾瑜睡眼朦朧地問道。

「剛去就想回來見妳了。」楚雲霆看到她水紅色、繡著鴛鴦戲水的肚兜，眼神變深，呼吸越發急促地吻住了她，微涼的唇雨點般落在她身上。

顧瑾瑜心如小鹿亂撞，半推半就地由他在她身上探索撞擊……

用水的時候，感受到青桐和綠蘿表情不一的目光，顧瑾瑜有些無地自容。剛剛兩人在床上纏綿了好一陣子，動靜也不小，她們肯定聽到了……

好在青桐還算善解人意，一邊伺候主子洗漱，一邊扯開話題道：「剛剛世子又去了書房，說讓您早點上床歇息，不用等他。」

「誰在那邊伺候？」顧瑾瑜神色倦倦地問道。

「楚九帶著兩個侍衛在，說是不讓我們過去。」綠蘿看到自家姑娘身上大大小小的吻痕，情不自禁地心疼起姑娘來，世子下手也太重了吧？

「那妳們就不要過去打擾，早點歇著吧！」顧瑾瑜起身穿好衣裳，回屋倒頭就睡。自從嫁過來，她就沒有好好睡過一覺，還是當姑娘好啊！顧瑾瑜迷迷糊糊地想著……

「世子，一個時辰前，程貴妃去見了皇上，也不知道說了什麼，皇上掀翻了桌子，除了蘇公公，誰都不敢進去。」楚九壓低聲音道：「隨後程貴妃便撞了柱子，蘇公公眼疾手快地拉了她一把，但程貴妃還是受了重傷，被抬回了昭陽宮。聽太醫院的人說，娘娘凶多吉少……」

「齊王那邊怎麼樣？」楚雲霆問道。

「回稟世子，齊王這幾天每天都寫摺子給皇上，說他是被人蠱惑，求皇上原諒。」楚九如實道：「不但如此，每天都有太醫院的人去看他，送吃的、送喝的，相比燕王，齊王的日子很是滋潤。」

楚雲霆微微頷首，淡淡道：「他也就得意這幾天了。」

第二天顧瑾瑜醒來，身邊空盪盪的，一問才知道，楚雲霆昨晚並沒有回房，而是在書房批了一夜的公文，一大早又跟楚九去了宮裡，也沒說什麼時候回來。

想到今日還要下廚熬粥侍奉公婆，顧瑾瑜迅速起身穿衣，待梳洗完畢出了臥房，許嬤嬤已經等在外面了。

看見顧瑾瑜，許嬤嬤上前盈盈一禮笑道：「奴婢見過世子妃，大長公主特意派奴婢來教世子妃熬粥。」

三日過後，新婦得親自下廚熬粥侍奉公婆，這是京城的習俗。
「有勞許嬤嬤了。」顧瑾瑜這才鬆了口氣。
有許嬤嬤在一邊指點，八寶蓮子粥熬得很成功。
香糯潤滑，甘甜可口。
大長公主和楚老太爺吃得很高興，連連誇獎顧瑾瑜的粥熬得好。他們是特意從大長公主府趕過來喝孫媳婦熬的粥的，老倆口這幾天異常興奮，恨不得天天待在楚王府這邊等著顧瑾瑜的喜訊，只是楚老太爺戀床，離了地方就睡不著，大長公主才作罷。
楚騰和楚雲霆一大早出門，不在家，大長公主問道：「昭哥兒不是休五天的假期嗎？這一大早的，跟王爺去哪裡了？」
「聽說是宮裡出了點事，他們什麼時候走的我也不知道。」南宮氏面無表情地答道。昨晚男人沒在她房裡，她連個影子都沒見著，哪裡知道這些？想到楚騰屋裡的那幾個狐媚子，她很是心塞。初一、十五才是她的日子，楚騰一個月也就在她屋裡這兩天，其他時候竟然真的一步也不曾進她的屋，越想越生氣。
大長公主會意，看向顧瑾瑜。
顧瑾瑜會意，忙道：「昨晚世子在書房批閱公文，不曾回房，孫媳也不知道世子什麼時候走的。」
南宮氏斜睨了她一眼，慢條斯理道：「現在世子屋裡就妳一個人，他的事情妳得多上心。為了娶妳進門，他可是費了心思的，而妳卻連他什麼時候走的也不知道，真是不應該啊！」

「妳不是也不知道王爺什麼時候走的嗎？」大長公主反問。

「母親息怒，王爺昨晚不在我屋裡。」南宮氏似乎等的就是大長公主這一句，一字一頓道：「您忘了，初一、十五才是我的日子。」她的聲音不大，全然是一副小媳婦的姿態。

大長公主一時語塞。

南宮氏悄悄瞥了一眼大長公主的臉色，心情頓時愉悅起來。哼，就是喜歡看婆婆這種搬起石頭砸自己腳的樣子！她兒子左擁右抱的，也不知道提點一下，這麼多年來視而不見，南宮氏越想越生氣。

楚老太爺皺皺眉，沒吱聲。

待吃完飯，老倆口又拉著顧瑾瑜寒暄幾句，才回大長公主府。

顧瑾瑜正待起身回屋，便被南宮氏喊住。「媳婦，昨晚睡覺的時候，我的腰不慎扭了一下，妳過來幫我看看，有沒有傷到骨頭？」顧氏懂醫術，比丫鬟們強一些。

顧瑾瑜道是。

按了約莫一盞茶的工夫，南宮氏又說肩膀疼，顧瑾瑜知道南宮氏是有意為難自己，什麼也沒說，順從地給她按著，心裡默數著。按她的手法，根本不用數到五，就能讓南宮氏沈睡過去了，嗯，就這麼辦！

恰好楚騰和楚雲霆走了進來，見丫鬟們小心翼翼地在旁邊端茶倒水地伺候著，顧瑾瑜則半跪在地上給南宮氏按腰，楚雲霆臉一沈，上前一把拉起顧瑾瑜，不悅道：「母親若是覺得身子不適，讓丫鬟們伺候便是，怎麼能讓阿瑜親自動手？」

「我、我腰有些不舒服。」南宮氏沒想到父子倆回來得這麼快，忙起身道：「我是覺得她懂醫術，才讓她給我按幾下的。」

「徐嬤嬤，妳去請太醫。」楚雲霆拉著顧瑾瑜就走。他母親是什麼心思，他看得一清二楚，不過是想在媳婦面前立立當婆婆的威嚴罷了。

「真是太過分了！」楚騰咕噥了一聲，抬腿就走。他最瞭解南宮氏這個人，之前為難他的侍妾、通房，現在又開始為難兒媳婦，這個女人就沒個消停的時候！

南宮氏氣了個倒仰，她不過是讓兒媳婦給按幾下腰，怎麼就過分了呢？

路上，顧瑾瑜見楚雲霆沈著臉，也沒提剛剛給南宮氏按腰的事情，沈聲問道：「世子，是不是宮裡出事了？」

楚雲霆停住腳步，看著她，一字一頓道：「齊王歿了。」

「什麼時候的事情？」顧瑾瑜大驚。

「昨天晚上御膳房送了一碗宵夜過去，不到一盞茶的工夫就歿了。」楚雲霆一把攬過她，下巴抵在她鬢間摩挲道：「是貴妃娘娘跟皇上坦白了齊王的身世，皇上才起了殺心的。」若非如此，孝慶帝是不可能這麼快就對齊王下手的。

程貴妃一直不見顧瑾瑜，想必心裡早就盤算好這一切，擔心連累到失而復得的女兒，才硬著心腸不見的。

「那貴妃娘娘？」顧瑾瑜立刻意識到事情的嚴重性，忙拽住楚雲霆的衣角，急急道：

「世子，你這就帶我進宮，我要見娘娘一面！」她心裡突然有種不好的預感。

當年的事情程貴妃雖然是迫不得已，但畢竟也是犯了欺君之罪，還差點讓江山落到了宇文族手裡，就憑這一點，程貴妃也是活不成了。

「阿瑜，妳聽我說，妳現在不能見她。」楚雲霆極力安慰道：「我剛剛問過蘇公公，他說娘娘撞柱後一心求死，並無求生之念，怕就是這一、兩天的事情了。」

要不是蘇公公拉了她一把，程貴妃現在早就香消玉殞了。

「世子，我能救活她的！你信我！」顧瑾瑜聞言，眼裡頓時有了淚，懇求道：「你是知道我的，我是她的女兒，我就是拚盡一身醫術也會把她救活的，你快帶我去見她……」

她好不容易找到生母，尚未盡孝道，她不想失去她！

「阿瑜，妳冷靜點，事情沒有妳想的那麼簡單。」楚雲霆索性把她攔腰抱起，大步進了關洲院，逕自進了臥房，擁著她上床，繼續道：「她所做的這一切是她早就謀算好了的，她連我也瞞著，妳救不了她的。」保住程貴妃的唯一辦法，就是不說穿慕容朔的身分，然後他再毫無聲息地除掉慕容朔，一了百了。之前程貴妃也是答應了的，可是誰知，她還是搶在他前面動手，坦白了所有的一切，這下連他也保不住她了。

「她為什麼要坦白這一切……」顧瑾瑜只覺得她的心像是猛然被人掏空了般地無助，泣道：「她這樣做，等於把自己也送上了絕路啊……」城門失火，殃及池魚。

她既想揭穿慕容朔的身分，又擔心連累程貴妃，若不是有這樣、那樣的顧慮，慕容朔哪能活到今天？卻不想，千算萬算，還是這樣的結局。

「妳放心，一切有我。」楚雲霆忙掏出手帕替她擦著眼淚，順勢把她放倒在床上，低頭吻了吻她，輕聲道：「一會兒趙將軍要來，我先去書房等他，然後就去宮裡走一趟，可能要到晚上才能回來陪妳。」

孝慶帝對外說慕容朔是畏罪自殺，喪事自然不會大辦，但他還是得去走個過場。

「世子，你一定要想辦法去看看娘娘。」顧瑾瑜忙拽住他的衣角囑咐道：「若是她想見我，你務必派人回來接我。」

「好，我知道了。」楚雲霆點頭應道。

趙晉早就在書房裡等著了，一見楚雲霆進來，想也不想揮劍就朝他刺去。

楚雲霆側身一躲，一腳踢飛他手裡的劍，黑著臉道：「夠了，不要鬧了！」

哪知趙晉絲毫不理會他，又掏出腰間的短刀朝他揮過去。

楚雲霆見他動真格的，也不示弱，用腳尖踢起地上的長劍，握在手裡迎戰。兩人你來我往，瞬間打成一團，弄得窗外的暗衛一頭霧水。

兩人這是在比武呢，還是真的翻臉？那他們到底是幫還是不幫呢？

十幾個回合過後，趙晉才落了下風，一個跟頭翻到書桌上坐下，收起短刀，冷笑道：「楚王世子新婚這幾日，果然是沈醉在溫柔鄉裡不想出來了，原本七、八個回合就能搞定的事情，硬是拖到了快二十個回合，還險些被我傷了，若不是我收手快，你今晚怕是連床都上不了了吧！」一想到他心儀的女子被楚雲霆娶走，他就來氣。

「這個不勞你費心，別忘了，我家娘子是大夫，她會有辦法讓我上床的。」楚雲霆面無表情地看了他一眼，順手把手裡的長劍扔到地上，轉身去木盆淨手，問道：「你去南直隸那邊有什麼發現嗎？」程家那場大火，未見到程庭的屍首，不僅他懷疑，連趙晉也覺得甚是蹊蹺，故而楚雲霆覺得這次趙晉不告而別，十有八九是懷疑程庭趁亂逃到了南直隸。

「齊王殿下歿了，是你幹的？」趙晉答非所問。

「不是。」楚雲霆洗完手，取過布巾擦了擦，不動聲色道：「他是畏罪自殺，跟我有什麼關係？」

「哼，畏罪自殺？」趙晉依然坐在桌子上，蹺著二郎腿冷笑道：「你騙鬼呢？別以為我不知道，你昨晚幾乎動用了天子衛所有的高手去了大牢那邊，不就是想除掉他嗎？」別忘了，他是天子衛副指揮使，也是有心腹耳目的，雖然他的威望比不上楚王世子，但也不至於被人架空，天子衛的行動還是瞞不過他的。

「不錯，我是去了，但人真的不是我殺的。」楚雲霆拉來椅子坐下，雙手交叉在一起，放在桌子上，又問道：「當真不說你去南直隸幹麼了？」

「別拿出審問犯人的口吻審我。」趙晉翻著白眼揶揄道：「我是出去散散心，順便查查案子，僅此而已；不像你楚王世子夜夜洞房，連京城都捨不得出，你是擔心別人搶了你的新娘子嗎？來日方長，你得悠著點，若是縱慾過度，對身體也不好吧？」

「趙將軍若是沒有別的事情，就先走吧！」楚雲霆臉一沈，端茶送客。「有什麼事情等去衙門再說。」他的身體怎麼樣用不著趙晉來操心，像這種吃不到葡萄說葡萄酸的人，他見得多。

「我見到程庭了，他現在在南直隸一處農莊上幹農活，只是他好像失去記憶，竟然完全不認識我了。」趙晉這才言歸正傳，摸著下巴道：「實話告訴你，我這次去南直隸是奉了皇上的密旨去尋清虛子的，可惜我這幾日並沒有發現清虛子的下落，便留下人手盯著程庭，只要清虛子一出現，我便會讓人除去程庭，永絕後患。」

「這麼說，程家那個瘋瘋癲癲的莫婆婆也在南直隸？」楚雲霆似乎對此並不感到驚訝。

「此事還有誰知道？」

「你覺得我是那種嘴巴不緊的人嗎？」趙晉倏地跳下桌子，大步往外走。「走了，去送齊王殿下最後一程，以盡舊日之誼。」

楚雲霆沈思片刻，喚來楚九囑咐道：「你跟莫風即刻動身前往南直隸，盡快除掉程庭。」

楚九聽說要去南直隸，心裡一陣雀躍，忙問道：「世子，屬下若是遇見清虛子神醫，該怎麼辦？」

「你們只管除去程庭即可。」楚雲霆低聲道：「神醫既然已經歸隱山野，就不要去打擾他的安寧，更不要做任何對他不利的事情。」清虛子帶著清谷子歸隱，便是最好的結局。

楚九應聲道是。

第八十六章　緣分

是夜。

烏雲低沈，晚風蕭蕭。

程貴妃面色枯黃地躺在床上，勉強睜開眼睛問道：「七彩，外面發生什麼事情了？」

「娘娘……」七彩不知其中的隱情，亦不敢把慕容朔畏罪自殺的事情告訴她，又見主子氣若游絲，奄奄一息，只能含淚道：「沒什麼事情啊！」

「是他死了，是不是？」程貴妃苦笑著閉上眼睛。「結束了，終於都結束了。」若時光可以重來，她絕對不會答應讓程庭抱走她的孩子，絕對不會，可惜，一切都太遲了。

幸好蒼天有眼，讓她可憐的女兒又回到了她面前，但終究是面目全非，再也不是當初那個模樣了，想到這裡，她已經是淚流滿面。

她不想把這個秘密帶進墳墓，也不想讓慕容朔死後埋在皇家陵園，所以她才抱著必死的決心，跟孝慶帝和盤托出這個驚天內幕。她雖死，卻不悔。

她知道依楚雲霆的手腕，完全可以除掉慕容朔，但宮裡程庭的耳目眾多，甚至前朝餘孽的勢力猶在，她不想讓楚雲霆蹚這渾水；既然此事由她而起，那麼就應該由她來做最後的了結。

「娘娘節哀！」七彩慌忙跪地安慰道：「您很快就會好起來的。」

「七彩，待本宮死後，妳就想辦法去找楚王世子妃，她會善待妳的。」程貴妃一口氣說完這些，驚覺眼前越來越模糊，呼吸也越來越困難，喃喃道：「替本宮好好照顧她……」

她之所以不見她，是不想連累她，她其實很想很想跟女兒待在一起，陪她說些體己話，陪她看星星、看月亮，作夢都想啊……

七彩見主子的手無力地垂了下去，慌得一下子跌倒在地，大慟。「娘娘——」

顧瑾瑜從夢中驚醒，猛地坐起來，冷汗淋漓地喊道：「母妃！」

「阿瑜，妳作噩夢了。」楚雲霆忙起身把她攬進懷裡，好言安慰道：「別怕，很快會好起來的，有我在呢！」

「世子，我夢見母妃走了，她走了！」顧瑾瑜泣道：「她肯定是出事了……」

「阿瑜，妳想開點，那是她的命數，誰也改變不了的。」楚雲霆生怕失去她一樣，緊緊擁住她，輕聲道：「她最希望看到的是妳過得好，妳要振作起來，咱們好好過日子，不要辜負她的一片苦心。」孝慶帝嚴令任何人都不得靠近昭陽宮，包括太醫，這就等於要讓她自生自滅，他並沒有原諒她。

這一夜，兩人相擁無眠。

果然，第二天宮裡便傳出消息，程貴妃歿了。

顧瑾瑜雖然早就有心理準備，但真正得知噩耗後還是有些難以接受，躲在屋裡掉眼淚。

楚雲霆寸步不離，好言安撫，極盡溫存。

這讓南宮氏更心塞了，她不過是讓顧瑾瑜按了幾下腰而已，至於如此委屈嗎？

大長公主不知怎麼得知此事，很是生氣，索性讓許嬤嬤把大長公主府正殿旁邊的一個獨立院落收拾出來，興師動眾地讓小倆口搬去大長公主府住。

為了排解顧瑾瑜心中的煩悶，楚雲霆一口答應下來，當天就搬了過去。

大長公主見小倆口如此痛快地搬過來，很是高興，親暱地拉著顧瑾瑜的手說道：「在我這裡沒那麼多規矩，想怎樣便怎樣。」

「我們也叨擾不了祖母多久。」楚雲霆淡淡道：「皇上之前賜我的那處狀元府邸，一直空著沒去住，我想帶著阿瑜搬到那裡去。」

楚雲霆參加過科考，還是大名鼎鼎的狀元郎，的確是有座狀元府邸。

孝慶帝極其愛才，不論尊卑，但凡是中了狀元的，都會賜宅子、賜土地；只不過這些對楚雲霆來說，僅是錦上添花，並沒有引起多大的轟動罷了。

「我這麼大的公主府還住不下你們了？」大長公主很是不悅，沈聲道：「幹麼非得要搬出去？」

「他們想搬出去就搬出去，妳何必攔著他們？」楚老太爺很是通情達理，大手一揮。「搬出去也是一家人，住哪兒不都一樣！」那個御賜的宅子離大長公主府兩條街，三、五步就到了，他不明白，大長公主為什麼總是要糾結這些無聊的問題？

南宮氏得知此事，很是不悅，兒子、媳婦住到大長公主府已經不妥，如今還要搬到閒置已久的宅子裡去住，她就更不同意了！索性追到了楚雲霆面前，泣道：「你們若真的搬到新宅子裡去，豈不是就等於告訴世人，我這個當婆婆的待媳婦刻薄？日後我怎麼在別人面前做人？」

「母妃，您多心了。」楚雲霆耐心地解釋道：「是我覺得新宅子離五城兵馬司近一些，再說御賜的宅子一直閒置著也不妥，索性我們搬過去住著便是。您放心，我們會經常回楚王府看望你們的，跟以前一樣。」

「我會讓人在新宅那邊給祖父、祖母和父親、母親佈置好房間，你們隨時都能去跟我們團聚的。」顧瑾瑜很是痛快地表態道：「再說，咱們隔得不遠，最多也就是一盞茶的路程。」慕容朔死了，程嘉寧的仇恨已經了結，以後，她就是顧瑾瑜了。

南宮氏見兩人主意已定，嘆了一聲，獨自回了楚王府，看來她之前想好的那些怎麼調教媳婦的招數是用不上了。她是真的不明白，當婆婆的給媳婦立規矩是天經地義的事情，怎麼偏偏到了她這裡就行不通呢？

過了兩日，楚雲霆把顧瑾瑜給孝慶帝做的解藥交給了容皇后，並提出要把七彩帶出宮，容皇后自是欣然答應。

七彩把之前程貴妃交代的話一一說給顧瑾瑜聽，泣道：「娘娘唯一的願望就是希望世子妃一切安好，並囑咐奴婢前來好生侍奉，日後奴婢唯世子妃馬首是瞻，還望世子妃不要嫌棄奴婢愚笨。」

顧瑾瑜聽得唏噓不已。

楚雲霆擔心顧瑾瑜看見七彩便會想到程貴妃，心情難免抑鬱，便提議讓七彩跟阿桃去新房那邊幫忙佈置一下房間擺設，婉言道：「妳看，我的手下都是清一色的大男人，終究比不上妳的人細心，再說這宅子原本就是妳做主佈置，妳的人過去，妳用著也方便。」

顧瑾瑜欣然答應，只留下青桐和綠蘿兩人貼身伺候。

一個月後，兩人喬遷新居。

新居講究的是灶熱。

建平伯府的娘家人、舅母王氏、顧瑾瑜的義母江月娘以及跟楚王府交好的人家，紛紛趕來慶賀。作為當家主母，顧瑾瑜自然又是一番忙亂地招呼客人，之前淡然沈靜的臉上也有了難得的笑容。她越發覺得這樣的日子才是她真正想要的，有了煙火氣，有了牽掛的人和牽掛她的人。

趙晉終於氣消，大剌剌地坐在楚雲霆身邊喝酒，醉眼矇矓道：「還別說，當初的顧三姑娘越發光彩照人了，可見你待她還是極好的，只要她好，我就放心了，原諒你了！」

沈元皓哈哈大笑。「不原諒又能怎樣？難不成你還跟元昭不來往了？」

「不瞞你說，之前我是真的有這個打算！」趙晉翻著白眼，噴著酒氣道：「你想啊！明明是我先看上的女子，卻被他搶去，也就是他了，要是別人，我早就把人搶回來了！」

「你搶不回去的，我們是心心相印。」楚雲霆淡淡道：「她喜歡的人是我，不是你。」

趙晉不相信，都成親了，也只能喜歡他了，要不然還能怎地？

「哎呀，你們兩個就此打住吧！跟你們說個正事。」沈元皓嚴肅道：「昨天程禹給我來信，說他不會再回京城了，他說等裴老夫人百年之後，他就留在南直隸，讓我們不要再去找他了。」

「樹欲靜而風不止，他就是不回來，皇上也未必會放過他。」趙晉端起酒杯，一飲而盡，壓低聲音道：「前些日子的事情你們也都看見了，但凡跟程庭和齊王有牽扯的人，都沒有好下場，連忠義侯府都被連累了，何況是程禹？不過有我和元昭在，他倒不至於有性命之憂，等過了這個風頭再說吧！」

半個月前，孝慶帝下旨奪了忠義侯的爵位。

要不是楚雲霆替他們家求情，他們家估計早就被流放充軍了。

沈元皓見趙晉提起他們忠義侯府眼下的境遇，一臉無所謂地繼續喝酒。他原本就無心仕途，家裡的爵位對他來說，從來都不重要，反而覺得這樣也好，一家人閒雲野鶴地度日，再也不用絞盡腦汁地謀算前程了。

「世子，眼下京城衙門空出了好多缺，您看是不是考慮一下我這個老泰山？」顧廷西的笑臉冷不丁探到楚雲霆面前，諂笑道：「我老是在六品這個位置上，世子的臉上也不光彩吧？」如今他在京城絕對是有頭有臉的人了，誰讓他有這麼個女婿呢！就是他的頂頭上司，跟他說話也得掂量掂量呢！

趙晉和沈元皓知趣地轉過身，跟別人閒聊起來，心裡不約而同地想：顧三姑娘冰雪聰明、沈穩幹練，怎麼會有這樣一個爹？是親生的嗎？

「岳父大人，小婿深知高處不勝寒的苦楚，覺得岳父眼下的處境就是最好的。」楚雲霆輕聲道：「你也看到了，眼下空出的這些位置，都是昔日的達官貴人，難不成岳父想步他們的後塵？」並非他不願意幫忙，而是他娘子不讓他給顧廷西升官，所以顧廷西的事情，他一直不曾插手。

「這倒不是、這倒不是！」顧廷西連連擺手道：「那我還是繼續當我的六品主事吧！」常言道：三十年河東，三十年河西。

昔日的忠義侯還不如他這個六品主事呢！

沈氏雖然因為娘家的事情鬱鬱不樂，但還是強打著精神來了。她知道這次建平伯府沒有跟著受到牽連，全靠楚王府在背後鼎力相助，以後顧家的興衰也全在楚王府身上了。

喬氏和何氏則是臉上有光，全然一副娘家人的面孔，周旋在世家命婦面前，架子擺得跟南宮氏一樣大。

這讓南宮氏像吃了蒼蠅般地噁心，但當著這麼多人的面又不好發作，只得使出渾身解數招待眾人，竭力用行動證明，這宅子是她兒子御賜的狀元府邸，比楚王府還要闊氣呢！

好多女眷都在看熱鬧。

顧瑾瑜哭笑不得，卻也無可奈何，只能由她們唱獨角戲。

太夫人則拉過顧瑾瑜，語重心長道：「如今妳搬了新居，就是真正的當家主母了，凡事得自己拿主意。妳生性穩重，祖母倒放心，只是妳得記住一點，女人要想在婆家立足，就必須有子嗣傍身，妳得趕緊給世子生個一男半女才行。妳是醫者，自然知道該怎麼調養身子，妳得抓緊啊！」她知道眼下楚雲霆房裡並無侍妾、通房，就顧瑾瑜一個，看上去是情有獨鍾，但日子久了，誰能保證男人能始終如一？特別是像楚王府這等顯赫的人家，若顧瑾瑜不趁著眼前的專寵生個孩子出來，那以後就更沒機會了。

她是過來人，對這些事情通透得很。

寧玉皎捂嘴笑。

「祖母，我進門不到兩個月，哪能這麼快？」顧瑾瑜嬌嗔道：「您放心，我知道的。」這些日子，兩人情熱絲毫未減，反而越來越融洽，至於孩子，自然是遲早的事。

待太夫人勸說一番後，寧玉皎才神神秘秘地掏出一封書信遞給她，道：「猜猜是誰寫的？」

「是蕭姊姊！」顧瑾瑜忙打開看。

寧玉皎笑笑，感慨道：「她說她下個月成親，讓咱們都去她家吃喜酒呢！」

「她、她要嫁的人竟然是時忠？」顧瑾瑜很是欣喜，之前蕭盈盈可是半點口風也沒透給她呢！兜兜轉轉一番，她竟然跟時忠走在一起。

「不錯，就是時忠。聽說是時忠在銅州偶遇蕭姊姊，對她很是中意，才主動上門提親的。」寧玉皎這才覺得心頭一塊大石頭落了地，聳聳肩道：「也許這就是緣分吧！」說著，又壓低聲音道：「對了，四妹妹跟那個時禮的事情也成了。」

「之前不是說吹了嗎？」顧瑾瑜心頭微動。

「二嬸之前是不同意來著，但是拗不過四妹妹啊！又是絕食，又是上吊的，二嬸也是沒辦法，這才應允了，聽說婚期定在明年。」寧玉皎悄聲道：「祖母其實並不同意，但禁不住這麼鬧騰，只得由她了，說以後不管她的事情了。」

「各人有各人的緣分吧！」顧瑾瑜淡淡道。她跟顧瑾萱不睦，對顧瑾萱的事情也不想多過問。

夜裡，待眾人散去，兩人相擁上床。

又是一番纏綿過後，顧瑾瑜依偎在男人結實的臂彎裡，望著窗外皎潔的月光，幽幽地問道：「世子，你派楚九去南直隸，是去找尋師伯他們嗎？」一直以來，楚雲霆身邊都是楚九驢前馬後地伺候，這些日子卻不見蹤跡，不用猜，她知道楚九肯定是去了南直隸。

「不是，是為了程庭去的。程家那場大火並沒有燒死他，而是莫婆婆帶他逃到了南直隸。」楚雲霆一臉饜足地看著她，用手纏著她的髮絲，慵懶道：「趙晉說他失去記憶，不再是之前那個程庭了，但我為了杜絕後患，還是決定除去他。」

「世子，別的事情我不會再過問，就此一件，你放過程庭吧？」顧瑾瑜懇求道：「莫婆婆年事已高，她身邊也是需要人照顧的。」程庭是莫婆婆唯一的兒子，她既然帶走了他，還讓他失去記憶，自然不會再讓他為患的，這一點，她相信莫婆婆。

「好，我聽妳的。」楚雲霆笑笑，不動聲色地問道：「娘子還有什麼吩咐嗎？」其實早在半個月之前，楚九就已經傳回來消息，說任務完成了。他之所以不告訴她，是不想讓她攪進這樣的事情中，所有的一切都由他一個人來面對就好。

「一直聽你們說南直隸，我卻是一次也沒有去過。」顧瑾瑜有些遺憾，嘆道：「我想知道我師伯跟莫婆婆他們怎麼樣了，哪怕再見他們一面，我也就心滿意足了。」

「好，等我把手頭的事情安排一下，最多再等一個月，我就帶妳去。」楚雲霆長臂一伸，擁她入懷，帶著薄繭的大手溫柔地撫摸著她精緻的眉眼，輕聲道：「還有嗎？」

「我想在園子裡多栽一些合歡樹，然後再搭個秋千。」顧瑾瑜閉上眼睛，一臉遐想。她似乎已經嗅到了合歡樹的清香，和盪秋千時吹過耳畔的風。

楚雲霆眼神變深，忍不住低頭吻住她，啞聲道：「今晚妳餵飽我，我明天才有力氣給妳搭秋千。」

顧瑾瑜嬌羞地看了他一眼，順勢攬住了他結實的腰身。

這個人不但是她的夫君，更是她的親人，她所有的一切。

窗外，晚風習習。

屋裡卻是暖意融融，旖旎一片……

——全書完

9月 PUPPY 收藏愛的果實

DoghouseXPUPPY

愛上你

人生何處不相逢，
相逢未必會相愛，
想愛，得多點勇氣、耍點心機；
愛上的理由千百種，
堅持到最後，幸福才會來……

NO／527

心懷不軌愛上你 著 宋雨桐

她不小心預知了這男人未來七天內會發生的禍事，
擔心的跟前跟後，卻被他當成了心懷不軌的女人！
她究竟該狠下心來不管他死活？還是……繼續賴著他？

NO／528

果不其然愛上你 著 凱琍

寶島果王王承威，剛毅正直、勇猛強壯，無不良嗜好，
是好老公首選，偏偏至今未婚，急煞周遭人等！
只好辦招親大會徵農家新娘，考炒菜、洗衣、扛沙包……

NO／529

不安好心愛上妳 著 辛蕾

他對她的興趣越來越濃厚，對她的渴望越來越強烈……
藉口要調教她做個好秘書，其實只是想引誘她自投羅網，
好讓他在最適當的時機，把傻乎乎的她吃下去！

NO／530

輕易愛上你 著 蘇曼茵

對胡美俐來說，跟徐因禮的婚姻就像一場賭局，
她沒有拒絕的餘地，既然沒有愛情，她不必忙著經營，
可沒想到她很忙，忙著跟他戰鬥，別讓自己輕易愛上他——

9/21 到萊爾富體驗愛的震撼 單本49元

文創風 672

淑女不好逑 3 完

國家圖書館出版品預行編目資料

淑女不好逑 / 果九著. --
初版. -- 臺北市 : 狗屋, 2018.09
冊 ; 公分. --（文創風）
ISBN 978-986-328-909-8（第3冊：平裝）. --

857.7　　107011709

著作者	果九
編輯	黃淑珍
校對	沈毓萍　周貝桂
發行所	狗屋出版社有限公司
地址	台北市104中山區龍江路71巷15號1樓
電話	02-2776-5889～0
發行字號	局版台業字845號
法律顧問	蕭雄淋律師
總經銷	知遠文化事業有限公司
電話	02-2664-8800
初版	2018年9月
國際書碼	ISBN-13　978-986-328-909-8

本著作物由廣州阿里巴巴文學信息技術有限公司授權出版

定價250元

狗屋劃撥帳號：19001626

網址：love.doghouse.com.tw　E-mail：love@doghouse.com.tw